चन्द्रकिशोर जायसवाल

# प्रतिनिधि कहानियाँ



राजकमल पेपरबैक्स

राजकमल पेपरबैक्स में
**पहला संस्करण :** 2023
**दूसरा संस्करण :** 2025



---

**राजकमल पेपरबैक्स :** उत्कृष्ट साहित्य के जनसुलभ संस्करण

---

राजकमल प्रकाशन प्रा.लि.
1-बी, नेताजी सुभाष मार्ग, दरियागंज
नई दिल्ली-110 002
द्वारा प्रकाशित

**शाखाएँ :** अशोक राजपथ, साइंस कॉलेज के सामने, पटना-800 006
पहली मंजिल, दरबारी बिल्डिंग, महात्मा गांधी मार्ग, प्रयागराज-211 001
1, अनमोल सोराबजी सन्तुक लेन, धोबी तलाव, मरीन लाइंस, मुम्बई-400 002
वेबसाइट : www.rajkamalprakashan.com
ई-मेल : info@rajkamalprakashan.com

बी.के. ऑफसेट
नवीन शाहदरा, दिल्ली-110 002
द्वारा मुद्रित

**मूल्य :** ₹199

PRATINIDHI KAHANIYAN
*Representative Stories of* Chandrakishore Jaiswal

ISBN : 978-81-19028-32-0

# चन्द्रकिशोर जायसवाल

चन्द्रकिशार जायसवाल का जन्म 15 फरवरी, 1940 को बिहार के मधेपुरा जिले के बिहारीगंज में हुआ। आपने पटना विश्वविद्यालय, पटना से अर्थशास्त्र में स्नातकोत्तर शिक्षा हासिल की और अरसे तक अध्यापन करने के बाद भागलपुर अभियंत्रणा महाविद्यालय, भागलपुर से प्राध्यापक के रूप में सेवानिवृत्त हुए।

आपकी प्रमुख कृतियाँ हैं—'गवाह गैरहाजिर', 'जीबछ का बेटा बुद्ध', 'शीर्षक', 'चिरंजीव', 'माँ', 'दाह', 'पलटनिया', 'सात फेरे', 'मणिग्राम', 'भट्ठा', 'दुखग्राम' (उपन्यास); 'मैं नहिं माखन खायो', 'मर गया दीपनाथ', 'हिंगवा घाट में पानी रे!', 'जंग', 'नकबेसर कागा ले भागा', 'दुखिया दास कबीर', 'किताब में लिखा है', 'आघातपुष्प', 'तर्पण', 'जमीन', 'खट्टे नहीं अंगूर', 'हम आजाद हो गए!', 'प्रतिनिधि कहानियाँ' (कहानी-संग्रह); 'शृंगार', 'सिंहासन', 'चीर-हरण', 'रतजगा', 'गृह-प्रवेश', 'रंग-भंग' (नाटक); 'आज कौन दिन हैं?', 'त्राहिमाम', 'शिकस्त', 'जबान की बन्दिश' (एकांकी)।

आप 'रामवृक्ष बेनीपुरी सम्मान' (हजारीबाग), 'बनारसी प्रसाद भोजपुरी सम्मान' (आरा), 'आनन्द सागर कथाक्रम सम्मान' (लखनऊ), बिहार राष्ट्रभाषा परिषद का 'साहित्य साधना सम्मान' (पटना) और बिहार सरकार का जननायक 'कर्पूरी ठाकुरी सम्मान' (पटना) से सम्मानित हैं।

आपके उपन्यास 'गवाह गैरहाजिर' पर राष्ट्रीय फ़िल्म विकास निगम द्वारा निर्मित फ़िल्म 'रूई का बोझ' और कहानी 'हिंगवा घाट में पानी रे!' पर दूरदर्शन द्वारा निर्मित फ़िल्में काफी चर्चित रही हैं। 'रूई का बोझ' नेशनल फ़िल्म फेस्टिवल पैनोरमा (1998) के लिए चयनित हुई थी और अनेक अन्तराष्ट्रीय फ़िल्म महोत्सवों में प्रदर्शित हो चुकी है।

सम्पर्क : 993108938

ई-मेल : jaiswal.chandrakishore@gmail.com

# हिन्दी कहानी की दुनिया में चन्द्रकिशोर जायसवाल

हिन्दी कहानी की दुनिया में चन्द्रकिशोर जायसवाल का स्थान बहुत ऊँचा है। समाज के तलछट में जी रहे लोगों की जिन्दगी जितने सहज, स्वाभाविक और प्रामाणिक रूप में उनकी कहानियों में आती है वह विस्मय पैदा करती है। इसमें मजदूर, किसान, बच्चे-बूढ़े, हिन्दू-मुसलमान, अमीर-गरीब और चोर-उचक्कों से लेकर रनिया भिखमंगिन तक की दुनिया समाई हुई है। कुछ हद तक इसे 'अंडरवर्ल्ड' कह सकते हैं जो तथाकथित भद्र समाज की नजर से ओझल रहती है।

तमाम अभावों और असंगतियों के बीच जीवन बसर करते, जीते उनकी कहानियों के अधिकतर पात्र दुनियादार बनने की कोशिश करते हैं लेकिन उनकी निश्छलता अक्सर आड़े आ जाती है। अपने लेखक की तरह वे भी सोचते ज्यादा और बोलते कम हैं। लेकिन उनमें न जगत-बोध कम है, न जीवन-बोध। यही कारण है कि अपनी निपट सादगी के बावजूद वे अविस्मरणीय बन जाते हैं। चन्द्रकिशोर जी की जो पहली कहानी मैंने पढ़ी थी, वह थी—'हुज्जत-कठहुज्जत'। वह 'धर्मयुग' में छपी थी। लद्दू घोड़े पर गृहस्थी का सामान लादकर गाँव-गाँव फेरी लगाने वाले युवक और उसकी पत्नी की इस कहानी में दोनों चाहते हैं कि वे परिवार से अलग अपनी गृहस्थी बसाएँ लेकिन लड़का लिहाजवश माँ-बाप से ऐसा कहने का साहस नहीं जुटा पता। तब उसकी पत्नी इसका जिम्मा लेती है और

अपनी जबान से घर में ऐसा बवंडर खड़ा कर देती है कि ससुर खुद हाथ जोड़कर कह देता है कि तुम दोनों अपना अलग पकाओ-खाओ। हमारी जान बख्शो। गजब का रचाव, गजब के संवाद, बिना किसी कारण के झगड़े के तनाव को चरम तक पहुँचा देने की कला! पढ़ते ही यह स्मृति में हमेशा के लिए दर्ज हो गई।

फिर तो खोज-खोजकर चन्द्रकिशोर जी की कहानियाँ पढ़ने लगा। एक से एक नायाब कथानक वाली कहानियाँ—'मर गया दीपनाथ', 'आघातपुष्प', 'हिंगवा घाट में पानी', 'बिसनपुर प्रेतस्य', 'नकबेसर कागा ले भागा ', 'दुखिया दास कबीर', 'चोर', 'जंग' आदि-आदि। जितनी कहानियाँ उतने विषय। मसलन, 'धर्मयुग' में ही छपी उनकी एक और कहानी 'नकबेसर कागा ले भागा' को देखें। क्या जकड़ लेने वाला शीर्षक है! यह दो अधेड़ भिखारियों और एक युवा भिखारिन के प्रेम-त्रिकोण की कथा है। भिखारिन पर अपना प्रभाव जमाने के लिए वे कितनी जतन करते हैं, एक-दूसरे को मात देने के लिए कैसे पैंतरे बदलते हैं यह देखते ही बनता है। विपरीत लिंग के प्रति आकर्षण के कितने कोण हो सकते हैं और इस आकर्षण में बँधा आदमी कहाँ तक जा सकता है, इसे बताने वाली दूसरी कोई कहानी मुझे आज तक पढ़ने को नहीं मिली। इसी तरह 'मर गया दीपनाथ' कहानी में चन्द्रकिशोर जी साम्प्रदायिकता की समस्या और व्यक्ति पर उसके प्रभाव को जिस सूक्ष्मता से दर्ज करते हैं उसे एक बार पढ़ लेने के बाद भूल पाना सम्भव नहीं है।

हर कहानी का सारांश बताना यहाँ उद्देश्य नहीं है। बताने लगें तो पार भी नहीं लगेगा। कहना यह है कि चन्द्रकिशोर जी की कहानियों को किसी खास विमर्श के खाँचे में फिट नहीं किया जा सकता है। इनकी सबसे उल्लेखनीय विशेषता यह है कि विचारधारा का आग्रह उनकी कहानियों में सतह पर नहीं तैरता। वह कथानक का आन्तिरक हिस्सा बनकर आता है। वहाँ विचारधारा पानी में चीनी की तरह घुलकर पाठक को अपनी मिठास देती है। वस्तुत: ये कहानियाँ एक व्यापक मानवीय और सामाजिक फलक पर रची गई हैं, जहाँ मनुष्य का जीवन और मानवीय मूल्यबोध सर्वोपरि है।

उनके पास कथा को आगे बढ़ाने की एक खास प्रविधि है। उनके पात्र यथार्थ की जमीन पर चलते-चलते कल्पना के आकाश में उड़ जाते हैं। उस दौरान कथानक के पुष्पित, पल्लवित होने की जितनी सम्भावनाएँ बनती हैं, उनका दोहन करते हैं—ऐसा हो गया तो? वैसा हो गया तो? पाठक उनके साथ आसमानी सैर का आनन्द लेता रहता है। देर तक आकाश-पाताल एक करने के बाद वे फिर यथार्थ की जमीन पर उतर आते हैं। इस प्रविधि को मैं 'ब्लैक होल' से 'रीडिंग प्लेजर' खींच लाने की प्रविधि कहता हूँ।

चन्द्रकिशोर जी की कहानियों में व्यक्त जीवन बहुत विविधतापूर्ण है। इतना विशाल जीवनानुभव! और जब यह जीवन करुणा से ओत-प्रोत होकर कथा में उतरता है तो अनन्त छटाएँ बिखेर देता है। इसीलिए जैसी विविधवर्णी कहानियाँ चन्द्रकिशोर जी के पास हैं वैसी कम लेखकों के पास हैं।

विषयवस्तु और विन्यास की विविधता को दृष्टिगत रखते हुए लेकिन इस संग्रह की सीमा को समझते हुए लेखक की सिर्फ छह कहानियों को प्रतिनिधि कहानियों के रूप में चुना गया है। इसमें कोई शक नहीं कि ये सभी महाप्राण कहानियाँ हैं लेकिन वास्तव में हमारे लिए यह तय कर पाना बहुत कठिन है कि उनकी किन कहानियों को 'प्रतिनिधि' माना जाए। क्या 'मर गया दीपनाथ' के शंकाकुल दीपनाथ की दुविधा को भूला जा सकता है। क्या 'नकबेसर कागा ले भागा' के प्रेमाकांक्षी दोनों भिखारियों को भूला जा सकता है या 'चोर' कहानी के आठ-दस साल के उस बच्चे की आँखों को भूला जा सकता है जिसे गरीब और अधनंगा होने के कारण चोर ठहरा दिया जाता है या 'हुज्जत-कठहुज्जत' की भोटिया वाली की दबंगई और वाचालता को जो अकेले दम पर पूरे ससुरालियों से लोहा लेती है और घर में दो चूल्हे करवा कर मानती है। अन्याय के विरुद्ध सशस्त्र संघर्ष का संकल्प लेकर जी रहे, 'जंग' कहानी के सत्तर वर्षीय भूनो बाबू को कैसे भूला जा सकता है जिनके छप्पर से दारोगा आधी रात को तमंचा बरामद करता है। वास्तव में चन्द्रकिशोर जी की हरेक कहानी यादगार असर छोड़ने वाली है।

मुझे पक्का यकीन है कि इस संग्रह की कहानियों को पढ़ने के बाद पाठक चन्द्रकिशोर जायसवाल की अन्य कहानियों को पढ़ने के लिए बेताब हो जाएँगे।

08 जनवरी, 2023

**—शिवमूर्ति**

# क्रम

# मर गया दीपनाथ

ठीक मियाँजी की ठाकुरबाड़ी के पास उसकी साइकिल की चेन टूटी। चेन के टूटने पर उसे खुशी हुई। मियाँजी की ठाकुरबाड़ी मुरादपुर गाँव में ही है, गाँव के एक छोर पर, और मुरादपुर चौक पर एक साइकिल मिस्त्री की दुकान है। अगर चेन अमवारी या डूमर में टूट जाती, तो कष्ट हो जाता, साइकिल को इतनी दूर तक घसीटकर लाना पड़ता।

मियाँजी की ठाकुरबाड़ी के ठाकुर की कृपा से मिस्त्री की दुकान खुली हुई थी और मिस्त्री किसी साइकिल की मरम्मत कर रहा था। उसने अपनी साइकिल दुकान पर लगाई और वहीं एक खाली बेंच पर बैठ गया। उसकी इच्छा हुई कि वह एक पान खा आए। वह उठकर पान की एक दुकान पर पहुँचा। उसने देखा कि पानवाला बहुत हड़बड़ी में अपनी दुकान बन्द कर रहा है। उसे लगा कि कुछ गड़बड़ है। पान माँगने पर पानवाले ने जवाब दिया, "अब पान नहीं मिलेगा, भाईजी। दुकान बन्द हो गई।" उसे घबराहट हुई; दिल धक्-धक् करने लगा। उसे किसी खतरे का एहसास हुआ, जिसमें सिर्फ पानवाला ही नहीं, वह भी पड़ गया है। उसने ताबड़तोड़ कई सवाल पूछ डाले, मगर जवाब किसी एक का भी नहीं मिला। जब पानवाले ने अपनी दुकान बन्द कर ली और अपने घर का रास्ता पकड़ा, तो वह जाते-जाते बोल गया, "दंगा हो गया है।"

दंगा! दंगा?

"कहाँ?" उसे कुछ जोर लगाकर पूछना पड़ा।

जवाब नहीं मिला; पानवाला जा चुका था।

वह लपककर साइकिल मिस्त्री के पास आ गया। मिस्त्री पानवाले से कुछ अधिक ही चंचल हो उठा था। वह दुकान के बाहर फैली चीजों को तेजी से समेट रहा था। जल्दबाजी में जितना बता सकता था उतना बता दिया उसने, "रात में मुहम्मदपुर के पास मार-काट हुई है। बात बढ़ गई है, दंगा भड़क उठा है, हिन्दू-मुस्लिम दंगा।"

मिस्त्री ने जाते-जाते उसे राय दी, "आप अब यहीं रुक जाइए। आगे भी खतरा है और पीछे भी। उधर उस घर में चले जाइए।"

वह जब तक कुछ सोचे, तब तक बहुत कुछ हो गया।

अचानक पूरी बस्ती में हंगामा मच गया था। लोग भाग-दौड़ करने लगे थे। दंगे की खबर घर-घर नाच रही थी; और भी न जाने कैसी-कैसी खबरों की हवा उड़ी थी, उड़ाई गई थी। लोग घरों से निकलकर बाहर आ रहे थे, औरत, मर्द, बच्चे, बूढ़े, बीमार। सबके हाथ में हथियार थे, बच्चे-बीमार तक हथियारबन्द। मुसलमानों की बस्ती में हथियारों का ऐसा जखीरा होता है; इसकी तो कभी कल्पना भी नहीं की थी उसने। हर घर हथियारघर! मुहर्रम के समय मुसलमानों के अस्त्र-शस्त्र देखने का मौका उसे कितनी ही बार मिला था, मगर एक साथ इतने हथियार उसने कभी नहीं देखे थे। और फिर ऐसे-ऐसे हथियार! तलवारें ही क्या एक किस्म की? यह हुई मुगलकालीन शमशीर, यह तलवार टीपू सुलतान की, वह औरंगजेब की जाम्बिया, और वह कोटा तलवार...भाले...फरसे...

उसके पाँव थरथराने लगे, दिल जोर-जोर से धड़कने लगा। पूरे बदन में झुरझुरी पैदा हो गई।

दंगा! हिन्दू-मुस्लिम दंगा! एक अकेला हिन्दू! हर तरफ हाथ में हथियार लिये हिन्दूहंता मुसलमान, बेरहम, वधेच्छुक, खूँखार! क्या करे वह? ऐसे में निकल भागा जा सकता है क्या? ईश्वर! हे ईश्वर!

"हे ईश्वर!" वह मन ही मन बुदबुदाया, "अगर मैंने तुम्हें कभी पूजा है (कब नहीं पूजा है? मैंने हमेशा पूजा है, हमेशा नमन किया है; सड़क-बाजार तक में दिख गए देवालयों के आगे सिर झुकाया है।), अगर मेरी माँ ने तुम्हारी सेवा-पूजा की है (माँ का तो सारा समय ही व्रत-पूजा

में कटता था। ऐसा कौन दिन गुजरा होगा, जब माँ ने माँ दुर्गा का जाप नहीं किया होगा!), अगर यह सच है कि मेरी माँ बाबा बैद्यनाथ के पास काँवर लेकर पाँव-पैदल गई थी और तब मैं पैदा हुआ था (यह सच है और इसकी जानकारी मुझे ननिहाल में बहुत बचपन में ही मिल गई थी), तो मेरी रक्षा करना।"

नमन-सुमिरन पलक झपकते पूरा हो गया, तो अब वह कुछ सोचने के लिए जहाँ का तहाँ खड़ा नहीं रह सकता था। क्या पता, पूजित सारे देवी-देवता साइकिल मिस्त्री की जिह्वा पर आ बैठे हों और उनकी ओर से ही आदेश हुआ हो, "उधर उस घर में चले जाइए।"

साइकिल मिस्त्री ने यासिन शेख के घर की ओर इशारा किया था। मिस्त्री किसी और घर की ओर इशारा करता, तब भी वह शेख साहब के घर की तरफ ही दौड़ता। शेख के दिल में हिन्दुओं के लिए दया-ममता है, यह सारा इलाका जानता था। मियाँजी की ठाकुरबाड़ी इसी शेख साहब ने बनवाई थी मुरादपुर के दो-तीन घरों में रह रहे उन हिन्दुओं के लिए जिन्हें व्रत-त्योहार के अवसर पर पूजा-पाठ के लिए बगल के गाँवों में जाना पड़ता था और इससे शेख साहब के मुरादपुर की नाक कटती थी। अभी उस कत्लगाह में एक वही घर था, जहाँ पनाह मिल सकती थी, जहाँ शायद...शायद जान बच जाए।

साइकिल को जैसे-तैसे दौड़ाते वह उस घर की ओर दौड़ा। चारदीवारी का फाटक पारकर वह अन्दर दाखिल हुआ, फाटक के पास ही अपनी साइकिल गिरा दी और फिर धीमी चाल से चलकर वह घर के ओसारे के पास जा खड़ा हुआ। उसका कंठ सूख रहा था। पाँवों में थरथराहट थी और वह उन पर काबू नहीं पा रहा था। अब क्या करे वह? देवी-देवताओं का कोई आदेश, कोई संकेत? कुछ भी नहीं।

कोई आदेश! कोई संकेत! मगर क्या...मन विचलित हो उठा उसका... मगर क्या ईश्वर का ही भरोसा किया जा सकता है? क्या ईश्वर उसे बचा लेंगे? दंगों में क्या केवल वही मरते हैं, जिन्होंने देवी-देवताओं के सामने कभी शीश नहीं झुकाया, कभी प्रार्थनाएँ नहीं कीं? नहीं, ऐसा नहीं होता। यहाँ भक्तों की भीड़ भी कट जाती है। भगवान नहीं दौड़ते उन्हें बचाने।

भगवान का बहुत भरोसा नहीं किया जा सकता। तो फिर...तो भागे वह? भागने की कोशिश करे? किधर भागे? अब तो नजर बचाकर भागा भी नहीं जा सकता।

अंधड़ उसके मन में चल रहा था।

और अब धमाचौकड़ी शेख साहब के दरवाजे पर शुरू हो गई थी। लोग अन्दर-बाहर कर रहे थे, दौड़कर, लपककर इधर-उधर चल-फिर रहे थे। उस पर किसी का ध्यान नहीं गया; पता नहीं, दौड़-भाग कर रहे लोगों में किसी ने उसे देखा भी या नहीं।

बुत पर नजर पड़ी खुद शेख साहब की ही। वे पास आ गए, "आप कौन हैं, भाई?"

मियाँजी की ठाकुरबाड़ी इसी शेख ने बनवाई थी, मगर...

दरवाजे पर भाग-दौड़ कर रहे लोगों की बातें उसके कानों में पड़ चुकी थीं...मुहम्मदपुर जला दिया गया है...सात मुसलमान मारे गए हैं... कठसरा के मुसलमान भागकर इधर ही आ रहे हैं...पता नहीं, बड़गच्छी के दस घरों का क्या हुआ?...

...सात मुसलमान मारे गए हैं...

...आप कौन हैं, भाई?...

क्या बोले वह? बोलते ही अगले क्षण न जाने क्या गुजर जाए उस पर!

झूठ बोल जाए?

एक बार वह अपने मित्र सुलेमान के साथ एक और मित्र समरेश के गाँव गया था। समरेश ने बहुत लजाते हुए सुलेमान से कहा था, "एक बात का बुरा नहीं मानना, दोस्त। मेरे गाँव के हिन्दू मुसलमानों को घर के अन्दर चौके में या आँगन में खाना नहीं खिलाते। मैं यहाँ कोई विरोध करने की स्थिति में नहीं हूँ। झंझट हो जाएगी। यह भी नहीं होगा कि तुम खाना घर के बाहर दरवाजे पर खाओ। तुम्हारा नाम शंकर रहा; हम तुम्हें इसी नाम से पुकारेंगे।"

सुलेमान शंकर बन गया। इस बात की जरा भी आशंका नहीं थी कि समरेश के घरवाले यह जाँच-पड़ताल करेंगे कि चौके में खाना खा रहा शंकर नाम का छोकरा कोई सुलेमान-मुसलमान तो नहीं है, और खतरा

इतना भर था कि भेद खुल जाने पर समरेश को डाँट-डपट सुननी पड़ती, तब या बाद में कोई मार-काट नहीं मच जाती।

भेद नहीं खुल पाया था।

अभी वह सुलेमान बन जाए?

जाँच-पड़ताल नहीं होगी क्या?...क्या पता, इनके पास हिन्दुओं को पहचान लेने का कोई तरीका हो! कोई रोजा-नमाज की बात ही पूछ बैठे, तो?...कुरानशरीफ में...सुन्नत...

अगर भेद खुल गया तो?...सात मुसलमान मारे गए हैं...रोने-घिघिआने तक का मौका मिलेगा क्या? कई हाथ, कई हथियार एक साथ उठ जाएँगे... खप...अब बचे छह...प्रतिशोध की ज्वाला में जल रहे मुसलमान जान निकल जाने पर भी उस एक जिस्म में देर तक भाला भोंकते रह जाएँगे।...

"चुप क्यों हैं? बोलते क्यों नहीं?"

उसने सिर उठाकर शेख साहब के चेहरे की ओर देखा, और फिर, जो जीभ अब तक तालू से सटी पड़ी थी, वह ऐसी चालू हुई कि वह एकबारगी बोल गया, "मैं सिसवन का रहनेवाला हूँ। सिसवन के पुरबी टोले में रहता हूँ, नारायण साह के टोले में, उनके घर के ठीक सामने। मेरा नाम दीपनाथ विश्वास है, मेरे पिताजी का नाम रघुवीर विश्वास। मैं घर से बेगमगंज...।"

"आइए मेरे साथ।"

शेख साहब किसी फुरसत में नहीं थे। कुछ और अधिक सुनने का समय नहीं था उनके पास। वे आगे बढ़कर ओसारे पर चढ़ गए। ओसारे पर एक चौकी पड़ी तो थी, मगर उस पर दीपनाथ को बैठाने के लिए वे वहाँ रुके नहीं। ओसारे से सटा एक कमरा था, काफी बड़ा। वे उस कमरे के अन्दर जा घुसे। दीपनाथ उनके पीछे यंत्रवत् चलता हुआ कमरे में दाखिल हो गया।

एक चौकी पर बैठने का इशारा करते हुए शेख बोला, "आप यहाँ चुपचाप आराम कीजिए।"

इतना बोलकर शेख ने खुली हुई खिड़की के पल्ले लगा दिये और कमरे से बाहर निकलकर किवाड़ भिड़का दिया।

अरे! बाहर से जंजीर भी लगा दी! यह क्यों?...यह क्यों?...

क्या वह कैद में है?...अब?

उसने पूरे कमरे का मुआइना किया। टीन की छत बहुत ऊँची थी। अनाज के पन्द्रह-बीस बोरे एक ओर रखे हुए थे। धरन पर कुछ पाट के बोझ थे। फर्श की जमीन कहीं-कहीं टूट-फूट गई थी। दो चौकियाँ थीं। जिस चौकी पर वह बैठा था उस पर बिछावन लगा हुआ था। कैद से निकल भागने की जरा भी सम्भावना नहीं थी। खिड़की तोड़ी नहीं जा सकती थी, दीवार की एक ईंट भी खिसका देना उसके बूते के बाहर था।

उसके प्राण सूखने लगे थे।

तभी उसकी निगाह दीवार से टँगी एक तस्वीर पर अटक गई, जिसमें कोई मस्जिद बनी हुई थी और अरबी-फारसी में कुछ लिखा हुआ था। कुछ खुदा के बारे में ही लिखा हुआ होगा, ऐसा लगा उसे।

वह उठा और तस्वीर के पास जा खड़ा हुआ, तस्वीर की मस्जिद और इबारत के प्रति सच्चे दिल से अपनी आस्था प्रकट की और फिर अपने दोनों हाथ जोड़कर इबादत पर उतर आया, "ऐ खुदा, मुझे बचा लो। ऐ मुसलमानों के खुदा, तुम खुदा हो और तुम्हें मालूम है कि मुसलमानों के प्रति मेरे मन में कोई मैल नहीं, कोई मलाल नहीं। इन्सान तो दूर, मैं किसी मुसलमान खस्सी-पाठा तक को काट नहीं सकता। किसी मुरगे तक को जबह होते नहीं देखा जाता मुझसे। मैं मुसलमानों का खून बहाकर, खून बहते देखकर कभी खुश नहीं होऊँगा। मुझे बचा लो, ऐ खुदा, ऐ मुसलमानों के खुदा।"

लगा कि कोई ओसारे पर चढ़ा और नीचे कूदकर किसी ओर निकल गया। अगर—उसके मन में कौंधा—कोई किवाड़ खोलकर कमरे में प्रवेश करता है और उसे उस हालत में देख लेता है, तब? देखनेवाला कोई मुसलमान ही होगा। वह चीखकर और मुसलमानों को इक्ट्ठा कर सकता है, "इस काफिर को देखो। यह चोरी से हमारे खुदा की इबादत कर रहा है। इसे हम पर शक-शुबहा हो रहा है। इसके दिल में मैल है। इसे मत छोड़ो।"

तो फिर, यहाँ नहीं, इसे खींचकर ले चलो पिछवाड़े, और वहीं... अल्ला हो अकबर...खप...अब बचे छह...

वह जल्दी से किवाड़ की अर्गली अन्दर से लगा देता है और जल्दी-जल्दी अपनी प्रार्थना पूरी करने लगता है, "ऐ खुदा, तुम खुदा हो और मेरे विचारों को, मेरे मन की बातों को जानते हो। क्या मैंने हर मुसलमान को एक इन्सान नहीं माना है? कोई फर्क माना है मैंने हिन्दू और मुसलमान के बीच? हर इन्सान पहले इन्सान है, फिर किसी संयोग से, किसी खास समय में कोई हिन्दू, कोई मुसलमान। मेरे लकड़दादा का लकड़दादा भी हिन्दू ही रहा होगा, यह मैं कैसे मान लूँ? क्या इसी मुल्क के ढेर सारे मुसलमानों के पूर्वज हिन्दू नहीं थे? आज भी लोग अपनी सुविधा से हिन्दू बने रहते हैं, मुसलमान बन जाते हैं, बौद्ध या ईसाई बन जाना चाहते हैं। आज, अभी, इस वक्त जब मौत मेरे सामने है, अगर मुसलमान भाई मुझे घेरकर कहते हैं कि मुझे मुसलमान बनना पड़ेगा, तो क्या मैं इन्कार करूँगा? कर सकता हूँ इन्कार? उचित होगा इन्कार करना? मुझे मालूम है मुसलमान भाइयों का यह मानना है कि जो न खाय गाय का गोश्त, वह न कभी मियाँ का दोस्त। अगर यह भ्रम है उनका तो मैं मौत से बचने के लिए गाय का गोश्त भी खा लूँगा। मैंने इतिहास पढ़ा है; मौत से बचने के लिए भूखी माँ ने अपनी गोद के बच्चे का गोश्त भी खा लिया है। इसी भारतवर्ष में क्या गायों की बलि नहीं दी जाती थी वैदिक काल में? ब्राह्मण गाय नहीं खाते थे क्या? मैं जिन्दा रहना चाहता हूँ, ऐ खुदा, और सुख-शान्ति से अपनी जिन्दगी गुजारना चाहता हूँ। फिर मैं हिन्दू होकर रहूँ या मुसलमान, कोई फर्क नहीं पड़ता है मेरे लिए। आज से दस हजार साल बाद किसे पता कि हमारी संतानों में कौन क्या बना रहेगा, कौन कितना बदल जाएगा? अभी ही क्या तुम केवल मुसलमानों के खुदा हो? क्या मैं तुम्हें अपना खुदा नहीं मानता?"

किसी भागते आ रहे आदमी की पदचाप सुनाई पड़ गई। लगा कि ओसारे की ओर ही आ रहा है। किवाड़ तो नहीं खोलेगा? अन्दर से अर्गली लगी हुई देखकर कुछ सोच न बैठे। गुस्से में आ सकता है, जब बाहर से जंजीर चढ़ाई हुई है, तो फिर अन्दर से अर्गली क्यों? क्यों? क्यों लगा दी अर्गली? बाप का घर है? साले काफिर के मन में जरूर कोई बात

है। उसकी शामत आ गई। लाता हूँ शमशीर। अभी किवाड़ खुलवाता हूँ। अर्गली लगा देने से किवाड़ नहीं टूटता है क्या?...

वह जल्दी से किवाड़ की अर्गली हटा देता है।

ओसारे पर कोई नहीं चढ़ा, मगर वह हड़बड़ी में होता है समझा-बुझाकर खुदा को मना लेने की, "ऐ खुदा, अधिक कहने या कुछ भी कहने की भला क्या जरूरत है मुझे। तुम खुदा हो, सब जान रहे हो, सब देख रहे हो। मैं बस इतना सुना देना चाहता हूँ कि अपने जानते किसी निर्दोष को मत मरने दो; इतना जरूर करो, ऐ खुदा। इस दंगे के दौरान क्या उस इन्सान को भी मर जाने दोगे जो मुसलमानों का भला चाहता है? क्या मेरा दोस्त सुलेमान कभी चाहेगा कि मैं इस तरह मारा जाऊँ? क्या मैंने कितनी ही बार यह नहीं सोचा है आज से पहले भी कि अगर कभी मेरे गाँव में दंगा फैला, तो मैं गाँव के सकूर मियाँ और उसके परिवार वालों को अपने घर के अन्दर कर लूँगा, और अगर दंगाइयों ने उत्पात मचाने की कोशिश की, तो उनसे शरणागतों की जान लेने के पहले मैं अपनी जान ले लेने के लिए कहूँगा? अगर मैं आज मारा गया, तो कल तुम्हें पछताना पड़ेगा; मेरी इस बात का विश्वास करो, बहुत-बहुत पछताना पड़ेगा। मुझ पर रहम न आए, मगर सकूर मियाँ पर तो खयाल रखो, ऐ खुदा।"

बाहर से शोर-गुल की कुछ ऐसी आवाजें आईं कि उसका ध्यान भंग हो गया। अचानक भागामभाग की हलचल! शायद कुछ हो रहा है, शायद शुरू हो गई मार-काट, खूनखराबा।

अल्लाहोअकबर का नारा बुलन्द हुआ।

उसकी आँखों में आँसू आ गए...क्या मैं सचमुच मारा चला जाऊँगा? घरवालों को पता तक नहीं चलेगा कि मैं कहाँ गुम हो गया। लोगों के किसी ढेर में उन्हें मेरी लाश नहीं मिलेगी, न इस गाँव में न उस गाँव में। पता नहीं, कहाँ दफना दिया जाऊँगा, किस नाले में भँसा दिया जाऊँगा।... शीला! मेरी बदनसीब बीवी! कभी सोचा था कि मैं तुम्हें इस तरह छोड़कर भाग जाऊँगा? तुम बहुत रोओगी न?...मेरे बदनसीब बच्चे! अब किस तरह बड़े होंगे वे? बाप के बगैर...

वह फफककर रो पड़ा।

दूर की आवाजें उसके कानों में पड़ने लगीं। आवाजें उसके समीप आती गईं।

रोना रोककर वह खिड़की के पास जा पहुँचा। उसने देखा कि पल्लों के बीच एक पतली फाँक है, जिससे बाहर का नजारा कुछ-कुछ देखा जा सकता है। उसने अपनी एक आँख उस फाँक से सटा दी। दरवाजे का एक लम्बा टुकड़ा दिखाई पड़ रहा था, उस टुकड़े में चारदीवारी का मुख्य फाटक भी। मगर उस टुकड़े में कहीं कोई आदमी नहीं दिख रहा था।

पर उसकी नजरें उस टुकड़े पर जमी रहीं। और अगले ही क्षण उसने देखा कि बूढ़ा शेख फाटक से अन्दर आया। उसने शेख को ओसारे की ओर ही आते देखा, और उसे लगा कि बूढ़ा ओसारे पर चढ़ चुका है और अब वहीं चौकी पर बैठ गया है। वह सावधान हो गया कि अब शेख किसी भी क्षण कमरे का दरवाजा खोल सकता है। आँख-मुँह अच्छी तरह पोंछकर वह अपनी जगह पर जम गया और स्वस्थ दिखने का प्रयास करने लगा। डर का कोई भूत उसे बहुत डरा रहा था। वह बार-बार अपने को काबू में रखने की कोशिश कर रहा था, और अन्त में यह निर्णय ले लिया उसने कि अब वह अपने को मरा हुआ मान ले और हिम्मत से बैठे; सिर झुकाकर कर लिया साँईं से आवेदन-निवेदन, अब सिर उठाकर करेगा शेख का सामना।

जब दरवाजा देर तक नहीं खोला गया, तो वह फिर उठकर आहिस्ते से खिड़की के पास पहुँचा और फाँक से आँख लगा दी। बूढ़ा अभी भी बाहर चौकी पर बैठा हुआ है या कहीं बाहर निकल गया, यह जान लेने की इच्छा हो रही थी उसकी। किसी घबराहट-खड़खड़ाहट की हल्की आवाज को भी पकड़ लेने की कोशिश में वह अपने कान लगाने ही वाला था कि उसने लपझप चाल से आते हुए दो नौजवानों को फाटक के अन्दर घुसते हुए देखा, और फिर ओसारे की ओर बढ़ते हुए भी।

वह झटपट अपनी जगह पर जा बैठा।

दोनों ही ओसारे के पास आकर थम गए थे। एक की आवाज सुनाई पड़ी, "अब्बाजान..."

"हूँ," शेख बाहर ही बैठा हुआ है!

आवाज घबराई हुई थी, "अब्बाजान, कठसरा से जो मुसलमान आए हैं, उन्हें मस्जिद में टिका दिया गया है। वे लोग छिपकर निकल भागे हैं वहाँ से। उनका पीछा तो नहीं किया गया है, मगर वहाँ का माहौल गरम है। ऐसी सूचना है कि वहाँ के हिन्दू गोल बाँध रहे हैं। मुहम्मदपुर में पुलिस पहुँच गई है। अब उधर से हमला होगा, ऐसा तो नहीं लगता, मगर कठसरा और अमवारी की ओर से हमलावर आ सकते हैं।"

"जब पुलिस किसी एक जगह भी पहुँच गई है," बूढ़ा शेख बोल रहा था, "तो अब हर जगह के हिन्दू थम जाएँगे। फिर भी हमें सावधान रहना है।"

"हमें बिल्कुल तैयारी में रहना है, अब्बाजान। मैं नहीं मानता," शेख के बेटे की आवाज थी, "कि हिन्दू पुलिस हमें बचाने के लिए आई है। हम अभी खतरे में हैं। सिमरौनी और कठसरावाले तो पहले बड़गच्छी पर हमला बोलेंगे, मगर अमवारी और डूमरवालों का निशाना हमारा मुरादपुर ही होगा। डूमर के मंडल और महतों को मैं अच्छी तरह जानता हूँ। वे बहुत दिनों से हम पर नजर टिकाए हुए हैं। शक है कि उनके चुराए गए गाय-बैल का माँस बड़गच्छी के मुसलमान मुरादपुरवालों के हाथ ही बेचते हैं। अभी वे सब सिमरौनी के संथालों को इकट्ठा कर रहे होंगे। मेरा दिल कहता है, वे अवश्य हमला करेंगे, इस मौका को हाथ से जाने नहीं देंगे वे।"

"सुन लीजिए, चचाजान," यह आवाज उस छोकरे की थी, जो शेख के बेटे के साथ आया था, "मुहम्मदपुर में क्या हुआ, यह मैं नहीं जानता और कह नहीं सकता कि दोष किसका था, मगर यदि हमारे गाँव पर हमला हुआ या अब बड़गच्छी और कठसरा के मुसलमानों को मारा गया, तो हम आपके रोके भी नहीं रुकेंगे। मेरा खून खोल रहा है, चचा। मुहम्मदपुर में सात मुसलमान मारे गए हैं, मैं हर सात पर सत्तर हिन्दुओं को मारूँगा।"

"अभी उबलने की जरूरत नहीं है, रशीद," बूढ़े शेख ने कहा, "सच-झूठ का पता भी तो लगे, और फिर यह भी तो नहीं मालूम हो रहा है कि मुहम्मदपुर में बात बिगड़ी कैसे।"

साला रशीद!

"सुनने में आ रहा है," शेख का बेटा बोलने लगा, "कि बेगमगंजवाली सड़क के किनारे पीपल के एक पेड़ के नीचे बने चबूतरे पर हनुमानजी के नाम से जो पत्थर रखा हुआ है, उसी पत्थर के पास किसी ने पाखाना कर दिया था। किसी ने हल्ला उड़ा दिया कि उसने एक मुसलमान बच्चे को उस चबूतरे पर पाखाना करते हुए देखा था। इसी बात पर बात बढ़ी और फसाद शुरू हो गया।"

"यह एक बहाना था, चचा," रशीद बोलने लगा था, "रोने का मन, तो आँख में गड़ी खूँटी। साजिश बहुत कबल से चल रही थी। जब तक सब कुछ पहले से तय नहीं था, तो घंटे भर के अन्दर वहाँ सकरा से बन्दूकें कैसे पहुँच गईं? पूरी तैयारी के बाद फसाद मचाया गया है। यह जरूरी है कि हम इस हमले का जवाब दें। हमें जवाब देना चाहिए।"

"यह सब बाद में सोचा जाएगा। अभी इस वक्त जो जरूरी काम हैं, पहले उन्हें करो। मस्जिद में जो लोग ठहरे हुए हैं, उनके भोजन-पानी का इन्तजाम कर लो। वहाँ हथियार पहुँच गए हैं न?"

"हाँ, पहुँच गए हैं। चार बन्दूकें जमील के पास हैं। उसके साथ सत्तार है और उसे एक झोले में बम दे दिये गए हैं। और लोगों के पास बल्लम-बरछे हैं।"

बम, बन्दूक, बल्लम, बरछा! हिन्दुओं की हत्या के लिए शेख के पास इतने हथियार! इसी शेख ने बनवाई थी हिन्दुओं के लिए ठाकुरबाड़ी? बगुला भगत! छिः, मियाँजी की ठाकुरबाड़ी!

"एक काम अब यह करो," बगुला भगत बोल रहा था, "कि दस-पन्द्रह आदमी सगीर के बगीचे में तैनात हो जाओ बम और बन्दूक के साथ। दंगाई उधर से ही आएँगे और उन्हें वहीं रोक लेना है, पीछे खदेड़ देना है। इस बात पर नजर रखना कि वे किसी घर में आग लगाने न पाएँ।"

"एक और बात अभी ही तय कर लेनी है, अब्बाजान। मैं सोचता हूँ कि ज्यों ही दंगाई हमारे करीब आ जाते हैं, हम सबसे पहले अपने गाँव की मुसहरी पर हमला कर दें, उनके घरों में आग लगा दें और उन्हें गाँव से बाहर खदेड़ दें?"

"क्या बक रहे हो? क्यों खदेड़ दें?"

"वे इस गाँव के हैं, पर हैं तो हिन्दू। जब दंगाई यहाँ आकर हरहर-बमबम का नारा लगाएँगे, तब क्या मुसहरी के हिन्दू हमारी या इस गाँव की रक्षा की बात मन में लाएँगे? उल्टे ये हम पर ही टूट पड़ेंगे। तब हम घिर जाएँगे, आगे से भी और पीछे से भी। आप इस खतरे पर ध्यान नहीं दे रहे हैं।"

"मैं अभी मुसहरी से ही आ रहा हूँ। भूटो मुसहर से बात हो गई है। वे किसी के बहलाने-फुसलाने में आनेवाले नहीं हैं; उन लोगों पर किसी भी नारा का कोई असर पड़नेवाला नहीं है। वे वही करेंगे, जिसमें उनका अपना भला हो। उन्हें आगे भी तो इसी गाँव में हमारे साथ रहना है।"

"मुसहरों का अपना कोई गाँव होता है क्या? देह के सिवा और क्या दौलत होती है उनके पास, कोई जर-जमीन? जहाँ काम मिलेगा, वहीं घर बसा लेंगे वे, गाँव बसा लेंगे। एक गाँव से उपटकर दूसरे गाँव जाते उन्हें कितना वक्त लगेगा? मैं हिन्दुओं पर भरोसा नहीं करता, अब्बा; हम मारे जाएँगे।"

"भरोसा तो करना ही पड़ेगा, रकीब मियाँ," शेख ने बेटे को जवाब दिया, "भरोसे पर ही तो दुनिया चल रही है। मुसहर उन हिन्दुओं का साथ देंगें, जिन्होंने उन्हें उनके गाँव से खदेड़ बाहर किया था, और हम मुसलमानों के खिलाफ हो जाएँगे, जिन्होंने उन्हें इस गाँव में पनाह दी थी? यहाँ के लोग, बेवफा, नमकहराम, गद्दार, एहसानफरामोश, मगर तब इन्सान को एक और भरोसा भी है, खुदा का भरोसा। तुम किसी पर नहीं, तो खुदा पर ही भरोसा रखो।"

जवाब में बेटे की कोई आवाज साफ-साफ कानों में नहीं पड़ी, मगर लगा कि वह भुनभुनाया है।

अब कोई कुछ बोल नहीं रहा था।

उसने फिर फाँक से अपनी आँख सटा दी और दोनों नौजवानों को फाटक से बाहर जाते हुए देखा।

बूढ़ा सेनापति अभी यहीं बैठा हुआ है; यहीं से बैठे-बैठे सेना का संचालन कर रहा है!

उसने फिर अपनी जगह पकड़ ली।

अल्लाहोअकबर की आवाज गूँज उठी थी। आवाज अवश्य मस्जिद की ओर से आई होगी। तो क्या अमवारी और डूमरवाले आ गए? हाँ-हाँ, आ रहे होंगे। मस्जिद की छत पर बैठे लोगों को वे दूर से ही दिख गए होंगे। और उन्होंने अल्लाहोअकबर की गोहार लगाकर मुरादपुर के सारे मुसलमानों को सावधान कर दिया है।

जय श्रीराम, जय श्रीराम! अब शीघ्र आ जाए राम की सेना, अतिशीघ्र, और मुसलमानों के कत्लगाह में कैद एक हिन्दू का उद्धार कर दे।

उद्धार!

ऐसा हुआ है।

कितनी ही बार ऐसा हुआ है कि बंदी बधभूमि की ओर ले जाया जा रहा हो और तभी उसकी मुक्ति का परवाना आ पहुँचा हो और मौत से घड़ी भर पहले कैदखाने का फाटक उद्धारकों द्वारा तोड़ डाला गया हो। ऐसा बहुत बार हुआ है।

इस बार भी ऐसा ही होगा। हर देवालय के सामने शीश झुकाने का सुफल आज उसे मिल गया। माँ दुर्गा प्रसन्न है जाप-कीर्तन से। काँवरियों की भीड़ में भी बाबा बैद्यनाथ की नजर उसकी माँ पर पड़ गई थी।

मगर खूँखार शेख अभी भी चौकी पर ही बैठा हुआ है क्या? अब क्या कर रहा है वह यहाँ? भागता क्यों नहीं?

अल्लाहो अकबर!

आशा का एक झोंका आया और वह आवेश में उठ खड़ा हुआ। खिड़की के पास जा पहुँचा वह और हल्के से उसकी सिटकिनी खोली, ताकि बूढ़ा अगर अभी भी ओसारे की चौकी पर बैठा हुआ हो, तो उसे कुछ पता न चले। खिड़की के पल्ले थोड़ा-सा खोलकर उसने सामने सुनसान दरवाजे को देखा और फिर निर्णय लिया कि अब खुली खिड़की के सामने ही खड़ा रहकर वह सामने की सड़क पर नजर टिकाए रखे, ताकि अगर सड़क से हिन्दुओं की भीड़ गुजरे, तो वह गोहार मचा दे, "हर हर महादेव, हर हर महादेव...इधर आओ...एक हिन्दू यहाँ है मुसलमानों की कैद में...छुड़ाओ उसे...जय बजरंगबली, तोड़ दे दुश्मन की नली..."

सड़क अभी भी खाली है! वह सिहर उठता है, बूढ़े शेख के हाथ में कोई हथियार तो नहीं है? खुद भागने के पहले उसका काम तमाम कर देने की बात तो बूढ़े के मन में नहीं आ रही है? वह दरवाजे की अर्गली लगाता है। उसे राहत मिलती है कि अब बूढ़ा अन्दर नहीं आ सकता। अब अगर बूढ़ा अर्गली तक तोड़ देने की नीयत से पल्ले पर जोर लगाता है, तो वह भी अपनी पूरी ताकत से पल्ले को आगे की ओर दबाकर रखेगा, ताकि अर्गली टूटने न पाए। और फिर कब तक जोर लगाता रहेगा यह बुड्ढा? तब तक तो तेजी से आ रही भीड़ की आवाजें उसके कानों से टकराने लगेंगी, "हर हर महादेव, हर हर महादेव...।" और अब अन्दर से वह सुनाएगा शेख को, "अब भाग जाओ, यासिन मियाँ। नहीं भागे, तो जान नहीं बचेगी तुम्हारी। मूली-गाजर की तरह कतर दिये जाओगे तुम। सगीर के बगीचे में तैनात तुम्हारे सारे पहलवान अब तक चटनी हो गए होंगे। अब हिन्दू भी बेवकूफ नहीं रहे कि मुसलमानों से लड़ने के लिए घर से लाठी-कमाची लेकर निकलेंगे। अब वे भी बम और बन्दूक के साथ ही धावा बोलेंगे। भागो, भागो; मुझे तुम पर, तुम्हारे बुढ़ापे पर दया आ रही है। नहीं भागोगे?...जय बजरंगबली, जय बजरंगबली, तोड़ दे दुश्मन की नली...।"

मगर इतना सन्नाटा! दूर-पास से कोई आवाज नहीं! कहाँ ठिठक गए अमवारी और डूमरवाले? तो क्या...?...

बूढ़ा शेख अभी भी चौकी पर बैठा हुआ होगा।

वह अचानक सोचना बन्द कर देता है, कहीं मन के अन्दर की बुदबुदाहट जिह्वा पर न आ जाए, चीख बनकर न निकल जाए। वह धीरे से खिड़की का पल्ला सटा देता है।

बहुत हताश-निराश हो जाता है, अचानक बिल्कुल बुझ जाता है। उसे लगता है कि अब मौत की घड़ियाँ गिनी-चुनी हैं। वह धीरे से किवाड़ की अर्गली भी हटा देता है। वह चाहता है कि अचानक मौत आए, उससे पहले बाहर की जंजीर खोलकर शेख अन्दर उसके पास आ जाए।

मौत की घड़ियाँ गिनते हुए भी वह लगातार मौत से बचने की राह ढूँढ़ता रहा था। शेख से अर्ज करने के लिए उसने ढेर सारी बातें सोच

रखी थीं, पुख्ता दलीलें जुटाई थीं, अपने जीवन का सर्वाधिक महत्वपूर्ण, संजीवनी भाषण तैयार किया था। वह जल्दी से शेख को सब कुछ सुना देना चाहता था। उसे डर था कि देर हुई, तो वह कोई अच्छी बात भुला सकता है, ऐसी अच्छी बात जो उसके प्राण बचा दे, जो शेख के मन में दया-करुणा उपजा दे, जो वहाँ के लोगों में उसके कम-से-कम आधा मुसलमान होने का भ्रम पैदा कर दे।

शेख एक बार भी नहीं आया अन्दर। वह भूल तो नहीं गया कि अन्दर कमरे में कोई बन्द भी है?

मगर शेख आएगा जरूर; मौत से पहले एक मुलाकात अवश्य होगी उसके साथ।

मन में आई ढेर सारी बातों को वह क्रम में सजाने लगा था...

"देखिए, शेख साहब, मैं हिन्दू तो हूँ, मगर कोई कट्टर हिन्दू नहीं। मेरे लिए तो क्या हिन्दू, क्या मुसलमान, दोनों भाई-भाई हैं। मैं अपने को किसी मुसलमान से इसलिए बड़ा नहीं मान सकता कि मैं हिन्दू हूँ। अब आपको बताऊँ कि मेरा सबसे गहरा, दिली दोस्त एक मुसलमान है। नाम है उसका सुलेमान। सच पूछिए तो किसी हिन्दू से मेरा मन मिला ही नहीं, हिन्दुओं में कोई दोस्त बनाने लायक नहीं मिला। बचपन का सुलेमान, मेरा दोस्त, आज तक मेरे लिए वही सुलेमान, मेरा जिगरी दोस्त बना हुआ है। हिन्दुओं में किसे दोस्त बनाता मैं? किसी ब्राह्मण को? कहावत तो आपने भी सुनी ही होगी, 'ब्राह्मण का पूत, कोई जिन्न, कोई भूत।' मैं क्या जिन्न-प्रेत से दोस्ती करने जाता? तब मैं क्या यादवों से दोस्ती कर लेता? आप भी सुन लीजिए, जनाब, कि 'तरहत्थी पर उपजे बार, करो न यादव पर एतवार।' भूमिहारों के साथ दोस्ती की जा सकती थी क्या? 'रहे बजावत दुन्दुभि रावण के दरबार, से कलियुग में आई के भईल जात भुइंहार।' इस भकार-भूमिहार से मैं बराबर होशियार रहा हूँ, जनाब। और किसी कायस्थ के साथ कोई कायस्थ भी दोस्ती करता है क्या? हर एक को मालूम है, 'कायथ का बच्चा, कभी न सच्चा।' कोई बनिया भी दोस्ती बनाने के काबिल नहीं, 'ठग मारे अनजान, बनिया मारे जान।' अब बचे राजपूत। मगर कोई कैसे कर ले उससे दोस्ती जिसे जोश में होश नहीं, 'सूते रजपूत, उठे अजगूत।'

"खुदा की इतनी मेहरबानी मुझ पर हो गई कि मैं विश्वास-कुल में पैदा हुआ, जो मुसलमानों के बहुत पास-पास है और जिसके बारे में कोई कहावत नहीं है, कोई झूठ-सच नहीं कहा गया है। मुसलमान नहीं हुआ तो क्या, खुदा का शुक्रगुजार हूँ, एक मुसलमान दोस्त मिल गया। विश्वास-कुल में कोई ऐसा दोस्त मिलता मुझे? मुसलमान का तो अर्थ ही होता है मुसल्लम ईमान। यह ईमान और कहाँ किसमें मिलता भला!

"अब देखिए, जनाब, कि आज, अभी क्या हुआ! मैं मुसीबत में फँसा और आपने मुझे बचा लिया, इस कमरे में डाल दिया, जहाँ मैं बिल्कुल सुरक्षित हूँ। खुदा यह सब देख रहे होंगे और अपने बन्दे के काम से खुश होकर उसे आशीष दे रहे होंगे। मैं तो मानता हूँ कि मरने के बाद हर मुसलमान को जन्नत नसीब होता होगा। और, हिन्दुओं को? छि:, ये तो पापी हैं, महापापी। लाखों में कोई एक जगह पाता होगा स्वर्ग में, वह भी दो-चार दस दिनों के लिए, और फिर धकेल दिया जाता होगा नर्क की ओर, तामिस्त्र, अंधतामिस्त्र, रौरव, महारौरव में। आपने मेरे साथ जो सलूक किया है, उससे तो मुझे बार-बार यही एहसास होता है कि मैं अपने पिता के पास पहुँच गया हूँ। मेरा जी करता है, आपको अब्बा कहकर पुकारूँ। मैं तो खुदा से अक्सर अर्ज करता हूँ, 'ऐ खुदा! अगर इस जन्म के बाद भी मुझे इस धरती पर जन्म लेना पड़े, तो मुझे मुसलमान-कुल में जन्म देना।' पता नहीं, पिछले किस जन्म में क्या चूक हो गई मुझसे कि खुदा की इतनी मेहरबानी नहीं हुई कि सिसवन गाँव के बदले मुझे आपके मुरादपुर गाँव में पैदा करते। अगर मैं कोई मुसलमान होता और हिन्दुओं की बस्ती में इस तरह धर लिया जाता, तो क्या अब तक जिन्दा बचा रहता मैं? कबका काट-कूटकर कहीं फिंकवा दिया जाता। मैं तो आपके लिए, शेख अब्बा, रकीब की तरह हो गया हूँ।"

वह अचानक याद करता है कि एक बात तो कहना वह भूल ही रहा था जिसे अब तक कह दिया जाना था, "हिन्दू भूत क्या-क्या कुकर्म नहीं करते, किस खुटचाल से बाज आते हैं! और, यह तो हिन्दू भी मानते हैं कि मुसलमान भूत किसी को नहीं सताता। इस पूरे इलाके में हुआ है

कभी किसी मुसलमान भूत का उत्पात? यह क्या सच नहीं है कि मरने के बाद भी मुसलमानों के दिल का रहम नहीं मरता?"

कतारबन्दी पूरी कर वह आगे की बातों का सिलसिला बाँधने लगता है, "मुसलमानों के प्रति मेरा यह अपनापन कोई हाल की चीज नहीं है, जनाब। यह अपनापन मुझमें मेरे बचपन से रहा है। क्या पता, मैं अपने पिछले जन्म में कोई मुसलमान ही रहा होऊँ! मेरा बचपन ननिहाल में बीता है, हथडूबा में। वहीं मेरी दोस्ती सुलेमान के साथ हुई थी। हथडूबा में दो टोले थे, पूरबी टोला और पच्छिमी टोला। मुहर्रम में दोनों टोले में ताज़िए बनाए जाते थे और यह होड़ पड़ी रहती थी कि किस टोले का ताजिया अधिक बढ़िया बनता है। मुझे अच्छी तरह याद है कि मैं और लड़कों के साथ रात-रात भर जागकर बाँस की कमचियाँ तैयार करता था और उन कमचियों पर रंग-बिरंगे कागज और पन्नी आदि चिपकाया करता था। मेरे नाना-नानी ने मुझे इस खुशी में शरीक होने से कभी नहीं रोका था। मैं मुहर्रम के जुलूस में भी शरीक हुआ करता था। हमारे मुखिया थे उस्मान मियाँ। हथडूबा से करीब आधा कोस दूर हैरपुर में मुहर्रम का मेला लगा करता था और उस मेले में आस-पास के कितने ही गाँवों से ताजिए आते थे। मुहर्रम के मेले के लिए हैरपुर में सारी तैयारी उस्मान मियाँ की देख-रेख में ही होती थी। मेले में उस्मान मियाँ की ओर से शरबत पिलाने का इन्तजाम रहा करता था। और यह शरबत पिलाने का काम मैं ही किया करता था, मैं, दीपनाथ विश्वास। ननिहाल छोड़कर सिसवन चले आने के बाद भी हैरपुर का मेला मुझसे नहीं छूटा। मुहर्रम आते ही मैं हथडूबा जाने के लिए मचल उठता था। अब भी मेरा यह मचलना रुका नहीं है। ऐसा एक-आध बार ही हुआ है कि किसी विशेष कारण से मेरा वहाँ जाना नहीं हो पाया है। ठीक मुहर्रम के एक दिन पहले मैं वहाँ पहुँचता हूँ और मुहर्रम के दूसरे दिन वहाँ से विदा हो जाता हूँ। अब तो उस्मान मियाँ बहुत बूढ़े हो गए हैं और इधर कई सालों से उनसे विदा होते वक्त यह खयाल आ जाता है कि अब अगले साल शायद इनके दर्शन नहीं हो पाएँगे। नाना के पास पहुँचते ही पहला सवाल मैं यही करता हूँ, 'उस्मान नाना जिन्दा हैं न?' और उनका हर साल बस एक ही जवाब हुआ करता

है, कल पूछ रहे थे उस्मान चाचा तुम्हारे बारे में।' और जब मैं बगैर सुस्ताए पहुँचता हूँ उनके पास, तो जब तक मैं उन्हें सलाम करूँ तब तक तो वे हँसते हुए बोल पड़ते हैं, 'आ गए शरबत पिलाने?'

"यह तो ननिहाल की बात, सिसवन से बहुत दूर की बात; अब बात गाँव की, गाँव के पास की बता रहा हूँ। बड़गच्छी की मस्जिद में जो दीवाल-घड़ी टंगी हुई है और जिसकी कीमत साढ़े तीन सौ रुपये है, वह मेरी दी हुई है। अभी साल भी पूरा नहीं हुआ है वहाँ घड़ी लगाए हुए। मेरे गाँववालों ने भारी विरोध किया था इसका। वे तो यहाँ तक कहने लगे थे कि अब मैं अपना नाम बदलकर दीपनाथ विश्वास से दीपनाथ मियाँ या मोहम्मद दीपनाथ बन जाऊँ। मैंने भी खरी सुनाई थी उन्हें। मैंने कहा था, 'अगर मुझे नमाज पढ़ना आ जाए और मुसलमान भाई इजाजत दे दें, तो मैं बड़गच्छी की मस्जिद में नमाज तक पढ़ आऊँगा। अगर मुझे नमाज पढ़ना आता तो अपने घर में भी नमाज पढ़ता मैं, पाँचों वक्त नमाज पढ़ता। खुदा की इबादत से मुझे कोई रोक नहीं सकता।' मेरे जवाब से गाँव के लोग सकते में आ गए थे। तब वे चिरौरी करने लगे थे मेरी, 'तब एक काम और कीजिए, दीपनाथ भाई। अपने गाँव की ठाकुरबाड़ी में भी कोई घड़ी नहीं है; एक घड़ी यहाँ भी लगवा दीजिए।' मैंने स्वीकार कर लिया कि घड़ी लगवा दूँगा। घड़ी मैंने खरीदकर मँगवा भी ली है, पर अभी तक वह मेरे पास घर में ही पड़ी हुई है। अब तो मैं वह घड़ी ठाकुरबाड़ी में तभी टँगवाऊँगा जब देख लूँगा कि अभी जो दंगा हुआ है उसमें उनका क्या रवैया रहा है, रंग-रवैया काबिले तारीफ रहा है या नहीं। अगर मैं जान..."

अचानक बाहर की धमाचौकड़ी से दीपनाथ का ध्यान टूटा। ढेर सारे लोगों की धब-धब और आवाजों का कोलाहल उसके कानों में पड़ा। एक साथ ढेर सारे लोग बाहर बूढ़े शेख से बतियाने लगे थे और एक साथ बूढ़ा शेख उन्हें आदेश-निर्देश दे रहा था। कोलाहल से अलग सिर्फ एक शेख की आवाजें उसके कानों से टकराने लगी थीं, "जिधर भी दंगाइयों को देखो, बम मार दो उधर...और बन्दूकें निकाल लो...कठसरा के धुएँ पर ध्यान मत दो, गाँव से बाहर नहीं जाना है...बड़गच्छी से जो भागकर

आ रहे होंगे, उन्हें बचाओ...दस-पन्द्रह आदमी उस तरफ कुछ आगे बढ़ जाओ हथियार के साथ...और चूक नहीं...किसी दंगाई को गाँव की बगल से भी नहीं निकलने दो...उन्हें खदेड़कर रखो, ताकि किसी घर में आग लगाने न पाएँ...मरने-मारने के लिए तैयार हो जाओ, बेटो!..."

यह बुड्ढा तो...अरे बाप!...जी दहल गया दीपनाथ का, रोंगटे खड़े हो गए।

अब मौत बहुत दूर नही, उसके समीप सरक आई है, ऐसा लगा उसे। मारा गया बेचारा दीपनाथ, बेचारा दीपनाथ, बदकिस्मत, बदकिस्मत दीपनाथ...वह इस तरह जमीन पर बैठ गया कि लगा, जैसे कोई दीवार ढह पड़ी हो।

आँसू उतर आए उसकी आँखों में..."अब मैं मारा गया। ईश्वर ने मेरी नहीं सुनी। मेरा नमस्करण निरर्थक हुआ, माँ का दुर्गा जाप निष्फल हो गया, काँवरियों की भीड़ में मौजूद मेरी माँ पर बाबा बैद्यनाथ की निगाह पड़ी ही नहीं। माँ ने तो अनगिनत देवताओं को पोस रखा था; जरा-सा भी जाड़ा-बुखार मुझे हुआ नहीं कि वह किस-किस को तो सुमिरने लगती थी, मनौतियाँ कर बैठती थी। न जाने किसका चढ़ावा भुला दिया गया, कौन-सी मनौती उतारी नहीं गई! हाँ, पीर बाबा की मजार पर कभी चादर चढ़ाने नहीं गई थी माँ। हथडूबा की उस पीर की मजार पर क्या हिन्दू, क्या मुसलमान, सब चढ़ाते थे चादर। बड़ा माहात्म्य था उस पीर का। कोई पापी-महापापी भी वहाँ से खाली हाथ नहीं लौटता था। माँ अवश्य पहुँची होगी उस पीर के पास मुझे माँगने, मेरे लिए मन्नत मानी होगी, मगर फिर उसके ध्यान में ही कभी नहीं आया कि मनौती चढ़ानी भी है। मेरे जन्म के बाद, मुझे जानकारी है, कहाँ-कहाँ गई थी वह और पक्की जानकारी है कि पीर के पास नहीं गई थी। शायद इस कारण से ही, अवश्य इसी कारण से मैं एक दंगे में मारा जा रहा हूँ, मुसलमानों के हाथ, उस पीर की रंजिश से। 'हे पीर बाबा! भूल माँ ने की, जान मेरी जा रही है। रहम करो मुझ पर, मुरीद बनकर रहूँगा मैं। जिन्दा बचकर निकल गया, तो निकलते ही तुम्हारी मजार पर चादर चढ़ाने पहुँचूँगा। यह भी नहीं कि एक साल चादर चढ़ाकर

चुप लगा जाऊँगा, सालों भर तुम्हारे गुण गाऊँगा और हर साल चादर चढ़ाऊँगा। अगर ऐसा नहीं करूँ मैं, तो हे पीर! अगले किसी भी दंगे में मुझे मरवा देना, मुसलमानों के हाथों ही, आग में जलाकर, शूली पर बिठाकर। ऐसा तो नहीं होगा कि अब दंगा कभी होगा ही नहीं, कि अब हिन्दू और मुसलमान खुदगरज खूनियों की खुरचालों और खुराफातों से अपने को अलग रखकर केवल खुद की और खुदा की आवाजों पर अपने कान देंगे! अगले किसी भी दंगे के लिए मेरा यह सिर हाजिर रहेगा, पीरबाबा।'..."

मगर क्या एक अकेले पीरबाबा ही चाहकर भी उसे बचा लेंगे? दीपनाथ विश्वास को लग रहा था कि उसके अपने देवी-देवता भी उससे विमुख हो गए हैं। गुस्सा भी तो वाजिब है उनका। कम अनादर किया है उसने एक हिन्दू होकर भी हिन्दू के देवी-देवताओं का? उसे अपने पाप याद आने लगे और हर पाप उसका जी तोड़ता चला गया...

"अयोध्या में धर्मशाला निर्माण हेतु गाँव-गाँव घूम-घूमकर चन्दा उगाह रहे साधुओं को किसी भी गाँव में किसी हिन्दू ने वह सब न सुनाया होगा, जो उन्हें सिसवन में मेरे मुँह से सुनने को मिल गया, 'हमें आपकी अयोध्या से क्या मतलब! ढेर सारे राम हमारे इलाके में ही उपलब्ध हैं। हमारे लिए तो बेगमगंज में धर्मशाला आवश्यक है। वहाँ रुकने-टिकने के लिए कोई जगह नहीं है; बड़ा कष्ट होता है। वहाँ धर्मशाला बने, बनवाइए, तो मिल सकता है चन्दा इस घर से भी।' फिर तो सिसवन में किसी भी घर से कुछ नहीं मिला था। गाँव में तो लोगों को दो पैसे बचा लेने के लिए कोई बहाना चाहिए, लूला-लंगड़ा ही सही। लोगों ने मेरे जैसा जवाब ही देना शुरू किया, 'हमारी अपनी ठाकुरबाड़ी का उद्धार तो हो नहीं रहा है, और हम चले अयोध्या में धर्मशाला बनवाने!' लोगों ने तो सोचा होगा कि भगवान गुस्से में आए, तो बिगड़ेंगे दीपनाथ विश्वास पर, बिगाड़ेंगे उसका, और लोगों को तो उसके बहकाए हुए मान लेंगे। साधुओं ने भी तो मुझे ही श्राप दिया होगा यह सोचकर कि सारे गाँव को मैंने ही भांग पिलाई है। क्या होता, अगर उतनी दूर से आए हुए साधुओं को एक अच्छे काम के लिए रुपये-दो रुपये दे ही देता! अब तो लगता

है कि साधु के वेश में अयोध्या से राम ही आए थे। उनके तिरस्कार का दंड तो मिलना ही था, मिल गया।...

'काशी के उस मन्दिर में कितना बड़ा पाप हो गया था मुझसे। शायद वह बाबा विश्वनाथ का ही मन्दिर था। घुसते ही पुजारी ने पूजा पर बैठा लिया था। उसने एक श्लोक पढ़वाया मुझसे, दुबारा पढ़वाया, फिर तीसरी बार। जब उसने सिर्फ श्लोक पढ़ने में ध्यानमग्न पाया, तो बमक उठा, "'आप श्लोक तो बक रहे हैं, पर पैसे क्यों नहीं निकालते?" अब जाकर मुझे श्लोक में आनेवाले 'शत' शब्द का अर्थ समझ में आया। पूजा में अपने सौ रुपये बिगाड़ देने को मैं बिल्कुल तैयार नहीं था, कभी नहीं होता। मैं हड़बड़ाकर आसन से उठ गया और पुजारी को साफ-साफ सुना दिया, 'पचास पैसे से अधिक की पूजा मैं नहीं कर सकता; आप पूजा बन्द कर दें।' पुजारी ने डाँट पिलाई, फिर समझाया भी कि मुझे पैसे की रसीद मिल जाएगी, मगर मैं अपने निर्णय से टस से मस नहीं हुआ। हारकर पचास पैसे की ही पूजा पूरी की पुजारी ने अगले पाँच-सात सेकेंड के अन्दर। मैं आसन से उठा और झटपट बाहर निकल आया कि कहीं और कोई पुजारी न आ धमके किसी और पत्थर के आगे कुछ और बड़ी संख्या वाला श्लोक पढ़वाने और वह पुजारी मुझसे कुछ अधिक हठी-हुज्जती निकल आए। यह क्या किया मैंने? ईश्वर का अपमान ही तो! सौ रुपये का श्लोक बाबा विश्वनाथ को साक्षी रखकर सुनाया और निकल पड़ा पचास पैसे फेंककर! पैसे को पकड़ा और प्राण की परवाह नहीं की! बहुत हुआ कि इतने बरसों तक बाबा विश्वानाथ ने छोड़ रखा था। शायद उन्हें भी किसी दंगे की ही प्रतीक्षा थी, इच्छा रही होगी कि इस हिन्दू की हत्या किसी मुसलमान के हाथों हो।...

"एक बार...एक बार नहीं, कई बार, बार-बार...बार-बार मैंने...

"और अब खुदा ही क्यों आए उसकी मदद में, उसे मौत से बचा लेने! उनके हुजूर में ही क्या-क्या झूठ नहीं बक दिया मैंने!

"माना कि शेख को कुछ सुनाया नहीं मैंने, मुँह से बकारी नहीं फूटी है, मगर जो कहने के लिए मन में सोच लिया, उसे तो खुदा ने सुन ही लिया। देखने-सुनने के लिए खुदा को भी आँख-कान की जरूरत है क्या!

"मन में यह झूठ सजाने की क्या जरूरत थी कि मैं अभी भी मुहर्रम में ननिहाल जाता हूँ, हैरपुर मेला में शरबत पिलाने? आठ साल पहले ममेरी बहन की शादी में गया था हथडूबा। तब से जाना कहाँ हो पाया है! अब तो यह भी पता नहीं कि उस्मान मियाँ जिन्दा हैं कि मर गए। जब वहाँ था, तब भी मैं कभी नहीं जाता था हैरपुर शरबत पिलाने। शरबत पिलाने का काम तो शिवशंकर मामा के जिम्मे रहता था। यह भी झूठ ही है कि मैं रात-रात भर जागकर बाँस की कमचियाँ तैयार करता था और उन पर कागज-पन्नी चिपकाता था। यह सच है कि ढेर सारे हिन्दू बच्चे यह काम करते थे, मगर मैंने कभी नहीं किया था। मैं तो उतने दिनों में सिर्फ एक बार दिन में यह देखने गया था कि ताजिया बनाया कैसे जाता है। घंटे भर में लौट भी आया था। हैरपुर मेला भी तो मैं बस शरबत पीने के लोभ से जाया करता था।

"झूठ पर झूठ की कतारबन्दी करता चला गया, और यह नहीं सोचा कि खुदा कहीं दूर नहीं है और सुन-सुनकर खफा हो रहे होंगे। दीवाल घड़ी मैंने क्यों लगवाई थी बड़गच्छी की मस्जिद में, इस रहस्य का पता क्या खुदा को ही नहीं होगा? सिसवन के हिन्दू मजूर बहुत ऐंठने लगे थे, मजूरी में एक का डेढ़ माँगने लगे थे। तब मैंने बड़गच्छी के मुसलमानों को पटाया, उन्हें अपने खेत में काम देने लगा, और यह भी विश्वास दिलाया कि वक्त-जरूरत मैं उनके काम आऊँगा, कभी भी हिन्दुओं को लात मारकर उनके साथ हो जाऊँगा। तभी मुझे यह सूझा कि वहाँ की मस्जिद में एक घड़ी टँगवा दूँ। फायदे और भी तो थे। बड़गच्छी के मुसलमानों को लाज नहीं लगेगी मेरे बथान से मवेशी चुराकर ले जाते? कटनी में फसल की जो चोरी होती है, वह हो पाएगी मेरे खेतों से? एक मुसलमान दूसरे को रोक देगा; बीवी शौहर को टोक देगी। मैं यह मान लूँ कि मेरी खुदपरस्ती का पता खुदा को नहीं है? तो फिर यह खुदा की मार कैसे हो रही है?

"शेख को ही कुछ सुनाकर क्या होता! झूठ झूठ न होकर सच ही होता, तब भी क्या शेख उसकी जान बख्श देता? जिस दिल को सात मुसलमानों के कत्ल का जख्म लग चुका है, उस दिल में एक हिन्दू के

लिए रहम पैदा होता कुछ भी सुनने के बाद? मुसलमान इतने दयावान तो नहीं होते।

"और फिर उसका झूठ सच बनकर टिका रहता शेख के सामने? झूठ के ढेर में न जाने किस झूठ को पहचान लेता वह, पकड़ लेता उसे! उस्मान मियाँ तो नामी-गिरामी आदमी रहे हैं। हो सकता है, उस इलाके के मुसलमानों की तरह इधर के मुसलमान भी उन्हें जानते हों। शेख ने तो अवश्य सुन रखा होगा उनके बारे में, बहुत कुछ जानता होगा। क्या पता, मेरी बात सुनकर वह हँस पड़ता, बोल उठता, 'चुप भी रहो; उस्मान मियाँ को मरे तीन साल गुजर गए। तुम्हारे ननिहाल में दस-बीस उस्मान नाना हैं क्या?' या फिर कुछ बोलने के बजाय अपने बेटे रकीब को हाँक लगा देता और उससे कहता, 'जरा पूछो तो इस हिन्दू की औलाद से कि पिछले साल कहाँ मुलाकात हुई थी इसकी हथडूबा के उस्मान मियाँ से।' या फिर बगैर पूछताछ, बिना टोक-टाक के सब सुन लेता वह और अन्त में सुना देता, 'मरने से पहले हर मुसलमान तुम्हारी तरह ही हिन्दुओं के आगे घिघिआता-रिरिआता है, बहुत गिड़गिड़ाता है, मगर तब भी मारा जाता है। तुम पर मैं रहम करूँगा, बस इतना रहम करूँगा कि सोचूँगा, तुम्हें कैसे मारा जाए।"'

कैसे मारा जाए?...कैसे मारा जाए?...

दीपनाथ विश्वास सिहर उठा, मुसलमान तो बड़े कसाई होते हैं; किस तरह मारेगा यह कसाई?

परकट्टा दल वालों की तरह क्या?

इस इलाके में परकट्टा वालों के कई दल हैं। वे हत्या में उत्सव का आनन्द उठाते हैं। वे अपने दुश्मन को पकड़कर किसी सुनसान में ले जाते हैं और वहाँ उसे एक खूँटे से बाँध देते हैं इस तरह कि अधिक हिल-डुल न कर सके। वे उसे एकबारगी नहीं मारते, धीरे-धीरे काटते हैं, रुक-रुककर, सुस्ताते हुए। वे पैर से शुरू करते हैं और पहले पैर की उँगलियाँ काट निकालते हैं। थोड़ी देर के लिए रुक जाते हैं, खैनी लटाते हैं, कुछ गप-शप करते हैं और तब टखने पर काम शुरू करते हैं और एड़ी निकाल बाहर करते हैं। अब कुछ खाना-पीना, कुछ हँसना-बोलना

चलता है और फिर घुटने के जोड़ को खोलकर टाँगें हटा दी जाती हैं। उसके बाद फिर...

दीपनाथ सिहर उठता है, क्या इसी तरह मारेंगे उसे ये कसाई! शायद इसी तरह...

शेख तो कहता है कि वह रहम करेगा...

मगर तभी दूर से आ रही मियाँ रशीद की आवाज उसके कानों से टकराती हैं, "आप इस मामले में कुछ मत बोलिए, चचाजान। यह हम पर छोड़िये कि इसे कैसे मारा जाए। सात मुसलमानों की मौत का बदला लेने के लिए अभी तुरन्त सात काफिरों को हम कहाँ से लाएँ! काश, इस एक शख्स को ही सात बार मारा जा सकता! मगर यह तो हो ही सकता है कि इस एक को ही हम इस तरह मारें कि इसे एकसाथ सात मौतों का दर्द हो।"

अपने अपहरित बेटे को इस दर्द से बचाने के लिए रौता के हरिवंश राय ने पत्र लिखा था परकट्टों को, "मेरे भाई, आप दिग्विजय को उठा ले गए हैं और, मैं जानता हूँ, वह अब लौटकर नहीं आएगा। मैं निस्संतान हो गया। अब मैं, बूढ़ा निस्संतान हरिवंश राय, आपसे बस इतनी प्रार्थना करता हूँ कि मेरे बेटे की मौत एक झटके में हो। मैं पत्र के साथ दस हजार रुपये भी भेज रहा हूँ।"

अनायास दीपनाथ विश्वास के दोनों हाथ जुड़ जाते हैं, "शेख साहब, मेरी बस इतनी प्रार्थना है कि...आप रशीद से कहिए न..."

रशीद की आवाज फिर गूँज जाती है, "हम इस तरह मारेंगे कि इसे एकसाथ सात से अधिक, सौ से अधिक, हजार से अधिक मौतों का दर्द..."

किस मौत की बात कर रहा है यह रशीद? जो मौत इस इलाके में अब तक केवल जानवरों के हिस्से में आती रही है, वह क्या आज, अभी थोड़ी ही देर में, एक इन्सान दीपनाथ विश्वनाथ के हिस्से में आनेवाली है?

बड़गच्छी के ही कुछ ऐसे कसाई मुसलमानों के किस्से सुने गए हैं जो गाय-बैल चुराते हैं, चुराकर उन्हें घर के अन्दर बाँधते हैं और फिर उनके जिन्दा रहते ही उनकी खाल उतारते हैं। मवेशी डकारना शुरू न करे, इसके लिए पहले ही वे मवेशी की जीभ बाहर खींचकर उसे काट

डालते हैं। इन मवेशियों का मांस सस्ता बिकता है और बिकते देर नहीं लगती। इसे खरीदनेवाले मुसलमान भरे पड़े हैं इस इलाके में; मुसलमानों की पूरी की पूरी ढेर सारी बस्तियाँ हैं।

झुरझुरी पैदा होती है दीपनाथ के बदन में, कोई कसाई आ तो नहीं जाएगा उसे माँग ले जाने?

यों ही नहीं आ गया था यह खयाल दीपनाथ के मन में।

सुलेमान का ही एक चचेरा भाई कसाई है सहरसा में, नाम है सलामत, तन से भी कसाई जैसा। सुलेमान उस दिन सहरसा में ही था सलामत के साथ। दोनों किसी को रेलगाड़ी में चढ़ाने प्लेटफार्म पर आए थे। सलामत की जेब में आठ सौ रुपये थे। किसी जेबकतरे ने उसकी जेब काट ली। रुपये निकल गए, यह पता उसे घर लौट आने पर चला। वह बिफर उठा, किस साले की शामत आई कि उसकी जेब में हाथ लगा दिया। वह उसी वक्त सुलेमान को साथ लिये प्लेटफॉर्म पर आया। खोज-ढूँढ़कर उसने तीन जेबकतरों को पकड़ा और भीड़ के सामने से उन्हें लिये हुए अपने घर चला आया। घर आकर पूछताछ शुरू की उसने जेबकतरों से। उनके ना-नुकर करने पर उसने उन्हें घर की एक धरन से उल्टा लटका दिया और सच बात उगलवा देने के लिए फिर से पूछताछ शुरू की। इस पूछताछ के दौरान जब-तब वह उन जेबकतरों की देह टटोलकर, उँगली कोंचकर सुलेमान से कह बैठता, "भैया, पैसा नहीं भी मिलेगा, तो कोई बात नहीं। मैं इन सबको हलाल कर इनका मांस बकरा-पाठा के मांस के साथ मिलाकर बेच डालूँगा। आठ सौ के बजाय सोलह सौ मिल जाएँगे।" जेबकतरे जानते थे सलामत को; वे जल्दी ही टूट गए। सलामत की पूरी रकम वापस आ गई थी।

दीपनाथ ने पूछा था सुलेमान से कि क्या सलामत सचमुच उन जेबकतरों को काट डालता। सुलेमान केवल जोर से हँसकर रह गया था। उसकी हँसी का अर्थ था कि सलामत ऐसा नहीं करता। मगर आज, अभी ऐसा लग रहा था दीपनाथ को कि सुलेमान उससे बात छुपा गया था, कि सलामत वैसा जरूर करता।

यह मान भी ले दीपनाथ कि सलामत वैसा नहीं करता, तब भी यह कैसे मान ले कि यहाँ के कसाई मुसलमान वैसा नहीं करेंगे? इन्तकाम

की आग जब सुलगती है, तो बहुत तेज धधकती है। इस आग में जल रहे हैं यहाँ के मुसलमान।

खुद पर काबू खोने लगा था दीपनाथ, कुछ-कुछ बेसुध-बेहोश होने लगा था...

"रशीद भाई, मैं जिन्दा रहना चाहता हूँ, हिन्दू होकर रहूँ या मुसलमान होकर। जिन्दा रहना चाहता हूँ अपने बच्चों के लिए, अपने मासूम बच्चों के लिए। मेरे अन्दर का हिन्दू मर गया, मैं मुसलमान बन जाऊँगा। मुझे जीवन-दान दे दो; खुदा के नाम पर बचा लो मुझे।"

रशीद के होंठों पर मुस्कराहट उतर आई, वक्र, विद्रूप भरी...इस तरह मारेंगे कि...!

"नहीं, मैं मरूँगा; मैं मरने के लिए तैयार हूँ। मुसलमानों की हत्या का प्रायश्चित मैं करूँगा। ले आइए जहर का प्याला; मैं खुशी-खुशी खाली कर दूँगा।"

और फिर अनायास सिर झुकाकर वह ईश्वर से अपना उधार माँग बैठा, "मेरी और मेरी माँ की पूजा-श्रद्धा के बदले एक कष्टहीन मौत ही दे दो। अभी इस क्षण मैं बैठे-बैठे मर जाऊँ। ऐसा हुआ तो है, भय से आदमी की जान चली गई है।"

जहर का प्याला ले आया रशीद क्या? उसने नजर उठाई और देखा, रशीद हँस रहा है, कुटिल, क्रूर हँसी...एकसाथ सात से अधिक!

"मैं समझ गया, भाई रशीद, कि मुसलमानों को जहर नहीं पिलाया गया था, खून बहाया गया था उनका। बहे मेरा भी खून। ले आइए कोई चाकू; मैं अपनी घोड़ानस काटकर बहा डालता हूँ बदन का सारा खून। हो, अब यही हो।"

अभी भी वह संज्ञाहीन नहीं हुआ था। हर पल पर ध्यान था उसका, कि अभी भी वह बैठे-बैठे मरा नहीं है, कि अभी मर भी नहीं रहा है।

डर गया वह। रशीद खिलखिला उठा था...डरावना अट्टहास!... सिर्फ एक मौत! सिर्फ एक मौत का दर्द!

"इस तरह मत हँसो, भाई रशीद, ले आओ तलवार और उड़ा दो मेरे सिर को धड़ से। हिन्दुओं ने खून का फौव्वारा देखा था, तुम भी

देख लो। कटे सिर को मारना पैर की ठोकर, उछाल देना आसमान में। बस तो?"

रुक गया था डरावना अट्टहास; अब रशीद के चेहरे पर कोई हँसी नहीं थी, क्रूर, कुटिल; होंठों पर कोई मुस्कराहट नहीं थी, वक्र, विद्रूप भरी; मगर उसकी आँखों में खून उतरने लगा था...इन्तकाम की सुलग गई आग!...

"खुदा के नाम पर रहम करो, रशीद भाई। दिग्विजय पर परकट्टा वालों ने रहम किया था। पत्र लिख देता हूँ, पैसे मँगवा लो। प्रार्थना बस इतनी है कि..."

अब तो रशीद की आँखों से चिनगारी छूटने लगी थी...घोर घृणा! बेइन्तिहा इन्तकाम!...हम तुम्हें इस तरह मारेंगे कि...

"नहीं, नहीं, नहीं," चीख-सी निकल पड़ी दीपनाथ के होंठों से और उसकी तन्द्रा भी भंग हो गई। वह जोर-जोर से काँपने लगा था। उसकी आँखों में आँसू आ गए थे। उसकी इच्छा हुई कि उठकर बन्द किवाड़ अन्दर से खटखटाए, चीख-चीखकर शेख को बुलाए, और किवाड़ खुलते ही उससे कह बैठे, "अब और नहीं। जान लेनी है, तो अभी ले लीजिए। मौत का इन्तजार मौत से अधिक कष्टदायक है, बहुत अधिक कष्टदायक।" पर वह उठ नहीं सका, चीख नहीं सका।

अचानक ही उसकी नसें ढीली हो गईं। वह सुस्त, श्रान्त, शिथिल हो गया। अब उसका ध्यान मौत पर नहीं, अपने घर पर चला गया था।

तो क्या अब तैयार था वह किसी भी मौत के लिए, कैसी भी मौत के लिए?...क्या पता!...शायद!...

मगर अब उसे याद आने लगी थी अपने बीवी-बच्चों की..."अभी क्या कर रही होगी शीला? अब तक मुहम्मदपुर के दंगे की खबर उसे मिल चुकी होगी और अवश्य चिन्तित हो उठी होगी वह। वह समय मिलाती होगी, कब दंगा शुरू हुआ, कब मैं घर से निकला, किस वक्त मुहम्मदपुर पहुँचा होऊँगा, हिन्दू भी मरे हैं क्या, कहाँ के हिन्दू, अब क्या हाल है? और फिर उसने गुड़िया को भेजा होगा नारायण साह के पास, 'बेटी, जरा पता लगाकर आओ तो, गाँव में बेगमगंज की ओर से

कोई आया है या नहीं?' और फिर वह सोचने लग गई होगी, 'दंगा अब तक शान्त हो गया होगा, तब भी, सम्भव है, आज वे नहीं लौटें। दंगा शान्त होने के बावजूद शाम के बाद उस रास्ते से चलना ठीक नहीं है। इतनी समझदारी तो है ही उनके पास। मगर रुकेंगे कहाँ रात में? शायद झूमरमल के गोला में, या रामू झा के होटल में। कल सुबह गाँव से कोई बेगमगंज जा रहा है या नहीं? बनिये तो माल लेकर जरूर जाएँगे। पुछवाना होगा।'...रात आँखों में कटेगी अलाय-बलाय सोचते। और अगला दिन भी गुजर जाएगा इन्तजार करते। ...'आज भी नहीं आए।' ...बेगमगंज से बनिया लौटकर आ जाएगा और बताएगा, 'कहीं पता नहीं चला, न झूमरमल के गोला में और न रामू झा के होटल में। और भी कितने ही लोगों से पूछा, पर किसी ने नहीं बताया कि वे बेगमगंज आए थे।'...बेगमगंज है ही कितना बड़ा कि पता लगाने में बहुत देर लगती!...गाँव में तो दूसरे ही दिन से खुसुर-फुसुर शुरू हो जाएगी, 'दीपनाथ लापता है; अवश्य मारा गया है दंगे में।...लाश?...मुसलमानों ने छिपा दी होगी, डाल दी होगी किसी गड्ढे में, भँसा दी होगी किसी नदी-पोखर में।'...और फिर रोज ही सच्ची-झूठी खबरें उड़ती-नाचती रहेंगी सिसवन में, 'पुलिस लाशों की तलाश कर रही है...एक लाश मुहम्मदपुर में पुआल के ढेर में से निकाली गई है...एक लाश बड़गच्छी के निकट...कमाल किया पुलिस ने, खेत की जमीन खोदकर अन्दर से लाश निकाल ली...अब पता चल रहा है कि केवल मुसलमान ही नहीं मारे गए हैं, बहुत-से हिन्दू भी बहुत बेरहमी से काट डाले गए हैं... सारी लाशें बेगमगंज ले जाई जा रही हैं...लाशों की पहचान हो रही है...एक कैथा विद्यालय का शिक्षक मारा गया है; चन्दवा का रहने वाला था; उस दिन विद्यालय से घर जा रहा था साइकिल से...एक बेगमगंज चौक पर दाईं ओर जो पान की दुकान है उसी दुकानवाले का भतीजा मारा गया है। वह कठसरा अपनी बहन के पास जा रहा था... अभी लाशें निकल ही रही हैं...अभी तक तो नहीं मिली हैं दीपनाथ की लाश...अब मिलेगी भी नहीं। पुलिस झटपट जो पता लगा ले, देर होने पर खाक पता चलेगा..."'

दीपनाथ की लाश का पता तक नहीं चलेगा? तब क्या चुप बैठा रहेगा दीपनाथ विश्वास? लाश ढूँढ़नेवालों को अपनी ही लाश का पता नहीं बता देगा वह?

ढूँढ़नेवालों की अगुआई कर बैठेगा वह, "पता कैसे नहीं चलेगा मेरी लाश का! पता चलेगा, मगर मुरादपुर में सगीर के बगीचे की ओर कोई जाए तब तो! ठीक से देखो, कौन जमीन अभी-अभी की कोड़ी हुई लगती है, ताजा खोदी हुई जमीन...हाँ, साबुत देह नहीं मिलेगी, साबुत धड़ भी नहीं। सब अंग अलग-अलग कर दिये गए हैं, पैर की उँगलियाँ अलग, एड़ी अलग, टाँग अलग...परकट्टों ने काटा है। मालूम तो होगा ही कि परकट्टे किस तरह किसी को काटते हैं...नहीं मिल रही है?... कैसे नहीं मिलेगी लाश? ठीक से ढूँढो न। जिस आदमी की चीखें न जाने कब तक गूँजती रहेंगी सगीर के बगीचे में, उस आदमी की लाश अभी ही नहीं मिल रही है! कहाँ जाएगी लाश भला!

"नहीं मिली यहाँ, तो कहीं और मिलेगी। कुछ और ठिकाने हैं। अब वहाँ ढूँढ़ो...शुक्र को बड़गच्छी की हाट लगती है, शनि को मुरादपुर की हाट, रवि को कठसरा की, रवि को ही अमवारी की भी...कसाई पट्टी में घुसो...खस्सी-पाठा के लटकाए पंजर देखकर किसी भ्रम में न रहो... मांस के हर टुकड़े पर ध्यान देना। इस मांस में किसी आदमी की उँगली की हड्डी मिल सकती है...'पकड़ो...पकड़ो...भागने न पाए...आदमी का मांस!...मुरादपुर का कसाई है...एक लापता आदमी की लाश अभी तक नहीं मिली थी...कोई सिसवन का था...क्या तो नाम था उसका... कोई विश्वास, दीपनाथ या देवनाथ या दयानाथ...'

"हंगामा मच जाएगा हाट में, भयंकर शोर-गुल होगा...

"यह शोर सिसवन तक पहुँच जाएगा। शीला तक तो नहीं पहुँचेगा न? तुम्हें ऐसी खबर भी मिले, शीला, तो इसे अफवाह मान लेना। एक उँगली की हड्डी देखकर पहचान लोगी कि यह तुम्हारे उनके हाथ की उँगली है! इस तरह नहीं पहचाना जाता। तुम बस इतना भर जानो कि तुम्हारा आदमी लापता हो गया है; हाँ, यह भी कि वह मर गया। बस। कैसे मरा, यह जानकर क्या करोगी?

"आज भी नहीं आए! गुड़िया पूछ बैठेगी माँ से, "माँ, बाबू आज भी नहीं आए। मेरा रिबन बेगमगंज में नहीं मिला क्या? हाँ, तुम्हारी चूड़ियाँ नहीं मिली होंगी। बाबू पूर्णिया चले गए होंगे।' शीला खुद को कोसने लगेगी, क्यों कह दिया चूड़ियाँ ले आने!

"राजू बच्चा तो है, मगर इतना बच्चा नहीं कि लोग उसे बहलाएँ, 'तुम्हारे बाबू दूर, बहुत दूर, भगवान के घर चले गए हैं...वह देखो, आसमान में वह तारा चमक रहा है न, वही है तुम्हारा बाबू...'

"अहाहा! बच्चे को थप्पड़ क्यों मार दिया? बाप मर गया, तो अब क्या माँ भी थप्पड़ मारे? संगी-साथियों ने कुछ बताया होगा उसे और वह तुमसे ही पूछ बैठा, 'माँ, बाबू मर गए?' बस, इतनी-सी बात पर थप्पड़ चला दिया और फिर थप्पड़ मारकर चुप रह गई। नहीं मारना था थप्पड़ और उस बच्चे को बता भी देना था कि उसका बाप मर गया। उस बच्चे को भी तो अभी से तैयारी करनी है उस जिन्दगी के लिए, जिसमें बेटे के सिर पर बाप का साया नहीं रहता।

"किस-किस को मारोगी थप्पड़? जो चर्चा गाँव-गाँव में होगी, वह सिसवन तक भी पहुँचेगी कि मुरादपुर में किसी सगीर मियाँ के बगीचे में एक भूत का वास हो गया है, जो सड़क के सुनसान पड़ते ही या धुँधलका उतरते ही सड़क पर चला आता है, जो हर राहगीर को इशारे से अपने पीछे आने को कहता है, जो देवी-देवताओं के नाम बुदबुदाने पर बमकता है और हनुमान चालीसा पढ़नेवालों को बहुत दूर तक खदेड़ता है, कि यह भूत दंगा के बाद प्रकट हुआ है। तब क्या तुम चीख पड़ोगी, 'यह उनका भूत नहीं है?'

"किस-किस को मना करोगी अब? अब मान जाओ, शीला। देखो गुड़िया भी कह रही है, 'माँ, अब मान जाओ कि बाबू मर गए। अब फोड़ डालो हाथ की चूड़ियाँ; माथे का सिन्दूर पोंछ डालो। यह अच्छा नहीं लगता कि...'

"गुड़िया की बात पर तुम्हारी आँखें डबडबा आती हैं, तुम उस पर थप्पड़ नहीं चलाती, उसे कलेजे से लगा लेती हो, और फफककर रोना शुरू कर देती। मगर हाथों की चूड़ियाँ तुम नहीं फोड़ती और उस दिन

भी सिन्दूर की मोटी-लम्बी रेखा तुम लेप लेती हो अपनी मांग में। यह जिद है, शीला।

"ऐसी जिद कोई करता है क्या? क्यों नहीं छोड़ती अपनी जिद? जहाँ इतने लोग बोल रहे हैं, वहाँ झूठ भी सच होगा, झूठ को भी सच मान लेना पड़ेगा। आखिर कब तक जिद पकड़कर पड़ी रही होगी? एक साल, दो साल, चार साल? बारह साल? फिर तो विधवा का रूप स्वीकार करना ही पड़ेगा तुम्हें। तब तो चूड़ी और सिन्दूर त्यागने ही होंगे। उस दिन भी कोई जिद कर बैठोगी क्या?

"उस दिन शायद तुम कह बैठो, 'मैं नहीं मानती बारह-साल का विधि-विधान। जब आदमी मरा ही नहीं, तब क्या बारह, क्या चौबीस! क्रिया-कर्म नहीं होगा; नहीं फोड़ूँगी मैं चूड़ियाँ, बन्द नहीं करूँगी मांग में सिन्दूर लगाना।'

"तब लोग समझाएँगे तुम्हें, 'जो आदमी वापस नहीं आया, बारह साल तक नहीं आया, उसे तो मरा हुआ ही माना जाएगा, उसकी तो अन्त्येष्टि होनी ही चाहिए। हम अपने शास्त्रों से विमुख तो नहीं हो सकते।'

"तब भी शायद आँखों में आँसू भरकर तुम बोल पड़ोगी, 'जिस आदमी की लाश नहीं मिली, जिसे मरा हुआ किसी ने देखा नहीं, कैसे मान लूँ कि वह मर गया? पोथी-पुराण की बात मान लूँ और अपने दिल की बात नहीं मानूँ मैं? मेरा दिल कहता है, उनकी मौत नहीं हुई है। हुआ यह है कि उन्होंने किसी की खून से लथपथ लाश देखी है, किसी को बेरहमी से कटते हुए देख लिया है और इस दुनिया से दिल टूट गया उनका, मन वैरागी हो उठा है, और तब लौटकर घर आने के बजाय वे मन की शान्ति के लिए कहीं और निकल गए हैं, शायद काशी की ओर, शायद अयोध्या की ओर। जब मन शान्त हो जाएगा, वे जरूर घर लौट आएँगे। मेरे लिए खरीदी गई चूड़ियाँ अभी भी उनके झोले में पड़ी होंगी और उस झोले को साथ लिये हुए वे घूम रहे होंगे काशी, प्रयाग, वृन्दावन, हरिद्वार। वे चूड़ियाँ ही उन्हें घर ले आएँगी। ऐसा हो ही नहीं सकता कि उन चूड़ियों को फेंक दिया होगा उन्होंने, फोड़ दिया होगा। और जब वैरागी ने झोले की चूड़ियाँ नहीं फोड़ीं, तो मैं कैसे फोड़ दूँ हाथ की चूड़ियाँ!"

"तुम्हें समझाकर थक जाएँगे लोग और तब तुम्हारे बेटे पर जोर लगाएँगे, 'रे राजू, तुम्हारी माँ तो पगला गई है, हम उसे समझा नहीं सकते। तुम कोशिश करो कि वह मान जाए। अब बच्चे नहीं रहे तुम, समझदार हुए, लम्ब-तड़ंग हो गए हो। तुम अपने बहनोई को भी बुला लो, उनसे भी राय ले लो। वे तो पढ़े-लिखे, समझदार हैं, सुखी-सम्पन्न, अपनी और तुम्हारी प्रतिष्ठा को ध्यान में रखकर कोई अच्छी राय ही देंगे। उनकी बात तो मानोगे? उनकी बात नहीं मानेगी तुम्हारी माँ?'

"क्या सचमुच ऐसा होगा? बिना बाप का बेटा भी खा-पीकर लम्ब-तड़ंग हो जाएगा? क्या इतने पैसे रहेंगे शीला के पास कि वह बेटी का ब्याह अच्छा घर-वर देखकर कर सके?

"शीला जब-तब टोकती रही है, 'कभी ध्यान इस ओर गया है कि गुड़िया किस तेजी से बढ़ती जा रही है? आपको कभी उसके ब्याह की चर्चा तक करते नहीं देख रही हूँ। जिसके घर में बेटी हो, वह भला इस तरह बेफिक्र रहेगा! समय गुजरते देर नहीं लगती। तिलक-दहेज का जमाना है। अभी से कुछ-कुछ बचाकर रखते चलिए।'

"और मैं हर बार हँसकर, खिलखिलाकर रह गया हूँ, 'मेरी बेफिक्री में कोई फर्क नहीं आएगा, जान लो। ब्याह का समय आएगा, तो हाथ के पैसे गिनूँगा और उतने का वर खरीद लाऊँगा। अब बेटी का भाग्य कि उसे कोई रिक्शावाला मिलता है या तांगावाला। हाथ बिल्कुल खाली रहा, तो कोई ऐसा दुल्हा ढूँढ़ निकालूँगा जो बिना तिलक-दहेज के तैयार हो जाए।'

"बिगड़ उठती थी शीला, 'चुप भी रहिए। अकेली तो मेरी लाड़ली, राजकुमारी, उसके लिए इतने अशुभ बोल! मैं तो खुद घर-वर देखकर बेटी का ब्याह रचाऊँगी। हजारों घरों में एक घर, हजारों वरों में एक वर—कोई राजकुमार ले जाएगा मेरी राजकुमारी को।'

"यह क्या मेरे मन में नहीं रहा है? गुड़िया बेटी तो दिल का टुकड़ा है। क्या नहीं करता मैं उसके लिए! लाखों में एक ढूँढ़ता। मगर अब?

"अब तो सचमुच तुम्हें ही ढूँढ़ना होगा घर-वर। ढूँढ़ पाओगी न अच्छा घर, अच्छा वर?

"बिना बाप का राजू भी लम्ब-तड़ंग हो जाएगा? हो जाए, हो जाए!

"मगर तब, सुन लो, शीला, तुम्हें बहुत होशियार-खबरदार रहना पड़ेगा। मेरे मरने पर ढेर सारे लोग तुम पर अपनापन जताने लगेंगे, अपने को तुम्हारा हितैषी बताने लगेंगे। बिना सोचे-समझे उनकी बातों में मत आ जाना। एक विधवा को लूटने-ठगने, नोंचने-खसोटने की कोशिश हर कोई करने लगता है। तुम्हें मर्द बनकर रहना पड़ेगा, मुसम्मात बनकर नहीं, कदम-कदम पर चौकस-चौकन्ना।

"मैं जानता हूँ यहाँ के धूर्त जंतुओं को। मेरे मरते ही उनकी ठगलीला शुरू हो जाएगी। वे पहुँचेंगे तुम्हारे पास, कोई बहुत जल्दी और कोई जरा देर से, और बताएँगे तुम्हें कि मैंने उनसे रुपये लिये थे। कोई हथउधार की बात करेगा और तुमसे कहेगा कि मेरी आत्मा की शान्ति के लिए तुम उन्हें पैसे चुका दो। कोई-कोई तो कागज पर मेरे अंगूठे का निशान या मेरे दस्तखत तक दिलवा देगा और डराएगा तुम्हें तरह-तरह से। तुम इनकी ठगाठगी से बचना और एक भी पैसा चुकाने से साफ मुकर जाना। पहली बात तो यह सुन लो कि मैं किसी साले का कर्ज खाकर इस दुनिया से कूच नहीं कर रहा हूँ। और दूसरी बात यह कि अपनी इस मौत के बाद अब मुझे ऐसी किसी शान्ति की तलाश नहीं जो लोगों की दुआ-दया या तुम्हारे दान-दक्षिणा से मिले। मेरी तो शान्ति बस इसमें है कि मेरा बेटा लम्ब-तड़ंग होकर मेरी तरह समर्थ हो जाए और मेरी बेटी का ब्याह किसी सुखी-सम्पन्न घर में किसी सुन्दर-सुशील वर के साथ हो जाए। सच कहता हूँ, शीला, कि अगर मेरे सिर पर कर्ज का बोझ भी रहता, तो भी मरने के बाद उसे चुकाने से इन्कार कर देने के लिए कहता मैं तुमसे। कर्ज का बोझ पाप का बोझ बन जाता है, तो बने। अब किस पाप का डर करूँ मैं? किस पाप से मेरी अकाल मौत हो रही है? अब और कौन पाप क्या अधिक बिगाड़ेगा मेरा? अब कैसी मौत मारेगा मुझे कोई भगवान ही? किस बड़े नर्क में पहुँचाया जाएगा मुझे? तुम मेरे बेटे को, मेरी बेटी को संभाल ले, शीला; मैं सारे पाप झेल लूँगा, भोग लूँगा नर्क, रौरव, महारौरव।

"मेरे बच्चों को उस दुर्भाग्य से बचाकर रखना, शीला, जिसका मैं शिकार हो गया। जरा भी असावधानी नहीं, थोड़ी भी चूक नहीं। हर सुबह

उठकर पता लगा लेना, रात में कहीं दंगा तो नहीं हुआ है? हर रोज यह खबर लेना कि नेताओं के क्या भाषण हो रहे हैं, पंडितों-पुजारियों का क्या प्रचार हो रहा है, मुसलमानों की बस्तियों में क्या षट्चक्र खड़ा किया जा रहा है। हरिचरण सिसवन हाट चला जाया करेगा, जहाँ हर शाम इलाके की सारी खबरें बँटती हैं और जलीसा तुम्हें बता दिया करेगी कि बड़गच्छी में क्या हाँड़ी पक रही है। बच्चे शाम के बाद गाँव में रहें, घर में रहें। बेगमगंज की इस सड़क से उन्हें कभी गुजरने मत देना। बहुत जरूरी हो उन्हें जाना बेगमगंज, तो जमुनिया, रौता, कैथा होकर जाएँ, अमवारी और मुरादपुर होकर नहीं। इस सड़क पर सात मुसलमानों के वध का प्रतिशोध घूम रहा है, न जाने कब तक घूमता रहेगा। बूढ़े शेख का बेटा कैसी-कैसी बातें कर रहा था, वह सब क्या सुनाऊँ तुम्हें!

"यह तुम जानो, तुम सोचो कि अपने हाथ की चूड़ियाँ तुम फोड़ोगी या नहीं, माँग में सिन्दूर भरना छोड़ोगी या नहीं; इस बाबत मुझे कुछ नहीं बोलना है। मगर तुम्हें जब मेरे मर जाने का विश्वास हो जाए और तुम मेरा क्रिया-कर्म करवाने को तैयार हो जाओ, तो इसे जैसे-तैसे निपटा लेना। किसी भोज-भात और दान-दक्षिणा की जरूरत नहीं है। लोगों के बहकावे में मत आना कि यह सब नहीं करने से मुझे सदा प्रेतावस्था में रहना पड़ेगा। मैं क्या बूढ़ा होकर मरा हूँ, पोते-परपोते देखकर, सुख की मौत, कि मेरे बच्चे खुशियाँ मनाएँ? कैसी मौत मर रहा हूँ मैं! खुशियाँ मनाओगी? भोज तो मैं देता तुम्हारे मरने पर, अगर तुम झुलझुल बूढ़ी होकर मरती, पोते-पोतियों को देखकर, ऐसा भोज कि आस-पास के साठ गाँवों के लोग सजन मेहता का श्राद्ध-भोज भूल जाते। मेरे बच्चों को दुर्भाग्य की सेंक न लगे, सौभाग्य का सहारा मिल जाए, फिर तो मैं सूर्य लोक से ध्रुव लोक तक विचरता रहूँगा अपनी इस घिनौनी, अकाल मौत के बाद भी।

"तुम सारे कष्ट झेल सको, विपदा से उबर जाओ और बच्चों को पार लगा दो, इसके लिए मैं मरने के पहले बार-बार भगवान से प्रार्थना कर रहा हूँ। मैं फिर उसी भगवान का सुमिरन कर रहा हूँ, शीला, जिसने मेरी सारी प्रार्थनाओं को ठुकरा दिया है, और मुझे बहुत ही घिनौनी, पीड़ादायक मौत दी है। क्या करूँ, भगवान के ऊपर तो कोई भगवान नहीं है!

"हाँ, यह तुम्हें कैसे सूझ गया कि मैं हूँ तो जिन्दा, मगर किसी का खून देखकर वैरागी हो गया हूँ और अशान्त मन को शान्ति देने के लिए काशी-प्रयाग की ओर निकल गया हूँ? मैं वैरागी हो सकता हूँ क्या? तुम्हें छोड़कर वैरागी? गुड़िया-राजू से अलग मैं काशी-प्रयाग में रह सकता हूँ? रह सकता हूँ क्या? एक दिन से अधिक कभी पूर्णिया में भी मेरा रहना हो पाया है अकेले? गाँव-समाज को चाहे जो जवाब दे डालो, मगर अपने मन में इस बात को नहीं जमने देना तुम। अगर लोगों ने जान लिया कि तुम सचमुच इस भ्रम में जी रही हो, तो मुफ्तखोर मंडराने लगेंगे।

"गेनालाल तो पिंड पड़ जाएगा, 'राजू की माँ, मेरा साला चरित्तर, जो साल भर पहले तक यहीं रह रहा था और जिसे दीपनाथ बहुत मानता था, एक खबर लेकर आया हुआ है। वह अपने गाँव के कुछ लोगों के साथ काशी गया हुआ था और कल ही लौटा है। वहाँ उसने गंगा-स्नान कर लौट रहे साधुओं की जमात में दीपनाथ को देखा था। चरित्तर ने उसका पीछा तो किया, मगर, लगता है दीपनाथ की नजर भी उस पर पड़ गई थी और वह चरित्तर से पीछा छुड़ाने के लिए किसी गली में लुप्त हो गया था। गाँववाले लौट आने की जल्दी नहीं मचाते, तो दो-चार दिन रुककर भी चरित्तर उसे ढूँढ़ निकालता और पकड़कर साथ ले आता। मैं तो कह रहा हूँ कि तुम मुन्ने को साथ लेकर चलो और मैं चरित्तर को साथ ले लेता हूँ। हजार रुपये का खर्च आएगा, मगर अभी इस हजार को देखोगी कि घर के आदमी को? अभी काशी में है, तो पकड़ में आ जाएगा; वहाँ से निकल गया, तो फिर कहाँ ढूँढ़ा जाएगा, कहाँ-कहाँ? अभी तो नया-नया है, घर की याद भी आती होगी, राजू को देखते ही दौड़कर आ जाएगा उसे गले लगाने; देर होने पर अगर उधर ही दिल लग गया उसका, तब क्या ठीक कि लौटे, न लौटे या कब लौटे! और लौटे भी, तो फिर टिके, न टिके। पिपरा का एक मेहता साधु घर से भागा तो बीस बरस बाद लौटा, और लौटा तो देखा कि गाँव में कोई घर ही नहीं है उसका और पूरा परिवार उपटकर कहाँ तो चला गया है।'

"साफ कह देना गेनालाल से कि पैसे का जुगाड़ नहीं हो पाया।

"पीताम्बर पीछे नहीं रहेगा गेनालाल से। वह भी आ धमकेगा, 'राजू की माँ, एक बड़ा भारी यज्ञ हो रहा है प्रयाग में। हिमालय के साधु-संन्यासी तक आ रहे हैं, निकल चुके हैं अपनी-अपनी गुफा-कन्दरा से प्रयाग के लिए। दीपनाथ किसी भी कोने में होगा, तो अवश्य पहुँचेगा प्रयाग अपनी मंडली के साथ। मुझे तो पैसे का जुगाड़...'"

हुर्र हो जाती है अचानक दीपनाथ के दिमाग में इकट्ठी हो रही मुफ्तखोरों की भीड़। उसके कान खड़े हो जाते हैं और बाहर हो रही गुफ्तगू को वह कान पातकर सुनने लगता है...

रकीब खबर दे रहा था अपने बाप को, "अब्बा, मुसहरों के अलावे जो तीन-चार घरों में हिन्दू हैं यहाँ, वे सब दाँवपेंच चल रहे हैं मुरादपुर से निकल जाने के लिए। प्रभुदयाल भगत बाल-बच्चों के साथ कब तो निकल भागा। राधेश्याम साह, जियालाल भगत और रामावतार चौधरी भी तैयारी कर रहे हैं निकल भागने की।"

"तो क्या वे टिके रहें," गुस्सा उमड़ आया दीपनाथ विश्वास में, "बाल-बच्चों के साथ तुम्हारे हाथों कट जाने के लिए? रुक जाएँ गिद्धों के बीच लाश बनने के इन्तजार में? भाग्यवान था भगत जो निकल भागा; निकल भागने में कामयाब हो गए अगर साह और चौधरी, तो कमा-खा लेंगे, बाल-बच्चों को पाल-पोस लेंगे किसी और पुर में, नगर में। अभागा तो मैं हूँ," खुद पर गुस्सा आ गया उसे, "कि अपना वध कराने सिसवन से मुरादपुर दौड़ा आया और अब कसाई शेख के चंगुल में इस तरह फँसा हूँ कि जान निकलेगी, मैं नहीं निकल सकता।"

बेटे से खबर सुनकर बूढ़े शेख ने पूछा, "भाग रहे हैं? पूछा नहीं कि भाग क्यों रहे हैं?"

"हाँ, पूछा," बेटे ने जवाब दिया, "मगर सच तो वे बताने से रहे! राधेश्याम ने बताया कि उसकी सास मर गई है और उसे बाल-बच्चे समेत जाना है। जियालाल भगत ने बेटे के मुंडन का बहाना बनाया है; वह जा रहा है सिंहेश्वर पूरे परिवार के साथ। और रामावतार चौधरी की बीवी के पेट में रात से ही जानलेवा दर्द हो रहा है। चौधरीजी इलाज के लिए पूरे कुनबे के साथ पूर्णिया जा रहे हैं बीवी की इस

ख्वाहिश का ख्याल रखते हुए कि जब भी वे मरें तो बाल-बच्चों के मुँह देखते हुए।"

"प्रभुदयाल क्या बोलकर भागा है?" बूढे शेख की आवाज में गुस्सा था।

"उससे तो कुछ पूछा भी नहीं जा सका," रकीब कुछ परेशान आवाज में बोल रहा था, "वह कब निकल भागा, पता तक नहीं चला हमें।"

"यह अच्छा नहीं हुआ। उसे भागने नहीं देना था। भागा तो होगा यही सोचकर कि यहाँ उसे काट डाला जाएगा! मगर अभी इस गाँव से बाहर क्या उस पर आफत नहीं आएगी? कौन-सा रास्ता, जिस पर वह निकल गया है, सुरक्षित है उसके लिए? इस गाँव से निकल भागा है, तो क्या फिर लौटकर नहीं आएगा यहाँ?"

"नहीं आएगा, नहीं आएगा," दीपनाथ विश्वास रोक नहीं सका अपनी बुदबुदाहट को, "वह तुम्हें पहचानता था, समय पर निकल भागा। लौटकर नहीं आएगा मुरादपुर; मेरी तरह अभागा है क्या!"

शेख ने अपनी बात पूरी की, "अगर इस गाँव में रहने से डर गया है वह, तो फिर ऐसे आदमी को इस गाँव में फिर बसने देना नहीं चाहिए।"

"जला दूँ उसका घर?" रकीब बोल उठा, "सब भाग जाएँ, फिर जला देंगे सबके घर।"

"तुम्हें किसी बात की तुरन्त हड़बड़ी क्यों हो जाती है? अभी तुरन्त तो इसकी जरूरत नहीं है," शेख ने बेटे को फटकारा और फिर पूछा, "प्रभुदयाल कितनी देर पहले और किस तरफ भागा है?"

"ठीक-ठीक पता नहीं। सुनने में आया है," रकीब ने जवाब दिया, "कि अमवारी की ठाकुरबाड़ी में कुछ हिन्दू परिवार टिके हुए हैं। बड़गच्छी के हिन्दू अमवारी की ओर ही भागे हैं। मुझे लग रहा है कि प्रभुदयाल भी उधर ही गए होंगे।"

"मुझे एक बार अमवारी जाना पड़ेगा।" शेख बोला।

"जाओ, जाओ, एक बार हो आओ," दीपनाथ मन ही मन बुदबुदा पड़ा, "तब अपने मारे जाने का गम मुझे थोड़ा कम होगा। अपनी मौत के पहले तुम्हारी मौत की खबर सुन लूँगा, तो दिल को बहुत राहत मिल जाएगी।"

रकीब ने बाप को रोक लिया, "अमवारी? नहीं, अभी यहाँ से कहीं जाना ठीक नहीं होगा।"

बेटे की बात मान लेने के लिए बाप पहले से ही तैयार था, "ठीक है, नहीं जाऊँगा।" और फिर उसने बेटे के मन की बात कह दी, "राधेश्याम, जियालाल और रामावतार भागने न पाएँ।"

"और अगर वे जिद कर बैठें तो?" बेटे ने पूछा।

बाप ने जवाब दिया, "तलवार चमका देना; फिर तो जिद नहीं करेंगे।"

"तलवार!" रिस मारकर रह जाना पड़ा बेबस दीपनाथ विश्वास को, "शेख तलवार चमका रहा है! इसी शेख ने ठाकुरबाड़ी बनवाई थी, मियाँजी की ठाकुरबाड़ी! जब-तब ठीक ही सुनने को मिला है कि अब केवल 'बाड़ी' बची हुई है, 'ठाकुर' कबके भाग चुके हैं। कुटिल, कपटी, बगुला भगत! हीरालाल सेठ की गद्दी पर मसनद लगाकर बैठता है यह। जीवकान्त मिश्र दौरा करने जब भी इलाके में आते हैं, तो इस शेख के दर्शन किये बगैर दिल्ली वापस नहीं जाते। इसकी और विक्रमसिंह की तो दाँतकाटी रोटी है। तिलेश्वर यादव तो इस शैतान को भगवान ही मानता है। इनमें से किसी को भी पता होगा कि यह बूढ़ा शेख किस तरह तलवार चमका सकता है! किसी को भी पता होगा कि इस शेख के साथ गुजारे गए उसके ढेर सारे क्षण तलवार की छाँह में गुजरे हैं! आज अगर मेरी जगह इनमें से ही कोई रहता, तो क्या बच निकलता? नहीं, मारा जाता, मेरी ही तरह मारा जाता।

"इस जालिम शेख के घर में ही क्यों," अचानक दीपनाथ का ध्यान अपने जिगरी दोस्त पर चला गया, "अगर इस दंगे में इस तरह मैं सुलेमान के घर में ही रहता, तो क्या बच निकलता?...शायद मारा जाता...मारा जाता...एक दिली दोस्त का सिर! खुदा को एक लाजवाब तोहफा!...मारा जाता...

"...शायद नहीं मारा जाता," अचानक पुरानी यादों में डूब गया दीपनाथ विश्वास, "हथडूबा में नहीं मारा जाता। हथडूबा में? नहीं, नहीं...

"अल्लाहोअकबर और जय बजरंग बली के नारे बुलन्द आवाजों में लगाकर क्या हथडूबा के हिन्दू और मुसलमान मार-काट मचाते?...

ढोलकिया माधो तनकर खड़ा हो जाता, तनतना दिखाता, 'कौन मारेगा खलील मियाँ को? हथडूबा के जिस हारमोनियम मास्टर का इस इलाके में जोड़ नहीं है, वह हथडूबा में मरेगा? दो-चार दिनों की मार-काट के बाद तो इलाके भर के हिन्दू भी मुझे थू-थू करेंगे कि साला ढोलकिया कैसा था जिसने अपने मास्टर को नहीं बचाया। अब क्या यहाँ हारमोनियम कभी नहीं बजेगा? किस मुँह से जाएगा कोई इस-उस गाँव हारमोनियम मास्टर की तलाश में!'...हथडूबा नाट्य परिषद् के सारे हिन्दू युवक दौड़ पड़ते मजीद मियाँ उर्फ परशुराम के घर की ओर, 'खबरदार! परशुराम मारा नहीं जाएगा।' जिस परशुराम के लिए लगभग हर साल मंच की चौकियों में उन्हें हिलने-टूटने से बचाने के लिए अलग से कीलें ठोंकी जातीं और खड़ाऊँ का नया, मजबूत जोड़ा तैयार किया जाता, वह भी मारा जाता? अगले साल हजारों की संख्या में आए दर्शकों की फुसफुसाहटें शोर में बदल जातीं, 'खाक देखोगे नाटक! यह असली परशुराम नहीं है। लो, सुनो! साले हिन्दुओं ने ही अपने परशुराम को मार डाला!'...मजीद मियाँ नहीं मरेंगे, तो क्या खिलाड़ी हासिम मारा जाएगा? अरे, इस मियाँ को तो किसी दूसरे गाँव का हिन्दू भी नहीं मारेगा। किस साल किस गाँव का आदमी नहीं आता है इस हासिम को ले जाकर अपनी टीम की ओर से फुटबाल खेलाने के लिए! ...मार दो मन्तरिया फैयाज को, और अब जो किसी को साँप काटे, तो लादकर ले जाओ उसे भिट्ठा-बोचाही के मन्तरिया के पास; तब मुरदा पर मन्तर मारेगा मन्तरिया।...ना, बाबा! युनूस के घरवालों पर कौन हाथ उठाएगा! उसकी घरवाली तो हर साल छठ पूजा करती है, सूरज भगवान को अर्घ देती है। ...'हसनेन मारा जा सकता है, क्यों, भाई?' ...'वाह! कैसे मारा जा सकता है! ...'

"'तब तो कोई मरेगा नहीं,' कोई बोल सकता है, 'मगर बदनामी हो जाएगी इस गाँव की। इलाके के हिन्दू तो यही कहेंगे कि हथडूबा के हिन्दुओं का खून पानी हो गया है।'

"बदनामी हथडूबा के मुसलमानों की भी कम नहीं होगी। इलाके के मुसलमान लानत भेजेंगे यहाँ के मुसलमानों पर कि जब पूरे इलाके में खुदा के बन्दों के सिर कटते रहे, तब हथडूबा के गद्दार मुसलमान

किसी एक हिन्दू की भी गर्दन काटने घर से बाहर नहीं निकले।...घर से निकलकर किस घर की ओर बढ़ते वे?...मजार में सोया पीर रोने लगेगा। किस हिन्दू के घर से चादर नहीं चढ़ाई गई होगी उस मजार पर! पीर की बद्दुआ भला कौन मुसलमान लेगा!...उस्मान मियाँ अगली होली के पहले अपनी मौत माँग लेंगे खुदा से। कड़ाहों में रंग भरकर वे किनके आने का इन्तजार करेंगे?...ताजिया के बाँस की कमचियाँ बनाने और रात-रात भर जागकर उन कमचियों पर कागज-पन्नी चिपकाने वाले हिन्दू बच्चे क्या मुसलमान बच्चों से बिल्कुल जुदा हैं, कहीं से भी मुसलमान नहीं हैं! उन्हें कत्ल किया जा सकता है क्या?...हैरपुर के मेले में हथडूबा का एक भी हिन्दू नहीं! 'यह कौन पिला रहा है शरबत? पहले जैसी मिठास नहीं है इस शरबत में।'...यह गाँव का कैसा त्यौहार है कि गाँव में ढेर सारे घरों के दरवाजे बन्द कर दिये गए हैं? यह हथडूबा ही है न?...

"...यह हथडूबा ही है। मैं सुलेमान के घर में हूँ। हाथ में तलवार लिये सुलेमान दरवाजे पर पहरा दे रहा है। अगर दंगाई आए, तो वह उन्हें रोक लेगा और उनसे साफ-साफ कहेगा, 'तुम लोग मेरे दोस्त को छू नहीं सकते। उसके लिए पहले मेरा कत्ल करना होगा।'...

"सुलेमान पहरा दे रहा है!...यह सपना तो नहीं है?...यह हथडूबा..."

धड़कते दिल से धीरे-धीरे खिड़की खोल देता है दीपनाथ विश्वास और देर तक बाहर अपनी दृष्टि गड़ाए रह जाता है, "नहीं...यह हथडूबा नहीं है...घर से बेगमगंज के लिए निकला था मैं...मुरादपुर में...मैं यासिन शेख के घर में हूँ...पहरा यासिन शेख दे रहा है...कब निकला था घर से मैं! अब तो शाम हो गई। अँधेरा सिर्फ कमरे में ही नहीं; बाहर भी धुँधलका फैल गया है..."

खिड़की से कुछ दिखाई नहीं पड़ा उसे, पर कुछ पैरों की आहट पाई उसने।

तभी किवाड़ की जंजीर खनखनाई और बूढ़ा शेख कमरे में आया।

वह सरककर पीछे आ गया और धीरे-धीरे चौकी पर बैठ गया।

यह बात उसके मन में जम गई थी कि जब भी शेख उस कमरे में आएगा, तो वह अकेला नहीं होगा, उसके साथ होगी एक भीड़ जिसमें

रकीब होगा, रशीद होगा और शायद कोई कसाई भी। मगर अकेला शेख ही नजर आया था उसे।

उसने कातर निगाहों से शेख की ओर देखा।

और चित्रलिखित-सा सुनने लगा शेख को, "आपको तकलीफ हो गई। ऐसी मजबूरी हो जाती है कभी-कभी कि आदमी मेहमान की खातिर तक करने से चूक जाता है। अब देखिए कि हमें इतना तक खयाल नहीं रहा कि आपको भूख-प्यास..."

दीपनाथ विश्वास अब सुन नहीं रहा था शेख की, अपनी सोच रहा था, "क्या यह शेख क्षण-दो क्षण के लिए भी यहाँ से हट नहीं सकता? शायद अँधेरे में खिसक जाना सम्भव हो जाए! एक बार इस चारदीवारी से निकल तो जाऊँ, फिर तो...। मेरे पीछे जरूर दौड़ेंगे ये सब। याद नहीं कि पिछली बार मैं कबदौड़ा था, कितने साल पहले, मगर, जब मौत दौड़ी आ रही होगी मेरे पीछे, तो क्या मैं सबसे तेज नहीं दौड़ूँगा?...शेख बाहर जा रहा है क्या?...हे ईश्वर! हे ईश्वर!..."

शेख दरवाजे तक जाकर रुक गया था। उसने किसी को एक लालटेन ले आने के लिए आवाज लगाई और फिर वापस आ गया।

दीपनाथ तेजी से सोचने लगा था, "इस बुड्ढे को मैं उठाकर पटक दूँ? और इससे पहले कि वह चीखे, उसके मुँह में कपड़ा ठूँस दूँ। मगर, कौन-सा कपड़ा? कमीज उतारकर रख लेनी थी।...इसकी नाक पर अगर एक जबरदस्त मुक्का मारूँ, तो क्या यह बेहोश हो जाएगा? मगर शेख सयाना है; मेरे दिल के भाव को मेरे चेहरे से ताड़ गया होगा; सावधान तो होगा ही; मेरा मुक्का ठीक इसकी नाक पर बैठे, यह मौका नहीं देगा। और फिर, पता नहीं, बाहर में कौन-कौन हैं, किस-किस को कहाँ-कहाँ बैठा रखा है इस निर्दयी ने। नहीं, शेख पर हमला नहीं किया जा सकता।"

शेख फिर बोलने लगा था, "यह रात अब जल्द कट जाए, जल्द सुबह हो। रात बहुत भारी लग रही है..."

'रात बहुत भारी लग रही है,' शेख की इस 'रात' पर अटक गया वह। उसने खुफिया निगाहों से शेख के चेहरे को देखा, 'क्या बोल गया शेख! रात बहुत भारी...' और फिर वह अन्दर ही अन्दर कलपने लगा,

"इस शेख के जनानखाने में क्या कोई औरत नहीं है, न कोई माँ, न कोई बहन? कोई माँ इस बूढ़े का रास्ता नहीं रोक सकती, कह नहीं सकती?—'मैं एक माँ हूँ; मेरे भी बेटे हैं। जब तक मेरे बेटे सलामत हैं, आप किसी के बेटे पर हाथ न उठाएँ। मैं एक माँ का दर्द जानती हूँ। जिस माँ का यह बेटा है, उसकी आह पड़ेगी मुझ पर। माँ हिन्दू या मुसलमान नहीं होती; माँ के लिए बेटा हिन्दू या मुसलमान नहीं होता। सुनिए, सुनते क्यों नहीं, खुदा मुसलमान नहीं है, वह माँ है...'

"कोई बहन इस बूढ़े के पैरों पर गिरकर उन्हें जकड़ नहीं सकती? —'यह भी तो किसी बहन का भाई है। मेरी ही तरह इसकी बहन भी तो अपने भाई के लिए खून दे सकती है, जान दे सकती है। मेरी तरह उसने भी तो दुआ माँगी होगी खुदा से अपने भाई के लिए। इस भाई पर रहम कीजिए, जान बख्श दीजिए इसकी।'

"नहीं," लम्बी साँस लेकर छोड़ी उसने, "इस जनानखाने में कोई औरत नहीं, कोई माँ, कोई बहन नहीं।"

शेख क्या-क्या तो बोले जा रहा था!

माँ की याद आ गई दीपनाथ को।

किस-किस के कोप से, कैसे-कैसे प्रकोप से बचा कर रखा था माँ ने उसे! आज माँ नहीं है न, माँ की गोद नहीं है न! न जाने किन-किन लोकों में दौड़ लगाकर ढूँढ़ निकाला होगा उसने पिताजी को और पूछा होगा, "मैं सिसवन गई थी। दीपू नहीं है वहाँ। कहाँ है, सिसवन में किसी को पता नहीं। कुछ पता है आपको?" इच्छा होती है उसकी, चीख पड़े वह, "मैं यहाँ हूँ, माँ, मुरादपुर में, एक कसाई के कब्जे में," अपनी चीख उस लोक तक पहुँचा दे जहाँ अभी भी उसकी माँ हर बरस जिताष्टमी करती होगी, मगर नहीं चाहता वह माँ को दुखी करना; चाहता है, अब माँ भूल जाए उसे।

उसे फूलो दीदी की याद आ गई।

ज्वरग्रस्त भाई के सिरहाने रात भर बहन जगी रह गई थी। उसने कहा था, "दीदी, अब तुम सो जाओ; मैं ठीक हूँ;" दीदी ने जवाब दिया था, "तुम बिल्कुल ठीक हो जाओ, भैया; फिर मैं खूब सो लूँगी।" न जाने

कब तक जगी रह जाएगी दीदी! कौन कहेगा उससे, "तुम सो जाओ; दीपू बिल्कुल ठीक है?"

क्या-क्या तो बके जा रहा था शेख! तभी शेख का नौकर लालटेन लिये आया। ओसारे पर लालटेन रखकर वह जाने लगा, तो शेख ने उससे कहा, "नाश्ता तैयार हो गया होगा; ले आओ।"

लालटेन की रोशनी में शेख को अब दीपनाथ का चेहरा अधिक साफ नजर आ रहा था। शेख सुनाने लगा उसे दंगा के बारे में, इन्सान-हैवान मुसलमान के बारे में, पीर-फकीर और खुदा के बारे में।

मुँह से निकलने के पहले मन की बात पर कितना मुलम्मा चढ़ाया जा सकता है!

हलुआ आया था दीपनाथ के लिए!

भूख उसे लगी थी क्या? मगर, प्यास जोरों की लगी थी। शेख के आग्रह पर उसने थोड़ा-सा हलुआ भी निगल लिया था।

शेख बाहर जाने के लिए उठते हुए बोला, "खाना जल्द ही तैयार हो जाएगा। आप खा-पीकर आराम से सो रहें। हम लोग तो आज रात सो नहीं पाएँगे। पूरे गाँव में रतजगा होगा। आप बेफिक्र होकर सोएँ। सिसवन की ओर से किसी वारदात की खबर नहीं आई है।" और फिर उसने जाते-जाते कहा, "मैं लालटेन ओसारे पर ही रहने देता हूँ, और किवाड़ की जंजीर बाहर से लगा देता हूँ। जंजीर लगी रहे, तो इस कमरे में कोई नहीं आएगा।"

किवाड़ बन्द होने के बाद देर तक उसका दिमाग बिल्कुल खाली रहा, मगर फिर उसमें ढेर सारी बातें आने लगीं और वह अपने आप पर झुँझला पड़ा, "मैं क्या बिल्कुल बिसर गया कि मैं मौत की गिरफ्त में हूँ और मुझे अभी भी इस गिरफ्त से बाहर निकल जाने की कोशिश करनी चाहिए! मुसीबत के क्षणों में तो मूढ़-मतिहीन की खोपड़ी में भी जान बचाने की युक्ति कौंध जाती है, मगर मैं हूँ कि हूँ तो बुद्धिवाला, लेकिन बुद्धि पर पाला पड़ गया है। मैं शायद बिल्कुल निराश हो गया हूँ, मगर आदमी को अन्त तक निराश नहीं होना चाहिए।"

आँखें मूँदकर और लम्बी साँस लेकर उसने अपनी बुद्धि और शक्ति

का आह्वान किया और फिर अचानक एकदम ढीला होकर निरीह स्वर में अपने आप से पूछ बैठा, "मगर मैं क्या कर सकता हूँ?"

"मरता क्या नहीं करता!" उसने अपने आप को जवाब दिया, "कुछ कर सकता हूँ।" और कुछ कर गुजरने की कारगुजारी करिश्मा बन जाने के लिए उसके दिमाग में कुलबुलाने लगी, "ज्यों ही बूढ़े ने किवाड़ खोला था, उसे धक्का देकर निकल जाना था। होगा बाहर में शेख का नौकर अब्बास, कुछ और भी होंगे, मगर वे कुछ बेखबर होते और मैं पत्तातोड़ भागता। मर तो रहा ही हूँ; भागते हुए अगर पकड़ भी लिया जाता, तो एक के बाद कोई दूसरी मौत नहीं होती। और अगर भागने में कामयाब हो जाता, तो? ...सिसवन...शीला...गुड़िया...राजू...!

"क्या यह आखिरी मौका था जो हाथ से निकल गया?...हे ईश्वर! एक मौका और।...बोलकर गया है, तो खाना लेकर जरूर आएगा।..."

और फिर मुक्तिमार्ग की ओर ले जानेवाले एक-एक कदम पर उसका ध्यान तेजी से जाने लगा,...धक्का, मुक्का, छलाँग, फलाँग, उड़ान, लँगी, पेच, पैतरा...जय बजरंग बली। अपने पूर्वाभ्यास में देर तक उलझा रह गया वह।

किवाड़ की जंजीर खनखनाई।

सारी शक्ति समेटकर तैयार हो गया वह।

दरवाजा खुला।

प्रकट हुआ शेख और उसके पीछे अब्बास।

वह पहला कदम उठाने ही जा रहा था कि शेख बोल गया, "खाना तैयार है; आप मैदान भी जाएँगे?"

क्या सचमुच?...ईश्वर ने सुन ली क्या?

बूढ़ा बोल रहा था, "अगर जाना हो, तो हो आएँ; पिछवाड़े में ही बगीचा है।"

"हाँ, जाऊँगा," उसने स्वर को भरसक संयत रखते हुए जवाब दिया, मगर बोलकर डर भी गया कि कहीं बूढ़ा खिलखिलाकर हँस न पड़े और हँसकर कह न बैठे, "यह सम्भव है क्या? जिस शख्स को अब तक कमरे में बन्द रखा, उसे खुले मैदान में जाने की इजाजत दे सकता हूँ?"

ऐसा कुछ नहीं कहा बूढ़े ने; उसने नौकर से कहा, "जाओ, एक लोटा पानी और टॉर्च ले आओ!"

आसमान में तारे निकल आए थे।

जिस बगीचे की ओर बूढ़े ने इशारा किया था, वह करीब एक फर्लांग की दूरी पर था। वह एक हाथ में टॉर्च और दूसरे में पानी भरा लोटा लेकर उधर बढ़ा।

बगीचे की ओर बढ़ते ही यह संशय उसके साथ हो गया कि अवश्य उसके पीछे-पीछे उस पर नजर रखता हुआ कोई आएगा और फिर लगा कि सचमुच कोई आ रहा है। पलटकर पीछे देखने की हिम्मत नहीं हुई उसे। बगीचे में घुसते ही उसने टॉर्च बुझा दिया।

अब वह खड़ा हो गया और पलटकर पीछे की ओर देखा।

निगाह मुरादपुर की मस्जिद पर चली गई। मस्जिद के ऊपर चारों कोनों पर चार मशाल जल रहे थे। ऐसा लगता नहीं था कि वहाँ दूसरे गाँवों से आए हुए ढेर मुसलमान टिके हुए हैं। छत पर इक्के-दुक्के लोग टहलते हुए नजर आ रहे थे। कोई शोर नहीं था वहाँ; शायद बच्चे तक चुप थे।

फिर उसकी निगाह गाँव के दोनों छोरों पर गई। एक ओर आठ-दस छोटी-छोटी झोपड़ियाँ थीं, जिनसे करीब पन्द्रह-बीस हाथ की दूरी पर एक बड़ा-सा मशाल जल रहा था, जिसका प्रकाश काफी दूर तक फैला हुआ था। लगता था, घर के सारे लोग घर के बाहर हों, मुस्तैद, तैनात; घुसते-निकलते किसी को देखा नहीं जा रहा था। गाँव के दूसरे छोर पर एक बगीचा था। शायद सगीर का बगीचा यही था। बगीचा के सामने पाँच-सात मशाल जल रहे थे। बगीचे में लोगों की चहल-पहल स्पष्ट नजर आ रही थी।

ऐसा नजारा उसने जीवन में और कभी नहीं देखा था। उसे कुछ अजीब-सा लगने लगा था, लग रहा था कि वह सपनों में विचर रहा हो, किसी दूसरे लोक में चल रहा हो। वह सोच में पड़ गया, क्या इसी लोक में कहीं उसका सिसवन भी है, जहाँ उसकी पत्नी और उसके बच्चे रह रहे हैं? कहीं ऐसा तो नहीं, वह संशयग्रस्त हो उठा, कि वह मारा जा चुका है और मरकर इस लोक में आ पहुँचा है?

उस स्वप्न लोक में भी उसने सिसवन का मुँह किया, कुछ और कदम चलकर बगीचे के पश्चिमी छोर पर आ खड़ा हुआ। बुत की तरह कुछ देर तक खड़ा रह गया था वह।

फिर वह झाड़ा फिरने की मुद्रा में बैठ गया। लोटा के साथ टॉर्च भी जमीन पर रख दिया उसने, और फिर पैर से चप्पल भी निकाल डाला। धड़कते दिल से वह अँधेरे में चारों ओर झाँका और फिर उठ खड़ा हुआ।

चौकन्नी निगाहों से चारों ओर निहारते हुए उसने चार-पाँच लम्बे डग भरे और फिर बगटुट भागा पच्छिम की ओर, अपने सिसवन की ओर।

आगे खुला मैदान था, खुले खेत, कोई बँसवाड़ी-अमराई तक नहीं। बस एक डर अभी भी साथ चल रहा था कि अचानक किसी ओर से उस पर टॉर्च की रोशनी न फेंकी जाए। डर धीरे-धीरे पीछे छूटता जा रहा था उस बगीचे की तरह जो अब अँधेरे में आँखों से ओझल हो चुका था।

जब उसे लगा कि शेख की पकड़ ढीली हो चुकी है और वह उस पकड़ से फिसलकर बाहर निकल आया है, कि अमवारी और डूमरवालों के धावा बोल देने से मुरादपुरवाले गाँव छोड़कर उसके पीछे नहीं दौड़ पड़ेंगे, कि अब उसका पीछा नहीं किया जा रहा है, तब उसे थोड़ी देर सुस्ता लेने की इच्छा हुई।

वह रुककर दम लेने लगा।

अचानक अँधेरे में रोशनी चमकी, मगर दूर, उधर जिधर से आया था वह, बगीचे के आस-पास...नहीं, बगीचे में ही। एक साथ कई टॉर्च जल उठे थे। उधर से अस्पष्ट आवाजें आने लगी थीं। निगाह टिक गई उधर, कान उठ गए कुछ सुन लेने को, कौन हो सकते हैं ये सब, क्या कर रहे हैं?

उसे शंका हुई, उसकी खोज तो नहीं हो रही है!

बूढ़े शेख की तेज आवाज उसके कानों में पड़ी; वह सावधान हो गया। चार-पाँच मिनटों के बाद रोशनी बगीचे से बाहर आ गई, उसकी ओर बढ़ने लगी।

उसे पक्का विश्वास हो गया, उसकी ही खोज हो रही है।

वह सरपट भागा, तब तक भागता रहा जब तक उसके लिए रोशनी बुझ नहीं गई, किसी आवाज का आना बन्द नहीं हो गया। और तब उसे

खयाल आया कि अभी तक लोग खेत-बहियार की ओर निकले हुए ही होंगे, अभी इतनी रात नहीं हो गई है कि उनका आना-जाना बन्द हो गया हो। वह डरा, कहीं ऐसा न हो कि उसे भागते हुए कोई देख ले, पकड़ ले, शोर मचा दे। मुसलमानों की बस्तियाँ बिखरी पड़ी हैं इस इलाके में। शोर सुनकर दौड़े आ गए लोगों की भीड़, क्या पता, मुसलमानों की ही हो! एक दीपनाथ विश्वास को मारने के लिए क्या किसी भीड़ की जरूरत है? हाथ में हथियार हो, तो एक मुसलमान काफी है उसके लिए। हथियार न हो, मुस्टंड ही हो वह मुसलमान; पटककर दुगदुगी तो दबा ही सकता है।

किसी सुरक्षित जगह में रुककर रात काट देने की इच्छा जोर मारने लगी उसके मन में। वह उन क्षणों की कल्पना करने लगा जब रात बीत गई होगी, वह घर पहुँच गया रहेगा, बीवी-बच्चे उसे घेरकर बैठे हुए होंगे और वह उन्हें कत्लगाह से अपने बचकर निकल आने का पूरा किस्सा सुना रहा होगा...

वे क्षण आएँगे तो! उन क्षणों का सुख उसे छूने लगा था।

उसने देखा कि उसकी बाईं ओर कुछ दूर पर एक विशाल पेड़ खड़ा है। वह उधर ही बढ़ गया। पेड़ से पहले एक कच्ची सड़क मिल गई। वह ठिठककर सोचने लगा, वह कौन-सी सड़क है, कहाँ से कहाँ जाती है, आस-पास कोई टोला-बस्ती तो नहीं है। कुछ भी अन्दाजा नहीं लगा पाया वह।

वह सड़क पार कर पेड़ के पास जा पहुँचा।

कोई और वक्त रहता, वह देखता कि पेड़ कौन-सा है, बरगद, पीपल या आम का; वह डरता कि पेड़ पर किसी भूत-प्रेत का वास तो नहीं है; वह जाँचता कि पेड़ में कोई खोड़रा तो नहीं है जिसमें कोई विषधर बैठा हुआ हो। कुछ देखा-सोचा नहीं उसने और झटपट पेड़ पर चढ़ गया।

बिना गिरे-फिसले पूरी रात गुजारने के इरादे से अभी उसने एक मोटी डाल पर आसन जमाया ही था कि कानों में टुनटुन की ध्वनि पड़ी। वह चौंक गया, घंटी गाछ पर टुनटुनाई है क्या? वह थरथरा गया, कूद पड़े नीचे? गिर न पड़े, इसलिए दोनों हाथों से कसकर डाल पकड़ ली उसने।

घंटी फिर टुनटुनाई, लगातार टुनटुनाने लगी।

उसने गौर किया, आवाज दूर से आ रही थी, मगर बढ़ी आ रही थी उसकी ही ओर। उसने आवाज की दिशा में निगाह दौड़ाई। अँधेरे में भला क्या सूझता! मगर सूझा, एक भुक! लुत्ती की तरह कुछ जल उठा था, फिर बुझ गया, और फिर भुक।

उसके बदन में झुरझुरी पैदा हो गई; यह राकस है क्या? इस गाछ पर ही तो नहीं रहता है? कब निकला था जो अभी ही वापस आ रहा है? इस गाछ पर ही अब चढ़ेगा क्या?

वह दम साधे उस भुक की ओर देखता रहा और सोचता रहा कि अब निस्तार नहीं है।

अचानक अँधेरे में भुक से कुछ अधिक दिख गया उसे। लो! यह तो बैलगाड़ी चली आ रही है। बैलों के गले में घंटियाँ बंधी थीं और गाड़ीवान सुट्टे मार-मारकर बीड़ी पी रहा था।

अब मन में कुछ और ही मंथन शुरू हआ—कहाँ से आ रही है यह टप्परवाली बैलगाड़ी और जा कहाँ रही है? क्या गाड़ीवान को पता नहीं कि इलाके में दंगा फैला हुआ है? वह हिन्दू है या मुसलमान? टप्पर के भीतर कौन हैं, औरत? लठैत-भड़ैत तो नही? हथियार तो नहीं ढोए जा रहे हैं एक गाँव से दूसरे गाँव?

दीपनाथ इन्हीं प्रश्नों में उलझा रहा और बैलगाड़ी सामने से गुजरकर दूर चली गई। उसने मन को पक्का किया कि अब किसी आवाज पर, कुछ देखकर, किसी आफत में घबराएगा नहीं।

भोर होने के बाद क्या कोई खतरा नहीं है? अचानक यह प्रश्न बिजली की तरह कौंधा उसके मस्तिष्क में। आज की रात न जाने कितने घर जलेंगे, कितनी हत्याएँ होंगी! भोर तक सब शान्त हो जाएगा क्या? बदले की आग सुबह होने तक बुझ जाएगी? मुसलमानों की बस्ती होकर वह बेखौफ गुजर सकेगा? मुसलमान डरेंगे सूरज से? नहीं, उसने अच्छी तरह सोचकर देख लिया, ऐसा नहीं होगा। अभी तो लोग कई-कई दिनों तक राह-पगडंडी पर पैर नहीं धरेंगे। तो फिर क्या सोचकर वह बैठ गया गाछ पर?

जिस फुरती से वह गाछ पर चढ़ा था, उससे कुछ अधिक फुरती से वह नीचे उतरा और पच्छिम की राह पकड़ ली। करीब आधा कोस निकल जाने के बाद अचानक मन में खटका हुआ कि वह सही दिशा में बढ़ रहा है या नहीं। रुककर सोचने लगा वह। वह भ्रमित हुआ और उसे कई पच्छिम नजर आने लगे। उसे याद आया कि वह बिल्कुल नाक की सीध में नहीं बढ़ा था, कई जगह मेड़ों पर चला था जो बिल्कुल सीधी नहीं थीं। और गाछ से उतरने के बाद जिस दिशा को पच्छिम मानकर चला था, वह क्या सचमुच पच्छिम था? उसने आसमान की ओर देखा, मगर वहाँ सूरज नहीं था, तारे जगमगा रहे थे, और तारे देखकर दिशा का पता लगा लेना उसने सीखा नहीं था। वह असमंजस में पड़ गया, अब क्या होगा? उसे डर हुआ, कहीं ऐसा न हो कि घूमते-घामते वह फिर मुरादपुर पहुँच जाए, उसी बगीचे के पास जहाँ से निकल भागा है वह, या इस बार शायद सगीर के बगीचे में, जहाँ अब सारे कातिल मशाल बुझाकर बैठे हुए होंगे।

हर बगीचा मुसलमान हो गया उसके लिए!

जी को कड़ा कर उसने एक दिशा को पच्छिम माना और उधर बढ़ गया।

कुछ देर चलते रहने पर उसके कान में कुत्तों के भूँकने की आवाज आई। वह समझ गया कि पास ही कोई गाँव है, और उसकी इच्छा यह पता लगा लेने की हुई कि गाँव हिन्दुओं का है या मुसलमानों का। वह कुत्तों की ओर यह सोचकर बढ़ा कि कुछ दूर से ही देख लेगा कि गाँव में कोई मन्दिर है या नहीं, मन्दिर का कलश नजरों में आ रहा है या नहीं, हनुमान-ध्वजा वाला बाँस किसी आँगन में गड़ा हुआ है या नहीं।

कुछ दूर से कुछ भी दृष्टिगोचर नहीं हुआ उसे और हिम्मत नहीं हुई कुछ और समीप चले जाने की। हो सकता है, गाँव मुसलमानों का हो। उसे डर हुआ कि अगर एक कुत्ते की नजर भी उस पर पड़ गई, तो फिर देर नहीं लगेगी गाँव के सारे कुत्तों को उसकी तरफ दौड़ आने में। इतने सारे कुत्तों की भों-भों सुनकर कौन सोया रहेगा घर के अन्दर! और घर से बाहर निकलेगा कोई बगैर हथियार के? तब वह भाग पाएगा? मुसलमान तो बाद में, पहले तो मुसलमानों के कुत्ते ही उसे खदेड़कर चीथ डालेंगे।

उसने कदम लौटा लिए। जिस जान को बहुत सँभालकर लाया था वह यहाँ तक, उसे किसी बेवकूफी में गँवा देना नहीं चाहता था। यहाँ से अपना सिसवन अब दूर ही कितना होगा, उसने अनुमान लगाया, कोस-डेढ़ कोस, घंटा-डेढ़ घंटा।

उसने फिर सिसवन की राह पकड़ ली।

थोड़ी ही दूर चला था वह कि उसके कानों में किसी चिड़िया के बहुत बुरी तरह चीखने की आवाज पड़ी। उसके कदम आप से आप रुक गए। इस चीख ने उसे डरा दिया था। आवाज कुछ दूर से आई थी, मगर बहुत तेज, बहुत कर्कश थी। वह सोच में पड़ गया, क्या यह चिड़िया रात के इस पहर में हर रात इसी तरह चीखती है या...? कुछ कह तो नहीं रही है चिड़िया उससे? आगे कोई खतरा तो नहीं है?

चिड़िया की चीख दुबारा नहीं सुनी उसने। दुबारा चीखकर भी चिड़िया शायद उसे नहीं रोक पाती। कैसे जान पाता वह कि चिड़िया हिन्दू थी या मुसलमान! वह आगे बढ़ गया।

चलते हुए उसने नजर दौड़ाई, तो नहर दिख गई, सिमरौनीवाली नहर। नहर पकड़ लेने का खयाल उसके दिमाग में आया। कोस-डेढ़ कोस का चक्कर जरूर था, मगर तब राह भटकने की गुँजाइश नहीं थी। वह नहर की ओर बढ़ गया, मगर नहर पर चढ़ते ही उसे अपनी भूल का एहसास हुआ और वह झटपट नीचे उतर आया। इलाके में नहर के रास्ते रात भर चालू रहते थे, मगर उन पर केवल चोर-डाकुओं का आना-जाना होता था। और फिर आज की रात, उसने मन में सोचा, दंगे के डर से जो इधर-उधर भागे होंगे, वे सबके सब नहर पर ही आ गए होंगे। जिस बड़गच्छी की बगल से गुजरती है यह नहर, वहाँ के मुसलमानों की नजर क्या इस नहर पर नहीं होगी! नहर मुसलमान हो गई थी।

नहर से उतरते वक्त वह फिसलकर एक गड्ढे में गिर गया। गड्ढा मामूली था, मगर उसमें पड़ी कुछ सूखी काँटेदार टहनियों से खरोंच लग गई थी उसे। काँटों से खुद को छुड़ाकर और गिरने से देह में लग आई मिट्टी को झाड़कर किसी चोट या दर्द से बेखबर वह आगे बढ़ने लगा।

अब वह तेज-तेज चलने लगा था।

अचानक झटका लगा और पाँव रुक गए उसके। सामने कुछ दूर अँधेरे में एक विशाल आकृति पर नजर पड़ गई थी। कोई दैत्य कमर पर हाथ बाँधे खड़ा था। दैत्य का मुँह बिल्कुल उसकी ओर तो नहीं था, पर शायद वह कनखियों से उसे देख रहा था। उसके देवता कूच कर गए, देह बोझिल होने लगी और दम सूखने लगा। उससे पीछे भागते नहीं बना। दैत्य बिल्कुल हिल-डुल नहीं रहा था। मगर उसका एक कदम भी दीपनाथ की ओर बढ़ता, तो शायद दीपनाथ अपनी चीख रोक नहीं पाता और मूर्च्छा खाकर गिर पड़ता। वह निश्चेष्ट-सा धीरे-धीरे जमीन पर बैठ गया। उसे डर लग रहा था कि रास्ता रोककर खड़ा यह दैत्य उसे लड़ने के लिए ललकार न बैठे। बैठे-बैठे ही कुछ तिरछा होकर वह पीछे की ओर सरकने लगा। देर तक सरकता रह गया था वह। जब उसे लगा कि अब वह दैत्य की नजरों से ओझल हो गया है, तो वह उठ खड़ा हुआ और लपझप चाल से पच्छिम की ओर भागा।

पानी में पैर पड़ते ही वह चौंक गया। कुछ अगल-बगल चलकर देख आया वह, पानी ही पानी। लगता था, कोई लम्बी धार हो। वह सोच में पड़ गया, सिसवन के रास्ते में धार? यह कहाँ आ गया वह? सिसवन पीछे तो नहीं छूट गया? यह विश्वास तो था उसे कि वह कहीं सिसवन के आस-पास ही है, मगर कहाँ, यह जानकारी नहीं हो रही थी उसे। और तब उसे उस दैत्य का खयाल आ गया जो अब उसके लिए कोई दैत्य नहीं, रातों में विचरण करनेवाला वह पिशाच था जो राहगीरों को भटकाते हैं, उन्हें पानी के पास ले आते हैं और पानी में घुसते ही उन्हें दबोचकर पानी के अन्दर की जमीन पर मुँह रगड़ते हैं और पानी पिला-पिलाकर मार डालते हैं।

वह हड़बड़ाकर कई कदम पीछे लौट आया।

अब क्या करे वह? अगर पिशाच ने उसे पानी तक पहुँचाया है, तो अवश्य वह यहीं कहीं आस-पास होगा। अगर मौत आगे है, तो पीछे भी है। उसने हिम्मत बटोरी, इस बात पर ध्यान रखा कि वह होश में रहे, भीमकाय पिशाच से लड़ने के लिए मुट्ठियाँ बाँध लीं और आगे की ओर कदम बढ़ा दिया।

हर कदम सँभालकर रख रहा था वह, बार-बार पीछे की ओर मुड़कर देखते हुए।

पानी बढ़ता ही जा रहा था।

यह कोई नदी नहीं थी, ऐसा लगा उसे। पानी की सतह पर घास-पौध नजर आ रही थी। यह विश्वास किया जा सकता था कि अगले कदम पर पानी कम मिले, पानी कमता चला जाए और फिर सूखी जमीन मिल जाए पाँव रखने के लिए।

पानी में उगे झाड़-झंखाड़ों से खरोंच खाते हुए वह छाती तक पानी में पहुँच गया।

पिशाच अब तक नहीं आया था।

रुआँसा हो उठा वह। उसने निर्णय लिया गले तक पानी में उतरने का, उसके बाद नहीं। तैरना उसे नहीं आता था।

बहुत सावधानीपूर्वक उसने कदम बढ़ाया, पहला, दूसरा, तीसरा, और फिर धड़धड़ाते हुआ पानी पारकर सूखी जमीन पर आ गया।

ऊपर आते ही वह धम्म से जमीन पर बैठ नहीं गया, गिर गया। वह लस्त-पस्त हो गया था। थोड़ी देर सुस्ता लेने की इच्छा हो रही थी उसकी। उसने आसमान की ओर देखा और अपने चारों ओर घिरे अँधेरे को। उसे लगा कि रात आधी बीत चुकी है। सुस्ताने का खयाल उसने झटक दिया; नींद आ जाने का डर था। उसे डर था कि अगर नींद आ गई, तो सुबह से पहले नहीं टूटेगी। उसे डर था कि सूरज के उगते ही वह एक के बजाय सौ पिशाचों से घिर जाएगा।

वह उठ खड़ा हुआ और आगे बढ़ा।

अरे, पानी!

चारों ओर पानी। जिस सूखी जमीन पर पहुँचा था वह, धार के बीच उग आया एक टीला था वह तो। कुछ सोचने के लिए वह रुका नहीं। मगर दो-चार कदम चलते ही उसे लगा कि वह किसी गड्ढे की ओर बढ़ रहा है। उसने कुछ दाएँ-बाएँ चलकर भी देख लिया, गहराई हर जगह बराबर थी। छाती भर पानी के बाद, लगा, हाथी का डुबाव था। वह घबराकर पीछे लौट आया।

अब वह अकबकाया-घबराया हुआ था। उसे लगा कि उसकी सारी शक्ति निचुड़ गई है और अब वह अपनी प्राण-रक्षा नहीं कर सकता; लगा कि अब अगर पानी में पैर बढ़ाया उसने, तो अवश्य जल-कुंड में जा डूबेगा। हाथी-डुबाव पानी अब उसे यहीं रोककर रखे रहेगा, आगे बढ़ने नहीं देगा, ऐसा विश्वास हो गया उसे।

वह रोने लगा। दीपनाथ विश्वास शीला और बच्चों को याद कर सिसकियाँ भरने लगा।

सिसकियाँ धीरे-धीरे बन्द हो गईं; रोना रुक गया। उसने आँसू पोंछकर अँधेरे में चारों ओर नजर दौड़ाई। दूर, बहुत दूर, दक्षिण दिशा में प्रकाश की एक क्षीण रेखा दिखाई पड़ी। वहाँ किसी टोला-बस्ती का एहसास हुआ उसे। उसके मन में आया कि वह चीख-चीखकर अपनी आवाज उस बस्ती के लोगों तक पहुँचाए। मगर क्या यह सम्भव है? वह सोचने लगा, यह सम्भव है कि उसकी चीख इतनी दूर तक पहुँच जाएगी? रात में सिमरौनी के ढोल की आवाज सिसवन तक पहुँच जाती है। तब जरूर उसकी चीख भी इतनी दूरी तय कर लेगी। मरता हुआ आदमी किसी भी ढोल से अधिक चीखेगा। तो क्या वह चीखे?...ब...चा...ओ...

मुरादपुर से निकल भागने के साथ ही उसके दिमाग में यह बात आ गई थी कि दंगे की आग में अब पूरा इलाका जल रहा होगा। लोग रात की तैयारियों में जुट गए होंगे, जान बचाने के लिए, जान मारने के लिए। आग खबर ले रही होगी कि फूस कहाँ-कहाँ है। फौजें तैयार की जा रही होंगी, हथियार जुटाए जा रहे होंगे। मन्दिरों और मस्जिदों में गहमागहमी होगी। सोए देवता जगाए जा रहे होंगे, खुदा को हंकार पड़ रही होगी।

और ऐसे में कहीं, कभी, किसी ओर से उसके कानों में आवाज पहुँचेगी, 'हर हर महादेव।' और तब, उसने सोच लिया था, वह अपना रास्ता छोड़कर उस आवाज की ओर दौड़ पड़ेगा अपनी आवाज बुलन्द करते हुए।

मगर, उसने देखा, सब कुछ गुपचुप चल रहा था। सोए देवता टहोका देकर जगा दिये गए थे; खुदा के कानों में फुसफुसाहटें पहुँची होंगी।

ऐसे में वह चीखे? उसकी चीख पर 'हर हर महादेव' के बजाय 'अल्लाहोअकबर' आ गया, तो?

रात की कालिमा धीरे-धीरे फटने लगी थी।

उसने निर्णय लिया कि वह वापस लौट जाए और फिर धार के किनारे-किनारे वहाँ तक चलता जाए जहाँ इसका पानी कम हो और इसे बिना किसी खतरे के पार कर लिया जाए। ऐसी जगह जरूर होगी और, उसे विश्वास था, इतनी दूर नहीं होगी कि चलते-चलते भोर हो जाए। उसने मान लिया, रात अभी बहुत बाकी है।

लौटने के क्रम में वह टीले से बाईं ओर चल पड़ा। पानी कम ही था। चलते हुए वह दो-एक कदम बगल में बढ़ाकर पानी की थाह लेता रहा। उसे महसूस हुआ कि जिस गड्ढे से वह बाहर निकल आया था, वैसा गड्ढा उधर नहीं है।

उसे वापस लौटना नहीं पड़ा। उसने ढूँढ़ लिया एक नया देश, एक नया महादेश।

और इस नए महादेश में आते ही वह फिर पच्छिम की ओर भागने लगा।

उसे बेहद थकान का अनुभव होने लगा था, पैर भारी लगने लगे थे और यह डर सताने लगा था कि कहीं वह गिर न पड़े, इस तरह कि उठना और आगे बढ़ना असम्भव हो जाए। वह गिरा, कितनी ही बार गिरा, मगर हर बार मन को समझाया कि अभी उसके पाँवों में बल है, अभी वह बहुत दूर तक चल सकता है, कि वह गिर तो पड़ा था कोई ठोकर लग जाने से।

हर बार वह जोर लगाकर उठ खड़ा होता, चल पड़ता, दौड़ पड़ता। और अब उसे महसूस हो रहा था कि उस निस्तब्ध, निर्जन रात्रि में उसके साथ इतिहास दौड़ रहा है, नियति दौड़ रही है।

और, यह क्या, आगे-आगे एक सियार भी दौड़ रहा है!

सियार पर नजर पड़ी नहीं कि उसके पाँव आप से आप रुक गए। जो सियार आगे-आगे दौड़ रहा था, उसने उलटकर देखा और वह भी रुक गया। शरीर में सनसनी-सी महसूस हुई दीपनाथ विश्वास को, यह

क्या हो रहा है? कब से दौड़ा चला आ रहा है यह सियार? अगल-बगल भागता क्यों नहीं? किस आशा में दौड़ रहा है वह साथ-साथ?

एक दृश्य उभर आता है उसके दिमाग में—कहीं किसी निर्जन झाड़ी-मैदान में एक आदमी अधमरा पड़ा है, जिसके प्राण तो हैं, मगर कोई शक्ति शेष नहीं है। गीदड़-सियार पहुँच जाते हैं उसके पास और उसे बेजान जानकर अपना आहार बना लेना चाहते हैं। वे दाँत गड़ाते हैं; अधमरे के शरीर में हरकत होती है; वे कुछ पीछे सरककर देखते हैं कि सुगबुगाने भर से अधिक का सामर्थ्य तो नहीं है उसके पास। आश्वस्त होकर वे फिर आगे बढ़ते हैं, दाँत गड़ाते हैं उसकी देह में, जिधर जी चाहे घसीट ले जाते हैं और चीथ देते हैं उस देह को।

खौफ समा जाता है दीपनाथ के मन में—क्यों दौड़ रहा है यह सियार मेरे साथ-साथ? क्या इसने मुझे गिरते देख लिया है? क्या यह इस लोभ में दौड़ रहा है कि मैं दूसरी बार कब गिरता हूँ, कब इस तरह गिरता हूँ कि फिर उठ नहीं पाता? इस सियार को कोई ऐसी गंध तो नहीं मिल गई है कि मैं अब गिरने ही वाला हूँ।

सावधान हो जाता है दीपनाथ, सुस्ताता है थोड़ी देर, हिम्मत और ताकत बटोरता है। और फिर खेत से मिट्टी का एक ढेला उठाकर उस दिशा में फेंकता है जिधर सियार आगे बढ़ गया है। मिट्टी के तीन-चार ढेले हाथों में रख लेता है वह और बहुत सँभल-सँभलकर, आहिस्ते-आहिस्ते अपने कदम आगे बढ़ाता है। नजर दौड़ाने पर भी अँधेरे में कोई सियार उसे नहीं सूझता, मगर उसे लगता है कि उसकी नजरों से बचकर अँधेरे की ओट में सियार अभी भी उसे घूरते हुए साथ-साथ चल रहा है।

उसे महसूस होता है कि थककर चूर हो गया है वह और एक-एक कदम जोर लगाकर उठाना पड़ रहा है उसे। ऐसे में, थाह नहीं पाता वह, कितनी देर, कितनी दूर तक चल पाएगा! सिहरता है वह, न जाने कितनी दूर है सिसवन, उतनी दूर तो नहीं जहाँ इस पच्छिम का भी अन्त हो जाता है!

वह डगमगाता है जरूर, मगर ठेलता है अपने आप को आगे की ओर। और अब उसे लगता है कि वह अपनी शक्ति से नहीं चल रहा है, किसी ईश्वरीय शक्ति से भी नहीं; अब यह शक्ति सिसवन से मिल रही

है उसे, शीला से, गुड़िया से, राजू से। पैरों में कोई अदृश्य डोर बंध गई है और वह खिंचा जा रहा है अपने घर की ओर।

किसी पेड़ पर कोई चुहचुही बोली।

अँधेरा खिसकने लग गया था और फैलते उजास में कुछ दूर तक देख पा रहा था अब वह। पेड़-पौधे, झाड़-पात स्पष्ट नजर आने लगे थे उसे।

कच्ची, चौड़ी सड़क दूर से ही दीख गई उसे। इलाके की हर सड़क से परिचित वह तुरन्त जान गया कि इतनी चौड़ी सड़क बस एक ही है इस इलाके में, सिसवन से सिमरौनी जानेवाली सड़क।

और तब यह भी तुरन्त जान गया कि वह भटक गया है, मुरादपुर से सीधे अमवारी और डूमर की बगल से गुजरने के बजाय वह बड़गच्छी की बगल से गुजरा है, खतरों के बीच से होते हुए। उसे लगा कि अभी वह डूमर-सिमरौनी के बीच में कहीं है, शायद कुरथी के आस-पास। उसने अन्दाजा लगाया कि उसे कोस-दो कोस का चक्कर लग गया है और अगर वह भटका नहीं होता, तो अब तक सिसवन पहुँच गया होता। उस सड़क से आगे बढ़ने में अभी भी खतरा था, सड़क के किनारे आगे भी मुसलमानों की बस्तियाँ थीं। मगर इस सड़क को अब वह छोड़ नहीं सकता था; इसी सड़क पर कहीं उसका सिसवन था।

सड़क से कुछ दूर रहकर सड़क के साथ-साथ चलने लगा वह।

थोड़ी दूर चला था वह कि उसकी नजर एक बगीचे पर चली गई। बड़ा-सा आम का बगीचा। उसने बगीचे पर आँख गड़ाई और सोचने लगा, यह भैरो सिंह का बगीचा तो नहीं है? वह कुछ और आगे बढ़ा, तो आह्लादित हो उठा उसका मन...हाँ, कुआँ भी है, मचान भी है, और उधर वह कटहल का पेड़...

यह बगीचा हिन्दू था। जो पगडंडी यहाँ से सिसवन जाती थी, वह उसकी देखी हुई थी; सिसवन जानेवाली सड़क से अधिक वह इस पगडंडी को पहचानता था।

शक्ति का ऐसा संचार हुआ उसमें कि उसे लगा, अब वह दौड़ लगा सकता है यहाँ से सिसवन तक, कि अब उसे दौड़ जाना चाहिए। यह सोचकर मुस्करा उठा वह कि इस पगडंडी पर, बगीचे से घर तक

की, बचपन की एक और दौड़ बाकी ही रह गई थी, जिसे अब पूरी कर लेनी है उसे।

लपझप चाल से, लगभग दौड़ता हुआ, वह आगे बढ़ता है। वह हाँफता है, गिरता है, रुककर कभी-कभी दम भी लेता है, मगर फिर दौड़ता है अपने सिसवन की ओर।

घड़ी भर के लिए उसके मन में खयाल आता है कि वह सचमुच दौड़ रहा है या किसी एक ही जगह खड़ा होकर कवायद कर रहा है, एक दो एक, एक दो एक। वह अगल-बगल झाँककर देखता है, खेत-पथार पीछे छूट रहे हैं, पेड़-पौधे पीछे भाग रहे हैं...तो फिर, वह खुश होता है, वह जरूर आगे बढ़ रहा है।

सिसवन का विद्यालय है तो गाँव से बाहर, मगर दूर नहीं। यहाँ से गाँव तक आने में लगते होंगे पाँच-सात मिनट, दौड़कर आने में उससे आधा। गाँव में घुस जाने पर उसके घर की दूरी दो या तीन मिनट की।

दीपनाथ दौड़ते हुए विद्यालय तक पहुँच जाता है, मगर यहाँ पहुँचते ही जमीन पर गिर पड़ता है वह, बगैर किसी ठोकर के।

कोई घबराहट नहीं होती उसके मन में, अब घर है ही कितनी दूर! इस बार जो उठकर दौड़ेगा वह, वह जानता है, तो घर तक पहुँचने के बहुत पहले ही घर का दरवाजा ठकठकाने के लिए उसका हाथ उठ जाएगा...शीला! दरवाजा खोलो...

वह उठता है...नहीं, उठता नहीं, उठने की कोशिश करता है। हे राम! यह क्या हो गया? जाँघों में कोई जान ही नहीं, बिल्कुल भोथरी! सारी शक्ति शेष हो गई क्या अपने गाँव को देखकर? मगर, घबराहट होती है उसे, अभी वह अपने घर नहीं पहुँचा है, और जब दंगा फैला हुआ है, तो जो घर में नहीं है, वह घर के पास होकर भी दूर है।

तो क्या वह चीखे? चीखने का खयाल आता है उसके मन में—हाँ, अब वह चीख सकता है। मगर क्या चीखे, हर हर महादेव?...कुछ भी। अब क्या डर? चीख पर सैकड़ों लोग दौड़ पड़ेंगे, 'हर हर महादेव, हर हर महादेव...' और कोई नहीं, तो रुदल साह अवश्य जगा होगा। गाँव का पहला घर उसी का है, चोर-डाकुओं का भय

सबसे अधिक उसे ही सताता है, और आधी रात के बाद रात आँखों में काट लेता है वह।

वह चीखता है...नहीं, चीखता नहीं, चीखने की कोशिश करता है... हो ऊँ ऊँ ऊँ...यह क्या? आवाज क्यों नहीं निकलती?...

कुछ देर सुस्ताकर फिर चीखता है वह; ऊँ ऊँ से शुरू होकर आवाज ऊँ ऊँ में खत्म हो जाती है। वह चीख नहीं पाता।

उठने के लिए फिर जोर लगाता है वह, उठ नहीं पाता, उठने की कोशिश में आगे घिसट पड़ता है।

वह घिसटते हुए आगे बढ़ने लगता है।

रुकते, सुस्ताते, दम लेते घंटा गुजर जाता है उसे घिसटते हुए।

गाँव का पहला घर दिखाई पड़ता है उसे। उसे पता भी नहीं चलता कि कब से आँखों से आँसू बहते चले आ रहे हैं।

दम फूलने लगता है उसका। रुदल साह का घर जब पन्द्रह-बीस हाथ की दूरी पर होता है, तो वह कुछ अधिक देर तक रुककर अच्छी तरह सुस्ता लेना चाहता है। इस बात पर लज्जा आती है उसे कि वह घिसटते हुए घर पहुँचेगा। उसे डर होता है कि झाबो मंडल का कुत्ता उसे अवश्य घेरेगा।

उठने की एक और कोशिश; चीखने की एक और कोशिश। हर कोशिश बेकार जाती है।

लम्बी साँस छोड़कर फिर आगे बढ़ता है वह।

"कौन?" एक आवाज टकराती है उससे।

आवाज रुदल साह की नहीं है।

वह सिर उठाकर देखता है, बिल्कुल सामने आ खड़ा हुआ है हाथ में हथियार लिये एक मुस्टंड मुसलमान!

एक गुंगुआती चीख के साथ वह अचेत हो जाता है।

बेहोशी के बाद का किस्सा दीपनाथ को उसकी पत्नी ने सुनाया था, "रोज की तरह सकूर मियाँ हाथ में लाठी लिये अपने खेतों की ओर निकला था। उसने बहुत दूर से ही आपको घिसट-घिसटकर आते देख लिया था। देर

तक तो वह यही सोचता रह गया कि इस तरह चलनेवाला कोई आदमी है या जानवर। जब उसने देख लिया कि यह आदमी ही है, तो वह सोच में पड़ गया। वह सोचने लगा कि गाँव में तो ऐसा लंगड़ा कोई नहीं है और बाहर से कोई लंगड़ा इस वक्त गाँव में क्यों घुसेगा! तब उसे शंका हुई कि अवश्य यह कोई डाकू है, जो रात में आस-पास के किसी गाँव में डाका डालने के दौरान जख्मी हुआ है और अपने दल से पिछड़कर अब जान बचाने के लिए कोई ठौर खोजने इधर बढ़ता चला आ रहा है। तब भी सकूर तुरन्त आपकी ओर नहीं बढ़ गया, क्योंकि उसे डर था कि दल के और लोग अवश्य उसे ढूँढ़ रहे होंगे और ढूँढ़ते हुए भी वहाँ पहुँच जाएँगे। वह छिपकर आपको देखने लगा था। जब बिल्कुल गाँव के मुँह पर आकर आप सुस्ताने लगे थे और सकूर ने देख लिया कि आपके पीछे दूर तक कोई नहीं है, तो वह आपके पास तक चला गया और पूछ बैठा, 'कौन?'

"सकूर की आवाज पर आपने उसकी ओर नजर उठाई थी, उसे घूरा था, और एक दर्दनाक चीख के साथ आप बेहोश हो गए थे। शायद आपने उसे कोई भूत समझ लिया था। सकूर ने तब तक नहीं पहचाना था आपको। वह दौड़ा-दौड़ा गाँव आया और ढेर सारे लोगों को साथ लेकर आपके पास पहुँचा। लोगों ने आपको पहचाना और तब कंधे पर लादकर यहाँ ले आए।"

दीपनाथ होश में आया था बिस्तर पर डाल दिये जाने के थोड़ी देर बाद। आँखें खोलते ही उसने देखा कि कमरा लोगों से अँटा पड़ा है, शीला की आँखों से आँसू बह रहे हैं और गुड़िया-राजू बिलख-बिलखकर रो रहे हैं। वह किसी इशारे से रोक नहीं पा रहा था उन्हें रोने से और केवल टुकुर-टुकुर निहार रहा था उन्हें।

उसका उपचार शुरू हो गया था। पानी-मिट्टी से सने उसके कपड़े बदल दिये गए और गरम पानी से उसका पूरा शरीर धो डाला गया। फिर सरसों तेल से उसके शरीर की मालिश की गई। उसके तलुवों से सौ से ऊपर काँटे निकाले गए।

रह-रहकर उसकी आँखें बन्द हो जाती थीं और फिर देर तक बन्द रह जाने के बाद कभी किसी आवाज पर या अपने ही अंगों के हिल-डोल

पर खुल जाती थीं। कभी-कभी यह अन्तराल इतना लम्बा होता कि उसे नींद पड़ जाती और तब वह दुःस्वप्नों से ग्रस्त हो जाता। ऐसे में कभी तो वह अपना हाथ या पैर जोर से झटकता और कभी-कभी गुंगुआने लगता।

दीपनाथ की दशा देखकर बहुत पहले ही लोग इस निष्कर्ष पर पहुँच चुके थे कि उसके साथ भूतों ने उठा-पटक की है और रात भर वह भूतों की गिरफ्त में रहा है। आस-पास के ओझा-गुणियों को बुला लाने के लिए लोग रवाना कर दिये गए।

दीपनाथ लगातार गुमसुम लेटा रहा। उसके होश में आने के बाद भी देर तक इलाके के भूतों की चर्चा उसके सामने होती रही, मगर वह बोला नहीं कि मामला भूत का नहीं है। ओझा-गुणियों को बुला लाने के लिए जब लोग चले, तब भी उन्हें जाने से मना करने के लिए न तो वह कुछ बोला और न कोई इशारा ही किया। कभी-कभी जब उसकी नजरें लोगों से टकरातीं और लोग पूछ बैठते कि तबीयत कैसी है, या उसे कुछ याद आ रहा है या नहीं कि उसके साथ क्या हुआ था, तो वह कोई जवाब देने के बजाय अपनी नजरें घुमा लेता या धीरे-धीरे मूँद लेता अपनी आँखें।

भोर का प्रकाश फैलने लगा था।

उसका कंठ उसकी रुलाई के साथ फूटा।

पत्नी पर निगाहें टिकाकर बहुत देर तक निहारता रह गया था वह उसे और फिर अपनी दोनों बाँहें उसकी ओर फैला दी थीं। शीला उसकी ओर झुक आई थी। पत्नी के कंधे पर सिर रखकर वह फूट-फूटकर रोने लगा था। उसके बोल फूट चुके थे। उसने बच्चों को अपनी ओर खींचा, उन्हें कलेजे से चिपकाया और फिर उन्हें चुप किया, "अब मैं ठीक हूँ, बेटे; मैं बिल्कुल ठीक हूँ।" इस बार जब पत्नी ने उससे पूछा कि कुछ खाने की इच्छा उसे हो रही है या नहीं, तो पहले की तरह वह चुप नहीं रह गया, बोला, "हाँ, शीला, कुछ खाऊँगा; मुझे भूख लगी है।"

उसे नींद भी लगी थी; बेहद थका हुआ था वह। मगर वह सोने से डर रहा था। उसे डर लग रहा था कि नींद पड़ते ही वह मुरादपुर पहुँच जाएगा, वह किसी गड्ढे में गिर जाएगा, किसी भूत से टकरा जाएगा, किसी कसाई द्वारा गाछ से उल्टा लटका दिया जाएगा और मौत से पहले

की तड़प उसे इस तरह जकड़ लेगी कि, क्या पता, फिर आँख खुले न खुले। जिस यातना को भोगकर आ चुका था वह, अब स्वप्न में भी उसका सामना करने की हिम्मत नहीं थी उसमें। वह तो अपना किस्सा तक बयान करने से घबरा रहा था। पत्नी के कई बार पूछने पर भी वह बस इतना कह पाता था, "मैं बच गया, शीला, मैं बच गया।"

लोगों का आना-जाना अभी भी बन्द नहीं हुआ था। उसने पत्नी से कहा, "अब इस कमरे का दरवाजा बन्द कर दो, शीला। अब यहाँ कोई नहीं आए। इस कमरे में मेरे पास अब सिर्फ तुम रहो, गुड़िया रहे, राजू रहे। मुझे आराम मिलेगा। अब मैं बिल्कुल ठीक हूँ, अपने घर में, तुम्हारे पास।"

घंटा भर आराम करने के बाद ही वह इतना स्वस्थ हो गया कि पत्नी और बच्चों को रात का किस्सा सुना देने की इच्छा हो गई उसे।

अभी उसने रात का किस्सा शुरू ही किया था कि बाहर से आवाज आई, "भौजी! जरा दरवाजा खोलिए।"

आवाज कृपाकर की थी। शीला ने उठकर दरवाजा खोला और पूछा, "क्या बात है?"

"मुरादपुर का चौकीदार आया है," कृपाकर ने बताया, "उसके साथ मुरादपुर का ही एक और आदमी है। वे दोनों भैया से मिलना चाहते हैं।

शीला ने घूमकर पति की ओर देखा और फिर कृपाकर से पूछा, "बात क्या है?"

मुरादपुर का नाम सुनते ही दीपनाथ के माथे पर बल पड़ गए।

कृपाकर ने आगे बताया, "हम लोगों को वे कुछ बता नहीं रहे हैं। उनसे कहा भी गया कि भैया अभी अस्वस्थ हैं और किसी से नहीं मिलेंगे, मगर वे सिर्फ एक बार भैया को देख लेने की जिद पकड़े हुए हैं। भैया के परिचित नहीं हैं वे, भैया को पहचानते तक नहीं और यहाँ तक आए भी हैं अजीब-सा पता पूछ-पूछकर—सिसवन में किसी साह का टोला, बाप का नाम कोई विश्वास, और भैया का नाम बता रहे हैं दीपनाथ या देवनाथ विश्वास।"

"मुरादपुर से आए हैं?" इस बार कृपाकर से खुद दीपनाथ ने ही पूछा।

"हाँ," जवाब देते हुए कृपाकर कमरे के अन्दर आ गया।

"हिन्दू हैं या मुसलमान?"

"दोनों हिन्दू हैं।"

"मुरादपुर से भागकर आए हुए लगते हैं क्या?"

"नहीं," कृपाकर बोला, "उन्हें वापस मुरादपुर जाने की हड़बड़ी है। वे आपको केवल देख भर लेना चाहते हैं। हो सकता है, आपके साथ कुछ बातचीत करने की भी इच्छा हो उनकी।"

"ठीक है, ले आओ उन्हें।"

कृपाकर निकला और तुरन्त उन दोनों को लेकर आ गया। उनके पीछे गाँव के भी कई लोग आँगन तक आ गए थे। मुरादपुर वालों को अन्दर कमरे में बुला लिया गया। उनके अन्दर आते ही दीपनाथ ने उन्हें तेज निगाहों से घूरा और फिर आहिस्ते से पूछा, "क्या बात है, भाई?"

उनमें से एक बोला, "आपका नाम देवनाथ विश्वास है न, मालिक?"

"नहीं, दीपनाथ विश्वास।"

"आप कल शाम मुरादपुर में थे?"

"हाँ।"

"यासिन शेख के घर में?"

दीपनाथ ने उस पर अपनी तीखी निगाह गड़ा दी और हाँ में सिर हिला दिया।

"हाँ, दीपनाथ विश्वास ही," वह आदमी बड़बड़ाया और फिर दीपनाथ से बोला, "मुझे शेख साहब ने भेजा है आपकी खैरियत जानने।"

"मेरी खैरियत?"

"जी, मालिक।"

"कौन हो तुम?"

"मैं मुरादपुर का चौकीदार हूँ, मालिक। यह भी," उसने अपने साथ आए आदमी की ओर इशारा करते हुए बताया, "मुरादपुर का ही रहने वाला है; नाम है इसका भूटो मुसहर।"

"यासिन शेख को मेरी खैरियत से क्या मतलब?" दीपनाथ बोल गया, "यह बताओ कि मुरादपुर के मुसहर खैरियत से तो हैं?"

"वहाँ सब ठीक-ठाक है, मालिक," भूटो मुसहर ने जवाब दिया, "सिर्फ आपकी खैरियत का पता लगाने के लिए भेजा है हमें शेख साहब ने। हमें आपके कुशलमंगल की खबर पहुँचानी है वहाँ। वहाँ भयंकर हंगामा मचा हुआ है। वहाँ लोग हमारा इन्तजार कर रहे होंगे।"

"वहाँ हंगामा मचा हुआ है!...किस बात का?" दीपनाथ ने पूछा।

"मैं शाम में फिर आ जाऊँगा, मालिक," चौकीदार बोला, "तब सब कुछ विस्तार से बता दूँगा। अभी हमें मत रोकिए।"

"नहीं-नहीं," दीपनाथ जिद कर बैठा, "अब मुझे सब कुछ बताकर ही जाओ। यह तो जान ही लूँ कि कैसा हंगामा मचा हुआ है मुरादपुर में।"

तब चौकीदार ने भूटो से कहा, "एक आदमी को तो चटपट लौट ही जाना है। तुम बढ़ो, मैं पीछे से आ रहा हूँ।"

भूटो को लौटाकर चौकीदार बहुत देर तक रुका रहा और दीपनाथ की पूछपाछ का जवाब देते हुए कत्लगाह का पूरा किस्सा सुना दिया—

"जब झाड़ा फिरकर बगीचे से लौटने में आपको देर हुई, तो शेख साहब ने अपने नौकर अब्बास को बगीचे की ओर आपको देख आने के लिए भेजा। बगीचे में अब्बास को आप मिले नहीं; उसे मिला लोटा और टॉर्च। वह दौड़ता-भागता मालिक के पास पहुँचा। उसकी खबर पर शेख साहब लगभग चीख ही पड़े थे और बगीचे की ओर दौड़ गए थे। उनके पीछे और भी कितने ही लोग दौड़े। वहाँ खोज-ढूँढ़ हुई आपकी, मगर आपका कोई पता नहीं चला। बगीचे के बाहर भी अगल-बगल दूर-दूर तक देख लिया लोगों ने। जर्रा-जर्रा जमीन और पत्ता-पत्ता गाछ देख लेने के बाद शेख साहब कुछ-कुछ बदहवासी में बड़बड़ाने लगे, "वह मारा गया, जरूर वह मारा गया है।" उनकी बूढ़ी देह काँपने लगी थी और चलते हुए पाँव डगमगाने लगे थे। अचानक वे निढाल हो जमीन पर बैठ गए और फफककर रो पड़े, 'रे रकीब! यह क्या किया रे? यह क्या किया तुमने?'

"लोग हैरान थे शेख साहब की हालत पर। उन्होंने शेख को उदास-परेशान देखा था, बीमार-बेहाल देखा था, मगर रोते हुए किसी ने कभी नहीं देखा था। लोग उन्हें तरह-तरह से समझाने लगे, मनाने लगे, मगर

किसी की बात जैसे उनके कानों में पड़ ही नहीं रही थी। और जब किसी ने यह सन्देह जाहिर किया कि जिस आदमी की तलाश हो रही है, वह, हो सकता है, कुछ सोचकर खुद ही भाग गया हो, तो शेख साहब चिचिया उठे, 'नहीं हो सकता है, नहीं हो सकता है ऐसा। अँधेरे में कोई टॉर्च साथ ले जाएगा कि फेंककर भागेगा? दंगा फैला हुआ है, तब क्या कोई महफूज जगह को छोड़कर खतरे की ओर दौड़ पड़ेगा? इस अँधेरी रात में भागकर सिसवन जाने की बात उसके जेहन में आई होगी एक भी बार? वह मारा गया है, वह मारा गया है।'

"रह-रहकर वे अब्बास को कोंचने लगते थे, 'खोजो, उस आदमी की लाश खोजो। मैं तब तक नहीं उठूँगा यहाँ से जब तक उसकी लाश मुझे मिल नहीं जाती है। मैं भूखा-प्यासा प्राण दे दूँगा यहीं बैठे-बैठे।' और सिसकियाँ लेते हुए वे बड़बड़ाते रहे थे, 'कल से मैं अपना मुँह किस तरह किसी को दिखाऊँगा? अब इस मुरादपुर को ही मैं किस मुँह से बचाऊँगा? रे रकीब, यह क्या किया तुमने?'

"रकीब वहाँ नहीं था। लोग हैरान थे, अब किस तरह बूढ़े को यहाँ से उठाकर ले जाया जाए!

"तभी अचानक कठसरा की ओर से 'हर हर महादेव' की आवाज कानों में पड़ी। शेख साहब को जैसे बिजली का झटका लगा और वे उठकर सरपट सगीर के बगीचे की ओर दौड़ गए। लोग हल्ला मचाते हुए उनके पीछे-पीछे दौड़ रहे थे।

"सगीर के बगीचे में रकीब और रशीद अपने दल के साथ पहले से मौजूद थे। भूटो मुसहर भी अपने दस जवान मुसहरों के साथ तैनात था बाहर से आक्रमण करने आने वाली किसी भी भीड़ को खदेड़ देने के लिए। वहाँ पहुँचते ही शेख साहब ने कमान सँभाल ली।

"अब सिर्फ 'हर हर महादेव' के बोल ही सुनाई नहीं पड़ रहे थे, ढेर सारे मशाल लिये बढ़ती आ रही भीड़ भी नजर आने लगी थी। अभी भीड़ कुछ दूर ही थी कि सगीर के बगीचे से भूटो मुसहर ने 'हर हर महादेव' का नारा बुलन्द किया। सारे के सारे मुसहर 'हर हर महादेव' की आवाज के साथ उछलने-कूदने लगे थे।

"ये आवाजें भीड़ तक पहुँच गई थीं और भीड़ ठमक गई। मगर यह ठमकना थोड़ी देर के लिए हुआ था, कुछ सोच-विचार के लिए। इस बार जब भीड़ आगे बढ़ी, तो शेख ने आवाज लगाई, 'अल्लाहोअकबर।' और इसके साथ ही, लगा, खेत-बहियार तक चिल्लाने लगे, 'अल्लाहोअकबर।'

"और फिर तो मुरादपुर की गड्डमड्ड आवाजें आकाश में गूँजनें लगीं, 'अल्लाहोअकबर, हर हर महादेव, अल्लाहोअकबर, हर हर महादेव, अल्लाहो अकबर, हर हर महादेव, अकबर महादेव, अकबर महादेव, अकबर...'

"मुरादपुर के मुसहर गद्दार निकल गए, ऐसा सोचा होगा कठसरावालों की भीड़ ने। अब वे हर हर महादेव का नारा लगाने के बजाय चीख-चीखकर मुरादपुर के मुसहरों को गालियाँ देने लगे थे।

"और फिर भीड़ ने अपनी मशालें बुझा दीं।

"शेख साहब को शक हुआ कि अँधेरे में कुछ और पास आकर कठसरावाले तीर चला सकते हैं। डर इस बात का भी था कि दंगाई चोरी-चुपके गाँव में घुसकर फूस के घरों में आग लगाने की कोशिश कर सकते हैं। उन्होंने रकीब को हवाई फायर करने का आदेश दिया। वहाँ गोली दगते ही जमील ने गाँव के दूसरे छोर से गोली दागी। तुरन्त ही एक गोली मस्जिद से दागी गई और एक गोली मुसहरी से सत्तार ने दागी।

"कठसरावाले कब तो लौट गए, मगर शेख साहब की चौकसी में भोर तक ढील नहीं आई।

"भोर होते ही हर जगह का जमावड़ा टूटा; लोग नींद लेने अपने-अपने घर की ओर चले।

"शेख साहब को नींद कहाँ! वे फिर लपककर पहुँचे अपने पिछवाड़े वाले बगीचे में, वहाँ देर तक चक्कर लगाते रहे और फिर लौट आए। दरवाजे के ओसारे पर देर तक गुमसुम बैठे रह गए थे वे और फिर उन्होंने अपने बेटे रकीब को बुलवाया।

"रकीब के आते ही वे उसे ओसारे वाले कमरे के अन्दर ले गए और उनसे पूछा, 'वह आदमी कहाँ है?'

'कौन, अब्बा?'

'वही आदमी जिसने कल हमारे यहाँ पनाह ली थी और जो शाम में बगीचे से गायब हो गया। वह हमारा मेहमान था।'

'मुझे नहीं पता, अब्बाजान।' रकीब ने अपनी अनभिज्ञता प्रकट की।

'तुम्हें पता है,' शेख साहब चीख उठे, 'तुम्हें सब पता है।'

"शेख की चीख जिसके भी कानों में पड़ी, वह दौड़ा चला आया। भीड़ जमा होने लगी थी।

"रकीब हतप्रभ था; 'मैं सच कहता हूँ, अब्बा, मैं कुछ नहीं जानता।'

'कुछ भी नहीं जानते? कुछ भी नहीं?' बोलकर बूढ़े ने कमरे का दरवाजा भिड़का दिया, चौकी पर लगे बिछावन के नीचे से एक लम्बी तलवार निकाली और बेटे पर तलवार तानकर बोला, 'अब बताओ कि उस आदमी का क्या हुआ?'

"खुली खिड़की से बाहर की भीड़ ने अन्दर का दृश्य देखा और वहाँ हाय-हाय मच गई।

"रकीब के चेहरे का रंग उड़ गया था, मगर उसने काफी संयम के साथ कहा, 'मैं फिर कहता हूँ, अब्बा, मैं कुछ नहीं जानता। आप गुस्से में मत आइए। मैं तो शुरू से ही सगीर के बगीचे में था। सिर्फ एक बार मस्जिद की ओर आया था।"

'मुझे तुम्हारी बातों पर यकीन नहीं,' शेख जोर-जोर से बोल रहा था, 'मुझे उस वक्त ही शक हो गया था जब मैंने तुम्हारे चेहरे पर मुहम्मदपुर के सात मुसलमानों की मौत का गुस्सा देख लिया था, जब मैंने तुम्हारी आँखों में इन्तकाम की धधकती आग देख ली थी, जब तुम्हें मुरादपुर का हर हिन्दू हर मुसलमान का दुश्मन नजर आने लगा था, जब रशीद यहाँ तक कह गया कि किसी वक्त वह मेरा हुक्म भी मानने से इन्कार कर देगा। तुम लोगों ने मिलकर उस मेहमान की हत्या कर दी है। मुझे लाश चाहिए।'

"जिस भीड़ में अब तक हाय-हाय मची हुई थी, वह अब झल्लाने-झुँझलाने लगी थी। कई-कई लोग एकसाथ शेख को सुनाने लगे थे, 'आप गलती कर रहे हैं, साहिब। किसी का भी ध्यान उस हिन्दू की ओर नहीं था। वह भाग गया है।'

'नहीं भागा है, नहीं भागा है,' चीखकर जवाब देते थे शेख साहब, 'भागना ही होता, तो वह मेरे घर में पनाह लेने क्यों आता? उसे डर होता हमारा, डर होता यहाँ के मुसलमानों का, तो क्यों जान बचाने की जगह खोजता एक मुसलमान के घर में? मुझ पर भरोसा था, तभी तो वह मेरे घर आया; मुसहरी के हिन्दुओं के पास क्यों नहीं भागकर गया वह?' और फिर बड़बड़ाने लगे शेख साहब, 'उफ्! शैतान मेरी जीभ पर था कि मैंने उसे अकेले बगीचे की ओर जाने दिया। मैं खुदा को क्या जवाब दूँगा?'

"पूरा गाँव उमड़कर आ गया था।

"भीड़ अब उबलने लगी थी, 'यह सरासर जुल्म है। शेख साहिब सनक गए हैं। जो बेटा बाप से पूछे बगैर एक डेग आगे नहीं बढ़ाता, उस पर यह बदगुमानी बेजा है। रकीब ने कभी चर्चा तक नहीं की थी कि कोई हिन्दू उसके घर में पड़ा है। जिस मुरादपुर में शेख साहिब की मर्जी के खिलाफ एक पत्ता तक नहीं हिल सकता, वहाँ बगैर उनके हुक्म के किसी इन्सान का कत्ल कैसे हो जाएगा! साहिब को हिन्दुओं का डर है, खुदा का डर नहीं। अगर सनक में कुछ कर बैठे वे, तो उन्हें पछताना पड़ेगा।'

"रकीब बार-बार कहे जा रहा था, 'अब्बा, मेरी बातों का यकीन कीजिए। उस आदमी का कत्ल नहीं हुआ है। वह खुद चला गया है यहाँ से।'

"भीड़ का एक हिस्सा कुछ अधिक ही भड़क उठा था, 'क्या हुआ अगर वह मारा ही गया तो! इतने मुसलमान मारे गए, उनके लिए कोई गम नहीं, कोई गुस्सा नहीं, मगर एक हिन्दू की मौत पर इतना गम, इतना गुस्सा कि अपनी औलाद पर ही तलवार चमकाई जा रही है! मुनासिब तो यही होता कि उस शख्स का कत्ल कर दिया जाता। जिस शख्स के दिल में इतना मैल था कि मौका मिलते ही छिटक गया, जो हमें इस कदर खतरनाक मान रहा था कि दंगे की रात का खतरा उठाकर भी भाग जाने में अपनी बेहतरी देखी, उस शख्स को बचकर निकलने नहीं देना था। वह क्या किसी मुसलमान के साथ वही सलूक करता जो हमने उसके साथ किया? हरगिज नहीं।"

"भीड़ की आवाजें शेख साहब के कानों में पड़ती रही थीं।

"शेख साहब कुछ श्रांत-शिथिल पड़ गए थे। ढीले हाथ में नंगी तलवार

लिये वे कमरे से बाहर आ गए और भीड़ से कहा, 'कत्ल को लेकर मैं किसी से कुछ नहीं कह रहा हूँ, मगर मुझे उस आदमी की लाश चाहिए।'

"रकीब कमरे से बाहर नहीं आया और वहीं से चिल्लाकर सुनाता रहा, 'उस आदमी का कत्ल नहीं किया गया है। कहाँ से आएगी उसकी लाश?'

"भीड़ में से कोई बोल उठा, 'और कोई कहीं मर ही गया, तो हमें उसकी लाश से क्या लेना-देना!'

'मुझे लेना-देना है," शेख साहब चीख पड़े, 'मैं वह लाश उसके घरवालों को सौंप दूँगा और उनसे कहूँगा कि मैं कातिल हूँ और अपने कसूर की सजा पाने आपके पास अकेले आया हूँ। आराम से मरने के लिए मुझे उस आदमी की लाश चाहिए।'

"लोग हक्का-बक्का हो गए, सिर फिर गया है शेख साहिब का।

"कुछ देर तक गहरी खामोशी छाई रही, और तब किसी ने कहा, 'यहाँ मारा नहीं गया है वह, मगर, क्या पता, यहाँ से निकलने के बाद कहीं रास्ते में कुछ हो गया हो उसके साथ, कत्ल हो गया हो उसका!'

"रकीब ने अन्तिम बार चिल्लाकर कहा, 'खुदा कसम, अब्बा, वह आदमी नहीं मारा गया यहाँ।'

"शेख साहब का तेज ऐसा लुप्त हुआ कि वे निढाल हो जमीन पर बैठ गए और घुटनों में सिर डालकर बिलखने लगे।

"अचानक भीड़ गमगीन हो गई; उसकी आँखों में आँसू आ गए।

"कोई बोल उठा, 'हो सकता है, वह आदमी अब तक अपने घर पहुँच चुका हो, घर में आराम कर रहा हो। हो सकता है ऐसा। पहले इसी बात का पता क्यों नहीं लगा लिया जाए?'

'कौन आदमी था वह, किसी को क्या पता?'

'पता है,' रोना बन्द कर अचानक बोल पड़े शेख साहब, 'पता है उसका मेरे पास।"

"उसी पते पर," किस्से का अन्त करते हुए चौकीदार बोला, "मैं भूटो को साथ लेकर आप तक पहुँचा हूँ। भूटो को तुरन्त वापस भेज देना कितना जरूरी था, यह अब आप समझ गए होंगे।"

इतना बोलकर वह चुप हो गया, देर तक चुप रह गया और फिर धीरे से बोला, "एक बात कहूँ, मालिक?"

दीपनाथ ने अपना झुका हुआ सिर उठाया और मरी हुई आवाज में बोला, "क्या?"

मलिनमुख दीपनाथ की ओर देर तक ताकते रह जाने के बाद चौकीदार बोला, "शेख साहब इन्सान नहीं, कोई पीर-पैगम्बर हैं। यह पीर आपके लिए रो रहा था और, अगर आपको कुछ हो गया रहता तो, तो शायद कब्र में भी इन्हें चैन नहीं मिलता, इनका रोना नहीं रुकता। मैं और भूटो रास्ते भर आपकी कुशलता के लिए भगवान से प्रार्थना करते आए हैं।"

और फिर सलज्ज मुस्कराहट के साथ वह बोल गया, "आप उदास मत होइए, मालिक। अगर आपके साथ कुछ हो भी गया रहता, तो यहाँ से जाकर वहाँ हम यही सुनाते कि आप सही-सलामत अपने घर पहुँच गए हैं।"

क्या बोल गया चौकीदार?

दीपनाथ की गीली आँखों से आँसू टपकने लगे थे...चौकीदार बोल गया था, "अगर आपके साथ कुछ हो भी गया रहता..." तो क्या उसके साथ कुछ भी नहीं हुआ है?...हुआ है; दीपनाथ, वह दीपनाथ...उसकी इच्छा हुई कि वह चौकीदार से कहे, "वह दीपनाथ जिन्दा नहीं है, वह मर गया। उसकी लाश शेख साहिब के कमरे में ही कहीं पड़ी होगी। तुम उस पीर से कहना कि वह उस लाश को दफन कर दे...जला दे..."

# आघातपुष्प

माँ की वर्षगाँठ बेटा पिछले कई वर्षों से मनाता आ रहा है। इस वर्ष भी तीस वर्षीय समीर ने माँ की पचीसवीं वर्षगाँठ पर भेंट करने के लिए कई सुन्दर चित्र बनाए हैं।

कभी समीर ने एक सुन्दर चित्र एक माँ का बनाया था, नवजात शिशु को स्तन-पान कराती माँ का। मातृत्व का चरम सुख और जननी की गरिमा उस चित्रर्पित माँ के चेहरे से टपक रही थी। उस चित्र को निहारता रह जाता था समीर और अपार प्रसन्नता से भर उठता था।

चित्र में माँ ने अपनी अँगिया का एक बन्ध खोल रखा था और शिशु कुचाग्र को मुँह में लिये अमृत-पान कर रहा था। उस माँ का वह सुन्दर चित्र समीर ने अपनी माँ को दिखाया।

चित्र देखकर माँ ने नहीं कहा, "धत।" अमृत-कलश पर निगाह टिकी होगी उसकी, प्राण-यात्रा पर निकल पड़े पथी के प्यारे मुखड़े पर नज़र गड़ाई होगी उसने, और फिर टक बाँध दी होगी उन आँखों पर जिनमें मातृत्व के गर्व और आनन्द ने संजीवनी भर दी होगी, जहाँ जीवन मृत्यु से कह रहा होगा, "बहन! पार नहीं पाएगी तू माँ से। देखो, एक माँ ने फिर एक शिशु को जन्म दे दिया।"

कोई भी माँ कैसे कह पाती, "धत।" वह तो चित्र देखते ही उन क्षणों में लौट जाती जब अपनी पहली संतान को स्तन-पान कराने के लिए उसने पहली बार अपनी अँगिया का एक बन्ध खोला होगा।

कुरसी पर बैठी माँ के कन्धों पर झुक गया था समीर और हँसकर बोला था, "चित्र में जो शिशु है, वह मैं ही हूँ न, माँ?"

माँ खिलखिलाकर हँस पड़ी थी। उसने सिर घुमाकर बेटे को देखा था और देर तक मुस्कराती रही थी।

बेटा अचानक पूछ बैठा था, "जब मेरा जन्म हुआ था, माँ, तब तुम्हारी उम्र क्या थी?"

"मेरी उम्र?" माँ ने कुछ सोचकर कहा था, "मैं पचीस की थी।"

"इस चित्र में जो माँ है," फिर पूछा था बेटे ने, "वह भी पचीस की होगी?"

माँ ने बेटे को जवाब देने के लिए फिर एक बार चित्र को देखा और विहँसकर बोली, "हाँ, होगी।"

माँ के जवाब से खुश हो गया बेटा और कहा, "माँ! अब मैं सिर्फ अपनी ही नहीं, तुम्हारी वर्षगाँठ भी मनाया करूँगा।"

"मेरी वर्षगाँठ!" मुँह बनाया माँ ने, "कैसे मनाओगे मेरी वर्षगाँठ? मुझे ही पता नहीं, किस दिन जन्म हुआ था मेरा।"

"जिस दिन मेरा जन्म हुआ था, उस दिन तुम पचीस की थी," बेटे ने वर्षगाँठ की तिथि तय करते हुए कहा, "और अब हर वर्ष मैं तुम्हारी पचीसवीं वर्षगाँठ मनाया करूँगा।"

"लो! अभी भी मैं क्या पचीस की ही हूँ?"

"तू मेरे इस चित्र में समा गई है, माँ," मुस्कराते हुए कहा बेटे ने, "और अब उससे बाहर नहीं आ पाएगी। मेरी उम्र बढ़ती चली जाएगी, मगर तू पचीस पार नहीं कर पाएगी। मैं पचास का हो जाऊँ, सौ का हो जाऊँगा, मगर तू तब भी पचीस की बनी रहेगी।"

"दुर, पगला!" माँ बोलकर हँस पड़ी थी।

इस बार समीर ने रासलीला के चित्र बनाए हैं, नित्य-रास से लेकर कई-कई लीलाओं के चित्र, और एक चित्र महारास का। अपने चित्र लिये वह माँ के पास पहुँचता है। मेज पर रखा माँ का चश्मा उठाता है और उसकी कमानी माँ के कानों में फँसाते हुए कहता है, "माँ! भ्रमरपुर में तुमने केवल रामलीला देखी थी। मैं तुम्हें यहाँ से ब्रज की यात्रा पर ले जाऊँगा ब्रज की रासलीला दिखाने। आज तुम उस रासलीला को मेरे चित्रों में देखो।"

और फिर माँ को अपनी टीका के साथ अपने चित्र दिखाता है, "यह देखो पहला चित्र। रासमंच पर राधा और कृष्ण बैठे हुए हैं। उनके दोनों ओर सखियाँ विराज रही हैं। श्रीकृष्ण का श्रृंगार देखो, माँ। यह मुकुट है, यह सिरपेच और यह कलगी। गिनकर बताओ तो, कितने मयूर हैं भगवान के मुकुट में? तुम तो कृष्ण का नहीं, राधा का श्रृंगार देखोगी। तो वही देखो। यह है राधा की बन्दिनी, इसमें भी मयूर; राधा के कुंडल में भी मयूर और राधा की पहुँची में भी मयूर। बताओ तो, बाजूबन्द में मयूर है या नहीं? अब बताना बाद में; पहले इस दूसरे चित्र को देखो। इसमें सखियाँ चौमुखे दीपक में आरती सजाकर राधाकृष्ण की आरती उतार रही हैं—

*आरती करौ ब्रजनारी, लै कंचन थारी।*
*चिरजीवौ अविचल जोरी, मोहन वृषभानुकिशोरी।*

"और इस तीसरे चित्र में सखियाँ रासलीला में पधारने के लिए प्रार्थना कर रही हैं, 'हे प्रिया--प्रीतम जू! आपके नित्य-रास कौ समै है गयौ ऐ, सो आप कृपा करिकैं रासमंडल में पधारौं।'"

बेटे की ब्रज-बोली सुनकर माँ बेटे के चेहरे पर आँख टिकाकर मुस्कराती है। बेटा खिलखिला उठता है और फिर चौथा चित्र दिखाता है, "यहाँ रासबिहारी कृष्ण सखियों की प्रार्थनाएँ स्वीकार कर पास में बैठी रासेश्वरी से प्रार्थना करते हैं, 'हे किसोरी जू! आपके नित्य-रास कौ समै है गयौ ऐ, सो आप कृपा करिकैं रासमंडल में पधारौं।'"

अगला चित्र दिखाने के पहले समीर माँ से पूछता है, "बताओ तो, कृष्ण की प्रार्थना सुनकर राधा क्या कहेगी?"

"कहेगी क्या!" माँ झटपट कह बैठती है, "कहेगी, चलौ, पधारौ; पहले तुम पधारौ।"

माँ का जवाब सुनकर जोर-जोर से हँसने लगता है बेटा और हँस लेने के बाद कहता है, "रासलीला में राधा उस तरह नहीं कहती है, माँ। देखो इस चित्र को। श्रीराधा श्रीकृष्ण की प्रार्थना स्वीकार करती है और 'अच्छौ प्यारे' कहकर उनका हाथ पकड़ते हुए सिंहासन से उतरती है, और कहती है—

*प्यारे रास विलास को, मोय बड़ौ उत्साह।*
*चलो चलें सब सखिन लें नव निकुंज के माह।*

"और यह अन्तिम चित्र," मुग्ध भाव से बेटा माँ को बताता है, "महारास का है, माँ। इस चित्र में कृष्ण और गोपियाँ कमल की आकृति बनाकर नृत्य कर रहे हैं—

*नाचत रास में रासबिहारी,*
*नचवत हैं ब्रज की सब नारी।*
*तादीम् तादीम् तत तत थेई थेई।*
*थुंगन थुंगन लेत गति न्यारी।"*

जब तक माँ निहारती रही उस चित्र को, बेटा बोल बोलता रहा, "तत तत थेई थेई तत तत थेई थेई;" विलम्बित से दुगन में जा पहुँचा;

और फिर थेई थेई ता उच्चारित कर अचानक माँ से पूछ बैठा, "तुम्हें इस चित्र से निकलते बोल सुनाई पड़ रहे हैं, माँ, तत तत थेई थेई?"

"सुन तो रही हूँ, रे!" माँ ने बिना सिर उठाए कहा, "मगर आवाज बहुत दूर से आ रही है। एक गोपी तू अपने घर क्यों नहीं ले आता? तब ठीक से सुनती, तत तत थेई थेई।"

"किस गोपी की बात करने लगी, माँ, तू अभी!" कुछ रूठते अन्दाज में बोला समीर, "अभी तो तुम यह पूछती कि इस चित्र में...?"

समीर का रचना-कर्म उसके बचपन से जुड़ा हुआ है और उसके बचपन से जुड़ी हुई है उसकी माँ। उसकी कला-साधना में माँ के प्रति यह जुड़ाव ही है जो उसे लोक-जीवन से जोड़े रहा है और उसके चित्रों में लोक कला, लोक संस्कृति, लोक कथा और लोक गीत साँस लेते रहे हैं। गाँव के भिनसार में, भोर से पहले की जँतसार में, गोधूली की गहमागहमी में, गाँव-गँवई के मेला-ठेला और व्रत-त्योहार में, देवी-देवताओं के पूजा-पाठ और भजन-कीर्तन में अक्सर माँ की झाँकी मिल जाती है।

अपने बचपन में वह गुस्सैल पिताजी और लड़ाकू दीदी के चित्रों के साथ घर के काम-काज में व्यस्त अपनी माँ के चित्र बनाया करता था। एक बार सरस्वती पूजा के अवसर पर उसने माँ सरस्वती का चित्र बनाया था। माँ को चित्र दिखाकर उसने पूछा था, "बताओ तो, यह किसका चित्र है?"

चित्र देखते ही माँ ने झटपट जवाब दिया था, "सरस्वती माँ का।"

"ऊँहूँ," बेटा मुस्कराने लगा।

माँ ने भौंहें चढ़ाईं, "तब किसका चित्र है? आज भी मैं पूजा-मंडपों में यह मूर्ति देखकर आई हूँ।"

"यह तुम्हारा चित्र है," बोलकर बेटा एक कदम पीछे हट गया।

"धत," बेटे के लड़कपन पर क्रीड़ाकोप कर बैठी माँ, "मेरे हाथ में वीणा है? मैं हंस पर बैठी हुई हूँ?"

"हाँ, माँ," पास सरक आया बेटा, "मैं तो देख रहा हूँ कि तुम हंस पर सवार हो और तुम्हारे हाथ में वीणा है।"

"ऐसा नहीं कहते, बेटा," माँ ने समझाया था, "वह देवी हैं; हम उनकी पूजा करते हैं; वह तुम्हें विद्या देती हैं।"

अपनी बात मनवाने के लिए रूठ जाता है बेटा, "तुम भी तो विद्या देती हो। हर घड़ी हाथ में छड़ी लिये मेरे पीछे पड़ी रहती हो, 'पढ़ो, पढ़ो, पढ़ो, पढ़ो।'"

माँ खिलखिला पड़ती है, "अच्छा, जा, यह मेरा ही चित्र है।"

बड़ा होकर एक बड़ा चित्रकार हो गया समीर। छोटे गाँव और मँझोले कसबे से होकर दिल्ली पहुँच गया वह। पिता के निधन और बहन की शादी के बाद माँ भी साथ रहने चली आई।

दिल्ली में रहते हुए उसने एक चित्र माँ को दिखाकर पूछा था, "इस चित्र में क्या है, माँ?"

"गाँव की सड़क से टप्पर गाड़ी जा रही है," माँ ने चित्र देखकर बताया, "और उस गाड़ी के पीछे बच्चे दौड़ रहे हैं।"

"टप्पर गाड़ी में कौन है?" पूछकर बेटा मुस्कराया।

टप्पर पर ओहार गिरा हुआ था। अब कोई कैसे बताए कि टप्पर के अन्दर कौन है! पर माँ ने बता दिया, "गाड़ी में कनियाँ है।"

बच्चे की तरह ताली पीटकर खुशी जाहिर की समीर ने, "तुम समझ गई, माँ?"

"कोई भी समझ लेगा," माँ कुछ अकड़कर बोली, "अब तुम बताओ कि बच्चे क्या कर रहे हैं?"

"बच्चे कनियाँ का मुँह देखना चाह रहे हैं।"

"बस, इतना भर?" माँ कुछ और अकड़ गई, "कुछ सुन नहीं रहे हो कि बच्चे क्या गा रहे हैं?"

बेटे को कुछ सूझा नहीं। वह झटपट माँ के पैरों के पास बैठ गया और बोला, "क्या गा रहे हैं, माँ?"

"बच्चे कनियाँ का मुँह देखने के लिए उसे चिढ़ा रहे हैं। वे गा रहे हैं—

*टप्पर गाड़ी में है कनियाँ,*
*पर वह कौआरानी है।*

*कैसे मुँह दिखलाए कनियाँ!*
*एक आँख से कानी है।"*

ठहाका लगाता है समीर और माँ से पूछता है, "तब क्या कनियाँ अपना मुँह दिखा देती है?"

"नहीं रे," माँ आँख चमकाकर कहती है, "कनियाँ इस तरह मुँह दिखाती चले!"

"तो फिर क्या होता है? चित्र में तो गाड़ीवान मुँह घुमाकर बच्चों को डाँट रहा है। क्या बच्चे डाँट खाकर लौट जाते हैं?"

"बच्चे इतनी जल्दी पीछा नहीं छोड़ते। डाँट सुनते हैं गाड़ीवान की, तो अब गाड़ीवान को ही धमकाते हैं।"

"गीत गाकर?"

"हाँ, मगर वह गीत अब मुझे याद नहीं।"

"गीत में कहते क्या हैं?"

"बच्चे कहते हैं, 'ऐ गाड़ीवान! गाड़ी घुमाओ और इस कनियाँ को जिस घर से उठा लाए हो वहीं छोड़ आओ।' वे कहते हैं, 'ऐ गाड़ीवान भाई! हमारे गाँव की सड़क से जो दुलहा अपनी कनियाँ लाने गया था, वह तो बड़ा छैलछबीला था, चिकना था, सलोना था। कोहबर की अँधियारी में प्यारे दुलहे ने इस काली कलूटी की सूरत नहीं देखी होगी। जब घर पर भोर में घूँघट उठाएगा वह, तो बुक्का फाड़कर रोएगा।' वे कहते हैं, 'ऐ गाड़ीवान चाचा! हम अपने गाँव की सड़क से इस अन्याय को गुजरने नहीं देंगे। गाड़ी घुमाओ।"

"तब," मुग्ध भाव से समीर पूछता है, "क्या जवाब देता है गाड़ीवान?"

"गाड़ीवान का गुस्सा बनावटी हो जाता है," माँ मुस्कराती है, "वह अपने गुस्से में भरसक मिठास भरकर कहता है, 'भागो; कनियाँ गोरी है; इन्दरपरी है; चनरमुखी है।' मगर तुम्हारे गाड़ीवान के चेहरे पर तो बस गुस्सा ही गुस्सा है। ऐसा करो, समीर, कि उसकी मूँछों में थोड़ी हँसी भर दो, थोड़ी गुदगुदी।"

"मूँछों में हँसी, गुदगुदी?"

"हाँ, रे समीर। मेरी टप्पर गाड़ी का जो गाड़ीवान था, वह तो बच्चों पर गुस्साने के बजाय खूब खिलखिलाकर हँस पड़ा था। तुम्हें उसकी याद नहीं होगी। उसका नाम था गुलाय; पररिया का रहनेवाला था। तुम्हारे जन्म के दो-तीन साल बाद ही वह हमारा घर छोड़कर अपने गाँव चला गया था।"

कई क्षणों तक माँ के चेहरे को निहारते हुए माँ की स्मृतियों का स्पर्श करता रहा बेटा और फिर बोला, "मेरे इस चित्र में जो गाड़ीवान है उसे मैं जानता हूँ, माँ, पहचानता हूँ।"

"कौन है यह?"

"पररिया का रहने वाला है; नाम है गुलाय।"

"धत्।" माँ हँस पड़ी थी।

"मैं अभी इसकी मूँछों में हँसी भर देता हूँ।" बेटा उठ खड़ा हुआ।

समीर के चित्रों में अक्सर कहीं न कहीं माँ की झाँकी होती है। जब कहीं नहीं होती माँ, तब भी वह माँ को कहीं न कहीं ढूँढ़ निकालता है, कभी किसी गाछ की ओट में जहाँ उसकी उपस्थिति का पता सिर्फ उस गाछ को है, तो कभी घर के उस पिछवाड़े में जो पिछवाड़ा चित्रित ही नहीं है। अब तो बेटे के बनाए हर चित्र में माँ एक बार अपने को ढूँढ़ती है और जब नहीं ढूँढ़ पाती, तो बेटे से पूछती है, "इस चित्र में मैं भी कहीं हूँ क्या रे समीर?"

महारास को देखकर जब माँ ने एक गोपी अपने घर भी ले आने की बात छेड़ दी, तो बेटे ने कुछ रूठते अन्दाज में कहा, "किस गोपी की बात करने लगी, माँ, तू अभी! अभी तो तुम यह पूछती कि इस चित्र में तुम कहाँ हो।"

"मैं जान रही हूँ, इस महारास में मैं कहीं नहीं हूँ।"

"तुम हो, माँ," चित्र में नृत्यरत एक गोपी पर अपनी तर्जनी रखते हुए बेटे ने कहा, "यह तुम हो।"

"मैं?" माँ अकबकाकर बोली, "मैं नृत्य नहीं जानती।"

"यह कोई आज की बात है! यह तब का चित्र है, माँ, जब कृष्ण ब्रज में रास रचाते थे।"

माँ मौन हो गई। कई जन्मों को पारकर अपने को ब्रज की रास-भूमि में नहीं उतार पाई माँ।

माँ के सामने बैठकर समीर सुनाने लगा, "रासलीलाकर्ता रसेश्वर श्रीकृष्ण परब्रह्म हैं; राधा और गोपियाँ जीवात्माएँ हैं। रासलीला परमात्मा और जीवात्माओं का मिलन है। रासलीला अंश का अंशी से, अंग का अंगी से मिलन है, माँ।

"श्रीकृष्ण परमात्मा हैं, अन्तर्यामी है, परमाराध्य हैं, और गोपियाँ भक्तजनों की प्रतीक हैं। भगवान भक्तवत्सल, अन्तर्यामी और अनुग्रही होते हैं। जब तक भगवदनुग्रह नहीं होता, तब तक भक्तों के हृदय में भक्तिभाव का स्फुरण नहीं होता; और जब निष्काम भक्ति आती है, तभी मुक्ति मिलती है। श्रीकृष्ण का सर्वव्यापी, अति प्रभावकारी मुरलीनाद उनका ही परमानुग्रह है। अनुग्रह होते ही सांसारिक ऐषणाओं के प्रति विरक्तिभाव भक्तों के मन में आता है। लौकिक आडम्बरयुक्त प्रपंचों से मुक्त होकर भक्त भगवन्मिलन के लिए आकुल-व्याकुल हो उठता है। गोपियाँ जब निर्विकार, निर्मलहृदया हो जाती हैं, तब श्रीकृष्ण के दर्शन होते हैं; भक्त जब विकाररहित तथा देह-धर्म-कर्म के बन्धन से मुक्त हो जाता है, तब उसे भगवान के दर्शन होते हैं।

"यहाँ श्रीकृष्ण कोई सामान्य पुरुष न होकर ब्रह्म के अवतार हैं। इनके समान ही समस्त गोपियाँ परम रसमयी और सच्चिदानन्द की अंशभूता हैं। इनके हृदय में श्रीकृष्ण को तृप्त करनेवाला प्रेमामृत है; ये कृष्णमयी हैं। गोपियों, उनके पतियों और सम्पूर्ण जीवों के अन्तःकरणों में जो आत्म रूप से स्थित हैं, वही तो लीलावतारी श्रीकृष्ण हैं। गोपियाँ प्रेम की सर्वोच्च आदर्श हैं। जीव को इनसे यही प्रेरणा मिलती है कि वह इनके समान सभी सांसारिक विषय बन्धनों को तोड़कर श्रीकृष्ण को ही अपना मन-प्राण-आत्मा समझे।"

कई जन्मों को पार कर अपने को रास-भूमि में नहीं उतार पानेवाली माँ अब अपने इस जन्म को पार करने की वेला में बेटे की व्याख्या-विवृति के बाद भी पहली बार बेटे की बात नहीं मानती। नहीं, वह महारास में कहीं नहीं है। जब-तब उदास हो जाने वाली माँ अभी फिर उदास हो जाती है,

"अब तो मैं यशोदा हुई, बेटा। एक बहू ले आओ, फिर इस चित्र में भी इस महारास को देखने किसी ओट में उपस्थित हो जाऊँगी और निकट से सुनूँगी तत तत थेई थेई।"

बेटी सत्यभामा की शादी के बाद से ही माँ उदास रहने लगी है बेटा समीर की शादी के लिए। यह सोच-सोचकर उदास रहने लगी है कि क्या वह भी समीर के पिता की तरह बहू का मुँह देखे बगैर ही चल बसेगी।

कितनी ही लड़कियों को देखा उसने बेटे के लिए, कई एक को पसन्द भी किया, मगर बेटे ने कभी नहीं कहा, "इसे ले आओ, माँ, बहू बनाकर।"

समीर तो सोचता रहा कि एक शादी तो उसकी अपनी कला से हो गई, अब क्या कोई दूसरी शादी भी रचाए वह! मगर अब ज्यों-ज्यों माँ उदास, अधिक उदास रहने लगी है, त्यों-त्यों समीर को अपनी किसी गलती का एहसास, अधिक एहसास होता जा रहा है। उसे लग रहा है कि माँ की उदासी के साथ उसका जीवन उदास होता जा रहा है; उसे लगता है कि जीवन की ढेर सारी खुशियाँ उसे ठेंगा दिखाकर दूर भागती चली जा रही हैं।

उसकी चुप्पियाँ बरकरार रहती हैं, पर अब वह भी उन क्षणों का इन्तजार करता है, जब अचानक वह माँ को जा सुनाए, "माँ, मैंने तुम्हारी बहू पसन्द कर ली है; अब तुम उसे पसन्द कर आओ।"

बेटे की चुप्पियों के बावजूद माँ बेटे के लिए लड़की देखने से बाज नहीं आती। महारास के चित्र को एक ओर रखकर वह उठती है और खिड़की के पास खड़ी होकर नीचे एक ऐसी ही लड़की को देखती है।

बेटा पूछ बैठता है, "क्या बात है, माँ?"

माँ कहती है, "कोई लड़की है नीचे जो चित्रकार समीर को ढूँढ़ रही है।"

सीढ़ियों से नीचे उतरा समीर, तो उस पर नजर पड़ते ही लड़की ने उससे पूछा, "समीर साहब यहीं रहते हैं?"

"समीर चित्रकार?"

"जी हाँ।"

"वह मैं ही हूँ।"

लड़की मुस्कराई, नमस्कार किया और अचानक पूछ बैठी, "आप मुझ जैसी सूरत वाली लड़की से कहाँ मिलना पसन्द करते, अपने घर पर या कहीं बाहर?"

अजनबी लड़की के अटपटे प्रश्न का कोई मीठा या तीखा उत्तर झटपट नहीं सोच पाकर उसने कहा, "मुझे कहीं भी मिलने में कोई असुविधा नहीं होती।"

"हाँ, इस असुविधा में केवल लड़कियाँ फँसती हैं," बुदबुदाई वह लड़की और फिर समीर से कहा, "मेरी आदत है कि मैं मिलने की तिथि, समय और स्थान पहले ही पत्र लिखकर तय कर लेती हूँ। इस बार ऐसा नहीं कर पाई। आज अचानक आपकी चित्रशाला देखने की इच्छा प्रबल हो उठी और मैं चली आई। क्या आपकी चित्रशाला ऊपर ही है?"

"नहीं, यह मेरा नीचे वाला कमरा मेरी चित्रशाला है," समीर ने जवाब दिया, "ऊपर वाले कमरे में मैं अपनी माँ के साथ रहता हूँ। क्या आप मेरी माँ से मिलना चाहेंगी?"

"अवश्य," लड़की बोली, "मगर पहले आपकी चित्रशाला तो देख लूँ।"

लड़की को वहीं रोककर समीर ऊपर से चित्रशाला की चाभी ले आया और उसे खोलकर लड़की को अपनी चित्रशाला में दाखिल किया।

एक कुरसी दखल करते ही लड़की पूछ बैठी, "क्या मैं आपको नटखट दिखती हूँ?"

"नटखट?" समीर की नाक सिकुड़ी, "नहीं तो!"

"हाँ, अब मैं नटखट नहीं रही, मगर साल-दो साल पहले मैं सचमुच बहुत नटखट थी," लड़की ने बताना शुरू किया, "एक बार कलकत्ता में मैं बिड़ला आर्ट एंड कल्चर एकेडेमी में एक चित्र प्रदर्शनी देखने गई थी। एक चित्रकार के कई चित्र टँगे थे, जो मुझे बहुत अच्छे लगे थे। मैंने उन्हें एक बधाई पत्र लिख भेजा। जवाब में उन्होंने मुझे अपने घर आने

को आमंत्रित किया। तब मैंने उन्हें लिखा कि हमारी मुलाकात शहर की किसी चालू सड़क पर हो, जहाँ संकट के बादल घहराते देख मैं फुर्र हो जाऊँ। उनका जवाब आज तक नहीं आया है।"

बोलकर लड़की कुछ खिलखिलाकर हँसी और फिर हँसते-हँसते बोल गई, "पता नहीं, समीर साहब, कि मेरा कोई ऐसा पत्र पाकर आप क्या करते!"

समीर के चेहरे को कई क्षणों तक घूरने के बाद भी जब कोई जवाब नहीं मिला, तो उसने बात बदल दी, मैं आपकी कुछ प्रशंसा करूँ?"

"मेरे चित्र तो आपने देखे नहीं!" समीर ने जवाब दिया।

"एकेडेमी आफ फाइन आर्ट्स एंड लिटरेचर में लगी चित्र प्रदर्शनी में मैं आपके चित्र हाल में ही देख चुकी हूँ," लड़की ने बताया, "वहीं से मुझे आपके घर का पता मिला है। वहाँ मुझे मत्स्यगन्धा, टप्परगाड़ी, बड़ी दीदी, जँतसार, अमृत-कलश वगैरह देखने को मिले थे। इन चित्रों को मैंने बड़े ध्यान से देखा था। ढेर सारे रंगों का प्रयोग किया है आपने और उन सारे रंगों का बड़ा ही सौम्य सन्तुलन है आपके चित्रों में। रंगों के ऊपर रंग। इन चित्रों में मैंने रंगों को हँसते, रोते, गाते, गुर्राते देखा है। गौर से देखूँ तो रेखाएँ हरकत में आने लगती हैं और फिर कभी तो किस्से और कभी गीत सुनाने लग जाती हैं। मैं तो मुग्ध हो गई इन चित्रों को देखकर।"

अनायास उनकी आँखें टकराईं और अनायास समीर के मुँह से फूटा, "मैंने अभी-अभी कुछ नए चित्र बनाए हैं। मेरी माँ ने उन चित्रों को बहुत ही पसन्द किया है। क्या आप उन चित्रों को देखना चाहेंगी?"

"अवश्य," लड़की ने खुशी जाहिर की, "मैं तो देखने ही आई हूँ।"

"तो उन्हें मैं ऊपर से लेकर आता हूँ। आप तब तक चित्रशाला में टँगे चित्रों को देखिए।" बोलकर समीर सीढ़ियों की ओर लपका।

वह झटपट आ भी गया। लड़की घूम-घूमकर टँगे चित्रों को देख रही थी, किसी-किसी चित्र के पास देर तक रुकती हुई। रास लीला के चित्रों को मेज पर फैलाकर समीर कभी उन चित्रों पर आँखें गड़ाता और कभी उसकी चित्रशाला में टहल रही और उसकी चित्रकला पर मुग्ध हो

गई उस सुन्दर, अति सुन्दर लड़की पर। उसकी नजरों के सामने गाँव की एक सड़क उभर आई और उस पर एक टप्पर गाड़ी चलने लगी। पररिया गाँव का गाड़ीवान, मगर इस बार गुलाय नहीं, गुलाय का बेटा हाँक रहा था गाड़ी को। गाड़ी के पीछे बच्चे दौड़ रहे हैं कनियाँ का मुँह देखने। मूँछों में हँसी भरकर गुलाय का बेटा...नहीं, कोई और डाँटता है बच्चों को, "भागो; कनियाँ गोरी है; इन्दरपरी है; चनरमुखी है।"

लड़की चक्कर लगाकर समीर के पास आती है और कुरसी पर बैठकर मेज पर फैले चित्रों को ध्यानपूर्वक देखने लगती है। समीर एक-एक चित्र पर विस्तार से बातें करता है लड़की के साथ। लड़की कभी-कभी अपनी नजरें चित्रों से हटाकर समीर के चेहरे पर डाल देती है।

उन चित्रों के बारे में बहुत-कुछ सुनने और बहुत कुछ कहने के बाद लड़की कहती है, "मैं यह सोचकर आई थी कि अपना एक चित्र बनाने के लिए आपसे आग्रह करूँगी मैं।"

"इसे मैं अपना सौभाग्य समझूँगा।"

"आपके इन चित्रों को देखकर मुझे भी राधा बनकर चित्रपट पर उतरने की इच्छा हो रही है।"

"आपकी यह इच्छा तो अब मेरी इच्छा है।"

"तो फिर किस दिन आऊँ मैं," लड़की मुस्कराई, "राधा की तरह सजकर चित्रपट पर उतरने के लिए?"

मुस्कराते हुए समीर ने सोचा, "आज का दिन कितना शुभ दिन है!" और उसने लड़की से कहा, "आज के ही दिन, अगले मंगलवार को।"

जाने से पहले लड़की ने समीर की माँ से मुलाकात की। माँ को बेटे की प्रशंसा में बहुत कुछ सुनाया। बदले में माँ ने भी उसे सूचित कर दिया कि यह बेटा अभी तक कुँवारा है।

विदा ले रही लड़की अचानक बोली, "मुझे एक बात की इजाजत मिल सकती है?"

"किस बात की?"

"क्या मैं अपना नाम बता सकती हूँ?"

लड़का झेंप गया, "उफ्! नाम पूछा ही नहीं!"

"मेरा नाम है रिमझिम।" लड़की बोलकर हँसी और आगे बढ़ गई। सामने सड़क पर उसकी कार खड़ी थी।

जो बादल घिरे और घहराए थे, वे संकट के थे क्या? क्या लड़की फुर्र हुई थी? समीर के दिल में गुदगुदी भर गई थी वह लड़की।

कितना अच्छा हुआ, समीर ने सोचा, कि यह लड़की साल-दो साल पहले जैसी नटखट नहीं रही और अपने किसी पत्र में यह शर्त नहीं लिख भेजी कि वह शहर की किसी चालू सड़क पर मुलाकात करेगी!

कितना बुरा होता, समीर ने सोचा, अगर लड़की के ऐसे पत्र से अपमानित महसूस कर वह जवाब लिखता...

ऐ लड़की! एक किस्सा सुनो।

एक बार शहर की एक सूनी सड़क पर मुझे एक सुन्दरी ने टोका, "आप चित्रकार समीर हैं?"

मैंने कहा, "हाँ।"

वह बोली, "मैं आपकी कई जन्मों की अनुरागिनी हूँ। इस जन्म में आज मिले हैं आप। अब तक केवल सपनों में मिलती आई और आपका आलिंगन सुख पाया।"

मैंने कहा, "मुझ पर डोरे मत डालो, सुन्दरी। मैं कौमारचारी हूँ, आजीवन ब्रह्मचारी।"

उस सुन्दरी को दुतकारकर मैं लौट आया, पर मुझे लगा कि उसके स्वप्नालिंगनों से मेरी देह मैली हो गई। उस मैल को धो डालने के लिए मैंने कोशी में डुबकी लगाई। इस प्रक्षालन से कुपित हो गई माँ कोशी और प्रकट होकर बोली, "इस मैल से तो मैं मैली हो गई। फिर कभी मत आना, बेटे, इस मैल को मेरे जल से धोने।"

ऐ लड़की! मैंने संसार की अनेक सुन्दरियों को पाया है संसार के अनेक चित्रकारों पर डोरे डालते। मैं शहर की किसी भी सड़क पर इस शर्त के साथ मिल सकता हूँ कि तुम्हारे मन की मैल से मेरी देह मैली नहीं हो।...

जो हुआ वह कितना अच्छा हुआ!

चित्रों पर मुग्ध हुई थी और मुग्धकर की कूँची से चित्रपट पर चित्रित होने की चाह लेकर आई थी यहाँ। यह लड़की कभी फुर्र होगी!

जब नीचे का कमरा बन्द कर समीर ऊपर के कमरे में पहुँचता है, तो उसे लगता है कि रासलीला के कृष्ण की तरह वह भी किसी स्वप्न के साथ माँ यशोदा के आगे खड़ा मुस्करा रहा है।...

यशोदा—तो लाड़ली तोहि सुपने में कैसी दीखी, बड़ी कै छोटी?

कृष्ण—"मैया! मैं तो मुख ही मुख देखत रह गयौ, बड़ी छोटी कौ तो ध्यान ही नाँय रह्यौ।

यशोदा—नेक सम्हार कर लै, ध्यान में आय जाय कहूँ।

कृष्ण—(आँख बन्द कर थोड़ी देर बाद) मैया! वह तो कभू बड़ी-बड़ी-सी लगै और कभू छोटी-छोटी-सी लगै है। (आँख खोलकर) मैया! मैं तो बड़ौ दीन, प्रिय, सरल, सुशील बन कै रहूँ हूँ; मेरौ ब्याह तो होवैगो, मैया?

यशोदा—हाँ, लाला, जरूर होवैगो।

कृष्ण—तो मैया! अब ब्याह तो बरसाने में पक्कौ है गयौ?

यशोदा—हाँ, लाला, पक्कौ है गयौ।...

सात दिनों से जो टप्पर गाड़ी सड़क पर चलती रही, वह शुभ मंगलवार को दुलहे के दरवाजे पर आ रुकी और टप्पर से कनियाँ निकल आई।

बहुत सज-सँवरकर अपनी चित्रशाला में बैठे समीर का ध्यान भंग किया रिमझिम ने, "मैं आ गई।"

पिछले कई दिनों में कितनी ही बार माँ को भी ध्यान भंग करना पड़ा था बेटे का। इस ध्यान में एक बात उसे बार-बार लहकाती थी कि एक औरत के साथ तुम जितना बतिया सको, बतियाओ, क्योंकि तुम्हें जरा भी चिन्तित नहीं होना है कि तुम क्या-क्या बक रहे हो, क्या बकबक कर रहे हो।

उसने कुछ ढीठ की तरह अगवानी की रिमझिम की, "आप गई कहाँ थीं जो आ गईं!"

"मैं गई नहीं थी?"

"नहीं तो।"

"तो फिर कहाँ थी?"

"यहाँ।"

रिमझिम मुस्कराई, "यहाँ, आपके सपनों में?"

"नहीं," समीर भी मुस्कराया, "मेरी आँखों में।"

रिमझिम समीर के चेहरे को निहारने लगी, उसकी आँखों में झाँकने लगी, और कुछ थमकर बोली, "एक बात पूछूँ?"

"क्या?"

"जो लड़की आँखों में बस जाए, वह सुन्दर होती है न?" रिमझिम की मुस्कराहट गहराती चली गई।

"आँखों में बस गई एक लड़की का चित्र बनाया है मैंने। जब कभी उस पर निगाह डालता हूँ, ओठ बुदबुदा उठते हैं, 'ऐ लड़की! तुम बहुत सुन्दर हो।'"

"वह चित्र मैं देख सकती हूँ?"

समीर उठा और चित्रधार से चित्रपट उतारकर रिमझिम के सामने रख दिया।

"यह तो," चित्र को देखते ही रिमझिम बोली, "राधा है।"

"रिमझिम नहीं है क्या?"

खूब ध्यान से देखती है रिमझिम, मुस्कराती है और सिर हिलाती है, "हाँ, यह रिमझिम ही है। राधा के रूप में रिमझिम! रिमझिम से अधिक रूपवती रिमझिम।"

"मगर वही रिमझिम जिसे मैंने देखा था।"

"मुझे तो अचरज हो रहा है कि आपने उस दिन मेरी बस एक झलक देखी होगी और आज मैं अपने को चित्रर्पित देख रही हूँ।"

"चीन के सम्राट् ने चित्रकार ऊ को चियालिंग नदी के तटांचल के चित्रंकन का आदेश दिया था। चित्रकार ने नदी के किनारे-किनारे यात्रा की और चुपचाप लौट आया। सम्राट् ने उसकी हरकत पर अप्रसन्नता जाहिर की, तो चित्रकार ने जवाब दिया कि सारे दृश्य उसके हृदय में हैं। राजमहल के एक कक्ष में उसने आसन लगाया और फिर तटवर्ती अंचल

के प्राकृतिक दृश्यों के इतने चित्र बनाए कि एक साथ जोड़ने पर उनकी लम्बाई सैकड़ों मील हो सकती थी। अचरज की बात वह थी। अचरज की बात यह नहीं कि जिसकी सूरत मेरी आँखों में बस गई, उसे बिना सामने बैठाए मैंने चित्रित कर दिया।"

रिमझिम ने मुग्ध भाव से समीर की ओर देखा और बोली, "अब मैं जाऊँ?"

"इतनी जल्दी?"

"हाँ, चाह रही हूँ कि अभी दौड़कर जाऊँ और यह चित्र सुव्रत को दिखाऊँ?"

"कौन सुव्रत?"

"सुव्रत मेरे पति हैं।"

पति!...पति?...पति!...पति!...

दरवाजा पार कर फिर लौटी रिमझिम और सुनाया, "मैं सुव्रत को यह चित्र दिखाकर कहूँगी, 'देखो, मैं कितनी सुन्दर हूँ; और यह भी कहूँगी,'" हँस पड़ी लड़की, "'कि पिछले सात दिनों से मैं तुम्हारे पास नहीं, अपने चित्रकार के पास थी।'"

चित्रकार को बुखार चढ़ गया...यह लड़की कभी नटखट थी, और अब?

जाते-जाते एक महाभारत का संकेत तो दे ही गई यह लड़की। जाकर अपने पति से कहेगी कि...और न जाने क्या-क्या कहेगी!...

क्या-क्या बका था उसने, यह याद करने लगा समीर।

यह औरत अपने खसम से कहेगी कि...-उफ्!" खुद को कोसने लगा समीर, "क्या जरूरत थी लड़की को बार-बार सुनाने की कि तुम बहुत सुन्दर हो? वाह! जब भी निगाह पड़ी चित्र पर, ओठ बुदबुदा उठे, 'ऐ लड़की! तुम बहुत सुन्दर हो!' कहाँ तो किससे सुन लिया कि औरत के साथ निश्चिन्त होकर बतियाओ और लगे बगैर सोचे-समझे मंत्र साधने।"

लड़की यह तो कहेगी ही कि..."तुम मेरी आँखों में बस गई हो, ऐसा कहने से पहले सौ बार सोचना था," समीर अपने आप को फटकारने लगा, "क्या सोचा था कि ऐसा कहते ही वह लड़की भी झट उसे अपनी

आँखों में बसा लेगी! ध्यान में एक बार भी यह नहीं आया कि कृष्ण तक को दुरदुरा दिया था रासलीला की गोपियों ने, 'ब्याह सगाई कोई गुड़ की डरी थोरे ही है जो जहाँ तहाँ मिल जाएगी और तुम गप्प खाय डारौगे। दुलहिन पेड़ पै जहाँ तहाँ नहीं फलै है जो झट्ट पाय जावौगे। इन गुननते तो तुम स्याम क्वारे ही रह जावौगे।'"

वह लड़की यह भी कह सकती है कि जब मैंने कहा, "अब मैं जाऊँ?" तो छिछोरे ने कहा...? "'इतनी जल्दी?' क्यों कहा मैंने?" अपने ही गाल पर एक जोरदार तमाचा जड़ देने की इच्छा हुई समीर की, "लड़की ने जब कहा, 'जाऊँ?' तुम तड़ाक कहते, 'जाओ।' मगर, कह दिया, 'इतनी जल्दी?' छि:! कोई मादा दिखी नहीं कि झट लट्टू हो गए। न कुछ पूछा, न कुछ जाना। पूछ तो लेता कि कुँवारी है या पल्ले बँध चुकी है। जान तो लेता कि पल्ले बँध चुकी है, तो पति से पटती है कि खटपट रहती है।"

कितना अशुभ निकला यह मंगलवार!

सब कुछ सुनकर बाँके ने बीवी को सुनाया होगा, "जिस बदकार ने बुरी नजर डाली है तुम पर, अभी उसकी ऐसी-तैसी करता हूँ।"

ऐसी-तैसी माने?

दुख में एक दवा याद आई। एक ससुराल जा रही बेटी की माँ ने प्रार्थना की थी, "हे तिरलोकीनाथ! बेटी को छिनाल-छत्तीसी बनाना तो बनाना, मगर तब मुँहछुट-मुँहजोर बनाना।" वह भी, समीर ने छाती फुलाई, जब बोलता ही रह जाएगा, तब हारेगा कैसे? तुर्की-बतुर्की जवाब देगा।

वह तड़ातड़ी जवाब तैयार करने लगा...

सुन्दर? दुर, वह कब की सुन्दरी! मगर जो लड़की बार-बार अपने को सुन्दर बता रही हो, उसे मैं ही क्यों सच बताता? चित्र में किसी तरह उसे सुन्दरता प्रदान कर दूँ, इसके लिए मैंने अपने समय और श्रम की कितनी क्षति उठाई है, यह मैं जानता हूँ। जिसने राधा बनना चाहा था, उसे कौवापरी तो नहीं बनाता। और, सुनिए, जनाब, कि मैंने उसे सौ बार सुन्दर कहा है। असुन्दर कहे जाने पर, पता है आपको, कितनी लड़कियों ने उदास होकर आत्मघात किया है?

आँखों में बसा लिया? हाँ, बसाया तो था ही। देखिए, जनाब, मैं कोई साधारण चित्रकार तो हूँ नहीं कि बस उतना चित्रित कर पाऊँ जितना सामने दिख रहा हो। मैं हजार-हजार दृश्यों को आँखों में बसाता हूँ, और फिर एक-एक कर महीनों बाद, बरसों बाद उन्हें चित्रपट पर उतारता हूँ। इस लड़की को भी मैंने आँखों में बसाया और फिर चित्र में उतार दिया। अब कहाँ बसी है वह मेरी आँखों में!

देखने वाला बुरी निगाह से देखेगा? तो मैं क्या करूँ? दिखाइए, जनाब, मुझे भी किसी औरत का ऐसा चित्र दिखाइए जिसमें औरत के न नितम्ब हो, न वक्षस्थल, न आँखें, न होंठ। क्या बक रहे हैं आप! उरोज उन्नत क्यों? नितम्ब पृथुल क्यों? आँखें कटीली और होंठ रसीले क्यों? मैं किसी सुन्दरी का चित्र बनाने बैठा था या एक कानी-कुबड़ी को चित्रर्पित करने? इस कुबड़ी को सुन्दर बनाने के लिए मैंने क्या-क्या नहीं किया! जाइए, जनाब, आप भी पढ़कर आइए अलंकारशेखर, कविकल्पलता, दैवज्ञकामधेनु, वृहत्संहिता, गोवर्धन। मैंने तो गरुड़पुराण तक को मथ डाला था। बुरी निगाह से देखेगा कोई और; चले आए तान तोड़ने मुझ पर!

हाँ, कहा था मैंने 'इतनी जल्दी?' पर पवित्र मन से कहा था। उसे रोक लेने का कोई षड्यंत्र नहीं किया था मैंने। यह तो हमारा विदा-वाक्य है, जनाब। कोई मेहमान हमारे घर आए, दो दिनों में हमारा महीने भर का खुराक चट कर जाए, तब भी तीसरे दिन उनके विदा माँगने पर हम कहते हैं, 'इतनी जल्दी?' कोई दुश्मन हमारे घर घुस आए, लात-घूँसों से हमारा भुरकुस निकाल दे, और कहे, 'अब चलता हूँ; थक गया।' तब हम कराहते हुए भी बोलते हैं, 'अरे, इतनी जल्दी?'

आप मेरे जवाब से सन्तुष्ट हो गए दिखते हैं, जनाब। अब आप घर जाइए, अविलम्ब जाइए। कोई ठीक नहीं कि फिर आपको कुछ अलाय-बलाय याद आ जाए और बेवजह आपका गुस्सा फिर भड़क उठे। तो आप जा रहे हैं? अरे, सचमुच जा रहे हैं आप? मगर...मगर इतनी जल्दी?

ऐसी-तैसी करने वाले के किसी भी समय आ धमकने की आशंका थी। उसके पहुँचने के पहले उसके बोल समीर के कानों तक पहुँचने लगे थे।

रिमझिम का बाँके सचमुच आ धमका था, मगर बगैर कोई धमाका किये।

"मैं सुव्रत चौधरी," उसने मुस्कराते हुए कहा, "रिमझिम का पति हूँ।"

"कौन रिमझिम?" समीर ने पूछते हुए आगन्तुक को खुफिया निगाहों से घूरा।

"जिसको आपने राधा के रूप में चित्रित किया है। कल ही वह अपना चित्र यहाँ से लेकर गई है।"

"हाँ, याद आया। क्या उसने आपसे कुछ कहा है?"

"हाँ, कहा है, बहुत कुछ कहा है।"

"आप क्या कहने आए हैं?"

"आपने रिमझिम का इतना सुन्दर चित्र बनाया है, इसके लिए मैं अपना आभार प्रकट करने आया हूँ।"

"आभार प्रकट करने?"

"हाँ, समीर साहब।"

"बस, यह मेरा आखिरी चित्र था। अब किसी लड़की का चित्र नहीं बनाऊँगा। बहुत मेहनत करनी पड़ती है सुन्दरता भरने में। लड़की कैसी भी हो, मगर दिखना चाहेगी चन्द्रकला की तरह, स्वर्णलता की तरह, दीपशिखा की तरह। पद्मिनी, चित्रिणी से नीचे कोई आना ही नहीं चाहती। लड़की ऐंचातानी क्यों न हो, मगर उसकी आँखों के लिए मृग को, मत्स्य को, खंजन को या चकोर को मनाओ। उसके अधरों के लिए प्रबाल या बिम्बफल या बन्धुकपुष्प के पास गिड़गिड़ाओ।"

"रिमझिम तो सुन्दर है, समीर साहब।"

"सुन्दर है?"

"हाँ, यह तो आप भी मानते हैं। जैसा रूप है उसका, वैसा ही चित्रित किया है आपने। और अब वह आप जैसे महान चित्रकार से अपने ढेर सारे चित्र बनवाना चाहती है। वह चाहती है कि अपने सौन्दर्य को आपके बनाए चित्रों में सुरक्षित रख ले।"

"अब मैं वैसे चित्र नहीं बनाना चाहता। एक नया प्रयोग करने जा रहा हूँ।"

"कैसा प्रयोग?"

"अब जो औरत मेरे चित्र में होगी, उसे न तो नितम्ब होगा, न वक्षस्थल।"

"क्या ऐसा कोई चित्र बन सकता है?"

"प्रयास करूँगा।"

"आप अपने प्रयास में सफल हों, यह मेरी शुभकामना है; पर मेरी प्रार्थना है कि जिस चित्र को देखकर रिमझिम आज इतनी प्रसन्न-प्रफुल्ल है, वैसे ही कुछ और चित्र, ढेर सारे चित्र आप बना दें रिमझिम के। रिमझिम ने आपको बुलाया है। मैं आमंत्रित करने आया हूँ। कब पधार रहे हैं आप मेरे घर?"

"आपके घर?"

"हाँ, समीर साहब, आपको चलना होगा।"

कुछ सोचने लगा समीर और फिर उठते हुए रिमझिम के पति से कहा, "मैं पाँच मिनट की छुट्टी चाहूँगा। जरा ऊपर के कमरे से आता हूँ। तब तक आप चित्रशाला में टँगे चित्रों को निहारें।"

जब वह लौटा तो उसके हाथ में श्रीमद्‌भगवद्‌गीता थी। कमरे में घुसते ही उसने सुव्रत को सुनाया, "मेरे ईश्वर-ध्यान का समय हो गया था। दिन में तीन-चार बार करता हूँ ईश्वर का ध्यान। इस ध्यान में मैं गीता के श्लोक का पाठ करता हूँ। यह मेरी सबसे प्यारी पुस्तक है। यह इसलिए भी मुझे बहुत प्यारी लगने लगी है कि जिस हिन्दू के हाथ में यह पुस्तक हो, वह झूठ नहीं बोलता, किसी भी परिस्थिति में झूठ नहीं बोल सकता। है न यह बात?"

"हाँ, यह तो है।"

"मैं इसमें जीवन की हर समस्या का समाधान पाता हूँ। जरा आप इसके पन्नों को पलटकर देखिए," पुस्तक को सुव्रत के हाथ में देते हुए कहा समीर ने, "कि मैंने किन-किन श्लोकों को रेखांकित किया है।"

जब पुस्तक के पन्ने पलटने लगा सुव्रत, तब समीर ने पूछा, "क्या सचमुच आप आभार प्रकट करने आए थे?"

"हाँ, समीर साहब," सुव्रत ने पुस्तक से नजर उठाई और कहा, "मैं बहुत कृतज्ञ हूँ।"

समीर छत की ओर देखने लगा। जब सुव्रत ने पुस्तक के किसी पन्ने पर फिर निगाह जमाई, तो समीर ने टोका, "क्या सचमुच रिमझिम मुझे महान चित्रकार मानती है?"

सुव्रत ने फिर नजर उठाई, "हाँ, समीर साहब। जब-तब आपकी चर्चा छेड़ देती है और प्रशंसा का पुल बाँध देती है।"

इस बार उसने दीवार की ओर देखा। जब देखा कि सुव्रत फिर पन्ने पलटने लगा है, तब उसने पूछा, "क्या सचमुच रिमझिम ने मुझे बुलाया है?"

"हाँ, समीर साहब," सुव्रत ने जवाब दिया, "उसकी हार्दिक इच्छा है कि आप एक बार हमारे घर आएँ।"

"ठीक है, आऊँगा।"

"बताइए, किस दिन आएँगे?" सुव्रत ने आग्रह किया।

समीर ने अपना शुभ दिन बता दिया, "अगले मंगलवार को।"

ढूँढ़-ढूँढ़कर सारे रेखांकित श्लोकों को देख लेने के बाद रिमझिम के पति ने विदा माँगी, "अब मैं चलता हूँ।"

"इतनी जल्दी?" समीर बोलकर मुस्कराया।

उसके जाने के बाद फिर मुस्कराया समीर, "ओम् शान्तिः।"

किसी डोर से उसकी ओर खिंची चली आ रही है रिमझिम, यह महसूस करने लगा समीर। उड़ान भरने वाली यह लड़की किसी सुव्रत के पिंजरे में कैद नहीं रहेगी। जिसे चाह है अपने सौन्दर्य को सुरक्षित रखने की, वह अब कहाँ टिकेगी, कहाँ भटकेगी! उसके अन्तर्मन ने कहा होगा उससे कि इस महान चित्रकार को अगर अभी नहीं पाओगी, तो बाद में बहुत पछताओगी। संसार की चतुर-सुजान सुन्दरियाँ महान प्रतिभाओं से लिपट गई हैं। जो इनसे दूर-दूर रहीं, वे खो गईं विस्मृति के गर्भ में।

सुन्दरियों के अधरों का स्वाद कैसा होता है?...किसी शुभ मंगलवार को...

एक बड़े अहाते के बीच एक अच्छी-सी कोठी बनी हुई थी, जो कोशी कोठी के नाम से जानी जीती थी उस इलाके में। अहाते में एक किनारे

एक उपभवन था जिसमें कई कोठरियाँ थीं। कुछ कोठरियों में कामकाजी लोग रहते थे, जो शहर में इधर-उधर काम करने जाते थे। कुछ में उस कोठी के ही नौकर-खवास का निवास था।

सुव्रत चौधरी की इस कोशी-कोठी तक पहुँचने में जरा भी कष्ट नहीं हुआ समीर को।

अगवानी-अभिनन्दन से गद्गद हो गया महान चित्रकार। और अधिक क्या सुने? और अधिक क्या खाए?

रिमझिम और सुव्रत ने उसे अपनी पूरी कोठी दिखाई। एक बड़े-से कमरे के अन्दर गया, तो उसे देखकर दंग रह गया वह। उस चित्रसारी में इतने चित्र टँगे थे जितने समीर की चित्रशाला में भी नहीं होंगे। एक ओर कई आलमारियों में पुस्तकें सजी हुई थीं। एक किनारे ढेर सारे वाद्य यंत्र रखे हुए थे।

अपनी चित्रसारी में चित्रकार समीर को ढेर सारे टँगे चित्रों को दिखाते हुए और हर चित्र और उसके चित्रकार के बारे में कुछ बोलते हुए रिमझिम आस-पास टँगे दो चित्रों के सामने रुक गई और एक चित्र की ओर इशारा करते हुए बोली, "यह मेरे पिताजी की तस्वीर है, समीर साहब। उन्होंने मुझसे कहा था, 'बेटी! जिन्दगी रस से भरी है। तुम रस की एक-एक बूँद निचोड़ लेना इस जिन्दगी से। तब तुम्हारी जिन्दगी में मैं एक बार फिर एक नई जिन्दगी जी लूँगा।' मैं यही कर रही हूँ, समीर साहब। पिताजी का पिछले साल निधन हो गया। जब तक वे रहे, मेरे पहरेदार बनकर रहे। जब से वे नहीं हैं, मैं हर सुबह, हर शाम इस चित्र के सामने खड़ी होकर यह निहारती हूँ कि उनके चेहरे पर कोई उदासी तो नहीं आई है, उनकी आँखों की चमक बुझ तो नहीं गई है। पिताजी के निधन के बाद भी मैं पितृहीन नहीं हुई। यह चित्र," रिमझिम ने बगल वाले चित्र की ओर इशारा किया, "मेरे ससुर, सुव्रत के पिताजी का है। वे अभी भी हमारे साथ हैं। यह कोठी उन्होंने ही खरीदी थी। वे साल में तीन महीने यहाँ हमारे साथ रहते हैं, और नौ महीने गाँव में। कोशी जनपद में है हमारा गाँव, नाम है प्रियव्रतगढ़। साल में तीन महीने हम भी गाँव में ही गुजारते हैं। अब हमारी जमीन्दारी नहीं रही, पर अभी भी वहाँ

हमारे खेत और बाग-बगीचे हैं। कभी आपको हम ले चलेंगे प्रियव्रतगढ़। आप चलेंगे न?"

"हाँ, हाँ, चलूँगा," मुस्कराकर जवाब दिया समीर ने, "अवश्य चलूँगा," और फिर पूछा, "क्या आपके पिताजी भी जमीन्दार थे?"

"नहीं, मेरे पिताजी सेना में अफसर थे," रिमझिम ने बताया, "वे बनारस में मेरे ससुर के सहपाठी थे। वहीं उन दोनों की मित्रता पनपी और गाढ़ी हो गई। उनकी मित्रता का सबसे मीठा फल हमें मिला कि हम दोनों की शादी हो गई। क्यों, सुव्रत, मैं सच बोल रही हूँ न?"

रिमझिम खिलखिलाई; सुव्रत मुस्कराया।

रिमझिम फिर बोलने लगी, "मेरे ससुर का मन प्रियव्रतगढ़ में ही अधिक लगता है। वे वहाँ साहित्यकारों और संगीतज्ञों के बीच अपना समय गुजारते हैं। वे स्वयं एक अच्छे गवैया हैं। इलाके में कहीं कोई संगीत सभा हो, साहित्यिक समारोह हो, भजन-कीर्तन हो, उन्हें आमंत्रित किया जाता है और वे सहर्ष जाते हैं। जिन दिनों हम गाँव में रहते हैं, एक मेला लगता है वहाँ। उस मेले में मेरे ससुर आदिवासियों के साथ उनके नाच में भी शरीक होते हैं। आदिवासी नृत्य मैंने वहीं सीखा था। आप मेरे ससुर से मिलकर बहुत खुश होंगे और प्रियव्रतगढ़ में हजारों दृश्य मिलेंगे आपको चित्रित करने के लिए। मैं भी तो अब वहीं का एक दृश्य हूँ। क्यों, सुव्रत, हूँ न?"

फिर खिलखिलाई रिमझिम; सुव्रत मुस्कराया।

चित्रसारी देख लेने के बाद वे सब फिर दीवानखाना में आ बैठे। हाथ में एक कागज लेकर बैठी रिमझिम, जिसमें कुछ लिखा हुआ था। उसने बात शुरू की, "हमारी चित्रसारी में अभी भी काफी जगह खाली है। उस खाली जगह में अब सिर्फ चित्रकार समीर के बने चित्र होंगे। ऐसा होगा न, समीर साहब?"

मुस्कराकर जवाब दिया चित्रकार ने, "हाँ, होगा।"

"कुछ सोचा है," रिमझिम ने पूछा, "कैसे चित्र बनाएँगे आप?"

"मैं तो अपनी कूँची के साथ हाजिर हूँ; आप आदेश दें।"

"आदेश!" सलज्ज मुस्कराहट के साथ बोली रिमझिम, "नहीं, नहीं, निवेदन करूँगी मैं।"

"वही सही।"

कुछ देर चुप रहकर बोली रिमझिम, "मैंने सुव्रत के साथ मिलकर एक सूची बनाई है इन चित्रों की। मैं इन चित्रों में ही आपकी कूँची का कमाल देखना चाहती हूँ।"

समीर कुछ बोला नहीं, रिमझिम के चेहरे पर टक बाँध दी। रिमझिम ने सुनाया, "मैं चाहती हूँ कि आप इन चित्रों को बना डालें और मैं उन्हें अपनी चित्रसारी में सजा डालूँ। चाहती हूँ कि हर रात मीठी नींद सोऊँ और हर भोर मीठा सपना देखूँ कि मैं किसी पुष्पोद्यान में टहल रही हूँ, गुनगुना रही हूँ, नाच रही हूँ, और मेरे समागम से सारे पुष्पवृक्ष पुष्पित हो रहे हैं; और जब मैं आँखें खोलूँ तो देखूँ कि मैं सचमुच अपनी पुष्पवाटिका में हूँ विकसित-पुष्पित वृक्षों के बीच।"

"बड़ा अच्छा लग रहा है सुनना," कुछ मुग्ध भाव से समीर बोला।

"मेरी पुष्पवाटिका का पहला वृक्ष होगा तिलक। बड़ा भोला होता है तिलक, कोई मान-मनौवल नहीं खोजता; सुन्दरियों के देखने भर से कुसुमित हो उठता है तिलक पुष्प। क्या आपने देखा है तिलक वृक्ष?"

"मैंने तो नहीं देखा है," समीर ने जवाब दिया, "मैं नहीं जानता, यह कैसा होता है।"

"आपको जानना होगा, समीर साहब। मैं बस इतना जानती हूँ कि इसमें छत्ते के आकार के फूल लगते हैं और इसकी छाल दवा के काम में आती है। सुव्रत ने कोशिश तो की थी इसके बारे में कुछ जानने की, पर कामयाब नहीं हुआ। आप चित्रकार हैं, कुछ अधिक कोशिश करेंगे, यह मैं जानती हूँ। वनस्पतिशास्त्रियों और वैद्यों से इसकी जानकारी मिल जाएगी। कोशिश करेंगे न?"

"हाँ, अवश्य करूँगा।"

"हाँ, समीर साहब, अगर मैंने तिलक को अपनी पुष्पवाटिका में नहीं आने दिया, तो यह मुझे बहुत कोसेगा। क्यों, सुव्रत, कोसेगा न?"

"हाँ, हाँ," सुव्रत हँसकर बोला, "शाप तक दे सकता है।"

"आप मुझे शापित नहीं होने देंगे, समीर साहब, यह मैं जान रही हूँ," रिमझिम आगे बढ़ी, "तिलक के बाद बारी है चम्पा की। यह रमणियों के

मृदुहास्य से पुष्पित होता है। मैं शीशे के सामने खड़ी होकर बहुत बार बहुत तरह से मुस्कराई हूँ यह देखने के लिए कि मेरी किस मुस्कराहट पर पुष्पित हो उठेगा चम्पा। सुव्रत को तो मेरी हर मुस्कराहट एक जैसी दिखती है। आपने कभी मुझे उस तरह मुस्कराते देखा है या नहीं, समीर साहब, कि चम्पा पुष्पित हो जाए?"

"देखा है," चित्रकार ने जवाब दिया, "बहुत बार देखा है।"

"तब ठीक है," रिमझिम खुश हो गई, "अब आप प्रियंगु को चित्रित करें। मगर, समीर साहब, प्रियंगु तो लता है, एक स्त्री; वह क्यों चाहती है विकसित होने के लिए किसी सुन्दरी का स्पर्श?"

"मैं क्या जानूँ! औरत की बात कोई औरत ही जाने।"

"हाँ, मैं जानती हूँ," रिमझिम बोली, "यह कोई पुरुष है जिसने कभी किसी सुन्दरी का स्पर्श नहीं पाया है और जो अब स्त्री का रूप भरकर उपस्थित हुआ है उस स्पर्श-सुख को पाने के लिए।"

"क्या सोचा है आपने?" मुस्कराकर समीर ने पूछा।

"अब मैं क्या सोचूँ, महाशय, जब आज तक किसी सुन्दरी ने कुछ नहीं सोचा," गम्भीर हो उठी रिमझिम, "मगर उसके विकसित होते ही मैं अवश्य उससे कहूँगी कि मैंने उसे पहचान लिया है।"

समीर खिलखिला उठा। सुव्रत भी पहली बार खिलखिलाया होगा, इस बार बस मुस्कराया।

"नमेरु को," स्वर कोमल हो गया रिमझिम का, "बहुत सुन्दरियों ने उदास कर दिया होगा; तुनककर आगे बढ़ गई होंगी, 'दुर, जा! अब तुम्हें मैं गीत सुनाऊँ!' नमेरु कनरसिया होता है न! बगैर गीत सुने खिलता ही नहीं। मैं इसे उदास नहीं होने दूँगी; एक मीठा-सा गीत सुनाऊँगी।"

"वह मीठा-सा गीत," सुव्रत बोल उठा, "चित्रकार को भी सुना ही दो, रिमझिम। वे देख तो लें, नमेरु खिलेगा या नहीं।"

"आप सुनना चाहेंगे मेरा गीत?" रिमझिम चित्रकार से पूछ बैठी।

"अवश्य," चित्रकार ने चट जवाब दिया।

"तो सुनाती हूँ विद्यापति का एक गीत।"

सुव्रत झटपट चित्रसारी से हारमोनियम उठा लाया और रिमझिम के

सामने रख दिया। दूसरी बार जाकर वह तबला और ठेका ले आया और नीचे दरी पर बैठकर तबला मिलाने लगा।

रिमझिम ने बड़े मीठे स्वर में गाकर सुनाया, "हम एकसरि पिअतम नहीं गाम।"

गीत सुनाकर फिर अपनी पुष्पवाटिका को सजाने लगी रिमझिम, "मुझे नृत्य भी करना होगा क्या, चित्रकार?"

"क्यों?"

"सुन्दरी के नृत्य को देखकर ही पुष्पित होता है कर्णिकार।"

"तब तो मैं सुन्दरी का नृत्य भी देख ही लूँ।"

सुव्रत को उठते देख रिमझिम ने मना किया, "नहीं, सुव्रत, घुँघरू मत लाओ; अभी मैं नहीं नाचूँगी।" और फिर उसने चित्रकार से कहा, "मेरा नृत्य आप नृत्य कला मन्दिर के मंच पर शीघ्र ही देखेंगे, समीर साहब। कार्यक्रम तय हो चुका है। आपको समय पर निमंत्रण पत्र मिल जाएगा। तब आप खिलाएँगे कर्णिकार को।"

"कर्णिकार उससे पहले ही खिलेगा," मुस्कराया समीर।

"कैसे?"

"सेनानायक पेई ने अपना एक रूपचित्र बनाने के लिए चित्रकार ऊ से आग्रह किया था। तब रूपचित्र बनाने के लिए चित्रकार ने सेनानायक को सामने नहीं बैठाया था, वरन् उसे तलवार-नृत्य का प्रदर्शन करने को कहा था। मैं आपकी मुस्कराहटों को आपकी नृत्य मुद्रा में बदल डालूँगा।"

"वाह वाह!" रिमझिम खुशी से उछल पड़ी, "सुन लिया न, सुव्रत, किस महान चित्रकार से अपने चित्र बनवा रही हूँ मैं!"

समीर और सुव्रत साथ-साथ मुस्कराए।

रिमझिम आगे बढ़ी, "समीर साहब! यह कुरबक तो बड़ा खोटा है।"

"खोटा है! कैसे?" समीर ने मुस्कराकर पूछा।

"यह तो सुन्दरियों के आलिंगन से पुष्पित होता है।"

"यह खोटा नहीं, रूठा है!"

"तो मैं इसे मनाऊँ?"

"सुन्दरियाँ तो मनाती आई हैं। उन्हें यह भय भी तो रहा होगा कि कहीं

कुरबक यह शोर न मचा दे कि जिसने उसका आलिंगन नहीं किया, वह कोई सुन्दरी थोड़े ही थी! क्या आपको मनाना नहीं आता?"

"हाँ, हाँ, आता क्यों नहीं! पल में मना लूँ किसी रूठे को।"

"यह बेचारा तो बस आलिंगन चाहता है।"

"तब ठीक है, इसे भी हो जाने दें पुष्पित।" बोलकर मुस्कराती है रिमझिम और आगे सुनाती है, "बकुल पुष्प सुन्दरियों की मुख-मदिरा से सिंचकर कुसुमित होता है। मैं सोच-सोचकर परेशान हूँ कि यह मुख की मदिरा क्या होती है और चित्र में इसे कैसे स्पष्ट करेंगे कि मुख की मदिरा से सिंचकर बकुल पुष्प कुसुमित हुआ है।"

चित्रकार पहले तो हँसा और फिर बोला, "फूलों के वन से फूलों को कुचलकर आए हुए एक घोड़े की टापों में फूलों की गन्ध बस गई थी। चित्रकार को उस गन्ध को चित्रित करना था।"

"किया था उसने?" रिमझिम जानने को उत्सुक हुई।

"सवार ने घोड़े को दौड़ाया; चित्रकार ने उस भागते घोड़े की टापों के पीछे तितलियों को दौड़ा दिया।"

"वाह! वाह!" ताली पीटी रिमझिम ने, "मैं समझ गई; मैं समझ गई कि इस चित्र में आप तितलियों को बेसुध-बेहोश दिखाएँगे।"

"नहीं, मैं बकुल को उन्मत्त-मदहोश दिखाऊँगा।"

रिमझिम मुग्ध भाव से कुछ देर चित्रकार को देखती रह गई और फिर कहा, "मेरी वाटिका में अब खिलेगा अशोक। बड़ा बुद्धू है यह; सुन्दरी के पदाघात से ही खिलेगा। ठीक है, कोई बुद्धू भी तो रहे मेरी वाटिका में।" बोलकर हँसी रिमझिम और सुव्रत की ओर देखा।

चित्रकार को विदा करते हुए रिमझिम ने कहा, "अभी इतने चित्र बन जाएँ, फिर सोचूँगी मैं कि और कितने पुष्पवृक्ष ढूँढ़ रहे हैं मुझे।"

शुभ मंगलवार बड़ा ही शुभ निकला, मगर जब विदा करते हुए पूछा था रिमझिम ने कि अब कब दर्शन होंगे, तब समीर पट बोल नहीं पड़ा, "अगले मंगलवार को।" मंगलवार विश्राम भी तो माँग रहा था। कितने ही चित्र बनाने थे और कितने ही दिवंगत चित्रकारों के पास जाना था उसे।

उसने जवाब दिया था, "आऊँगा किसी दिन।" बताया नहीं कि उस दिन जिस दिन 'हम एकसरि पिअतम नहीं गाम।'

रिमझिम की कोठी से उसके गाए गीत को गुनते-गुनगुनाते आया था समीर, और उस गीत को गाते हुए उसका जो अर्थ सुनाया था रिमझिम ने, उससे कुछ अधिक उस गीत को अब रिमझिम का अर्थ सुनाते पाया समीर ने...

*हम एकसरि पिअतम नहि गाम।*
*तें मोहि तरतम देइते ठाम।*

हे पथिक! मैं अकेली हूँ और स्वामी भी गाँव में नहीं हैं। इसलिए मैं संशय में हूँ कि तुम्हें रात बिताने की जगह कैसे दूँ!

*अनतहु कतहु देअतहु वास।*
*जौं केओ दोसरि पड़उसिनि पास।*

कहीं और भी टिका देती, पर कोई पड़ोसिन भी तो पास नहीं है।

*चल चल पथुक चलह पथ माह।*
*वास नगर बोलि अनतहु याह।*

जाओ, जाओ, हे पथिक! अपनी राह जाओ। नगर में अन्यत्र कहीं अपनी ठौर करो।

तो मैं जाऊँ?...रुको, सुनकर जाओ...

*आँतर पाँतर साँझक बेरि।*
*परदेस बसिअ अनागत हेरि।*

आगे सूना प्रान्तर है और अभी साँझ की वेला है। परदेश में भविष्य को देखकर रहना चाहिए...तो फिर कैसे जा सकोगे?

तो मैं क्या करूँ?...सोचो...

*घोर पयोधर जामिनि भेद।*
*जे करबह ता कर परिछेद।*

भयावने मेघ हैं और अँधेरी रात है। जो करोगे, उसका निर्णय कर लो।

क्या करेगा वह, यह निर्णय ले लिया समीर ने। वह अपने चित्रों को दिखाकर रिमझिम से कहेगा, "एक महान चित्रकार ने कहा है कि हर कृतिकार अपनी कृति में उपस्थित रहता है। तुम बताओ तो, इन चित्रों में मैं कहाँ हूँ?"

संशय में पड़ी रिमझिम अब और क्या बोलेगी? उसे ही कहना होगा, "देखो, रिमझिम, इन चित्रों में मैं यहाँ हूँ...यहाँ हूँ...यहाँ हूँ...हूँ न?"

लगातार तीन महीनों तक अपनी चित्रशाला में लगभग बन्द ही रहा समीर। अपने चित्रकार मित्रों से मिलने भी वह बहुत कम जा पाया और शहर में चित्र प्रदर्शनी देखने के लिए भी वह तीन-चार बार ही घर से बाहर निकला था।

एक कैलेंडर वाले को शंकर-पार्वती का एक चित्र बनाकर देना था। यह काम उसने झटपट पूरा कर लिया था। एक शराब कम्पनी के लिए उसे अर्द्धनग्न युवतियों के कुछ चित्र बनाने थे। उन्हें भी उसने जैसे-तैसे बनाकर दे दिये। एक फैशन डिजाइनिंग वाला एक नग्न औरत का चित्र बनवाना चाहता था और उसके लिए समीर को दस हजार रुपये तक देने को तैयार था। इससे पहले भी उसके पास फिल्म उद्योग, फैशन डिजाइनिंग और स्टूडियो वाले नंगी औरतों के चित्रों के लिए आए थे और एक चित्र का बीस हजार रुपये तक पारिश्रमिक देने का प्रस्ताव किया था, मगर अपनी कूँची से किसी नंगी औरत को चित्रित करना उसे नागवार गुजरा था। उसने अपना सारा ध्यान रिमझिम और उसके पुष्पवृक्षों को चित्रित करने पर लगा दिया था।

इन तीन महीनों में रिमझिम और सुव्रत से उसकी कई मुलाकातें हुई थीं। पहली बार रिमझिम आई थी नृत्य कला मन्दिर का निमंत्रण पत्र पहुँचाने। कार्यक्रम के दूसरे दिन वह सुव्रत के साथ आई थी यह जानने कि चित्रकार को नर्तकी का नृत्य कैसा लगा था। कुछ दिनों के बाद सुव्रत अकेले आए थे। उन्होंने समीर के सामने एक थैली रखी और बहुत संकुचित होकर कहा, "यह हमारी भेंट है, चित्रों की कीमत नहीं।"

समीर ने अस्वीकार कर दिया, "अगर यह भेंट भी मैं ले लूँ, तो मेरे चित्र खराब हो जाएँगे।" उसके बाद जब तब रिमझिम आती रही चित्रांकन की प्रगति से अवगत होने।

समीर तिलक पुष्प के कुसुमित होने, या चम्पा के पुष्पित होने, या प्रियंगु के विकसित हो जाने की सूचना तो देता रहा रिमझिम को, मगर किसी बने चित्र को दिखाने का उसका आग्रह बराबर टालता रहा, "अभी नहीं; तब जब सब बन जाएँगे।"

जब सारे चित्र बन गए, तब किसी शुभ दिन के लिए रुका रहा चित्रकार, और जब एक मंगलवार को रिमझिम आई, तो समय शुभ मानकर उसने सूचित किया, "आपकी पुष्पवाटिका आज तैयार हो गई।"

चित्रों को देखने लगी रिमझिम और उसके मनोभावों को पढ़ने लगा समीर।

हाँ, बिलकुल वैसा ही जैसा उसने सोचा था...कुसुमित तिलक पुष्प को देखकर उसने चित्रकार की ओर नजर उठाई थी...पुष्पित चम्पा को देखा, तो चित्रकार से नजर मिलाकर मुस्कराई...विकसित प्रियंगु को देखा तो...नहीं, वैसा नहीं हुआ! क्या किसी दुविधा में फँस गई सुन्दरी?...नमेरु को देखा तो...मन ही मन कोई गीत गुनगुनाया होगा उसने।...पुष्पित कर्णिकार को देखा तो...हाँ, पैरों में घुँघरू नहीं हैं; कैसे नाचे!...कुरबक को देखकर... किस संशय में पड़ गई सुन्दरी?...क्या सुव्रत पूछेगा, "तुम्हारी साँस इतनी तेज क्यों चल रही है?" विद्यापति को गाने-सुनने वाली वरयुवती जवाब तो दे सकती है, "कड़ी धूप के कारण वेग से चली आई हूँ, इसलिए साँस तेज हो गई है।"...सुव्रत खुफिया निगाहें डाल सकता है, "तुम्हारे अधर फूले क्यों हैं?" कह दे सुन्दरी, "कौतुकवश मैंने कमलनाल को तोड़ा और आभूषण बनाना चाहा। क्रुध होकर कमल कोष से भौंरे दौड़ पड़े। उन्होंने अधर में डँस लिया।"...पूछ सकता है सुव्रत यह भी, "तुम्हारे कुच में खरोंच क्यों?" तो सुना दे वरयुवती, "सरोवर के घाट के समीप कँटीला पेड़ था; मैं आगे नहीं देख सकी। रास्ता संकीर्ण था; तिरछी होकर चलने लगी, इसलिए कुच में काँटे लग गए।"...

वैसा नहीं हुआ जैसा सोचा था चित्रकार ने। कुसुमित बकुल पुष्प को ठीक से देखा भी नहीं रिमझिम ने और पूछ बैठी, "वह चित्र कहाँ है जिसमें अशोक पुष्पित हुआ है?"

"वह चित्र मैं नहीं बना पाया।"

"क्यों?"

अनायास ही स्वर कुछ भारी हो गया समीर का, "मुझे अच्छा नहीं लगा किसी के पदाघात से किसी का खिलना।"

खिलखिलाकर हँस पड़ी रिमझिम और फिर हँसी रोककर बोली, "मगर सुन्दरी के पदाघात से अशोक तो खिलता आया है, समीर साहब," और फिर पूछ बैठी, "सुन्दरी के पैरों में नूपुर तो थे न?"

"हाँ, नूपुर थे पैरों में, पर पदाघात से क्यों खिले कोई अशोक!"

"अशोक खिलता है, खिले; चित्रकार को क्या?" बोलकर नजर गड़ा दी रिमझिम ने समीर के चेहरे पर और उसे गुमसुम देख फिर बोलने लगी, "न जाने किस अशोक को चित्रित करने लग गए आप! यह अशोक अवश्य ठूँठ, रहा होगा जिसके पास वह हृदय नहीं जो मनौवल-मनुहार, समर्पण-स्वीकार के भाव से अनुप्राणित होता है। प्रेमकलह में क्रीड़ाकोप कर बैठी मानिनी का मान-मनौवल करते हुए कौन प्रेमी प्रिया के पदाघात से खिलेगा नहीं? वैसा ठूँठ, वैसा हृदयहीन नहीं है मेरा अशोक।"

"आपका अशोक!"

"हाँ, चित्रकार, आप मेरे सुव्रत से पूछ लीजिए। जो मौलसिरी के पुष्प बनकर कुसुमित हुआ, चम्पा बनकर पुष्पित हुआ, कर्णिकार बनकर खिल उठा, नमेरु बनकर विकसित हुआ, मन्दार बनकर प्रमुदित हुआ, प्रियंगु बनकर हर्षित हुआ, कुरबक बनकर आह्लादित हुआ, वह सुव्रत क्या अशोक बनकर पुष्पित नहीं हो उठेगा! चूक हुई है चित्रकार से।"

"नहीं," समीर ने मुँह खोला, "चित्रकार से कोई चूक नहीं हुई है। प्रेमकलह हुआ नहीं, क्रीड़ाकोप कर कोपभवन में नहीं जा बैठी मानिनी, मान-मनौवल की वेला नहीं आई, फिर पदाघात से कैसे पुष्पित होता मेरा अशोक?"

"आपका अशोक?"

"हाँ, मेरा अशोक।"

बस इतना बोलकर कुछ आगे नहीं बोला चित्रकार और हल्की मुस्कराहट के साथ सुन्दरी के चेहरे पर अपनी नजर टिका दी, तो रिमझिम बोली, "मैं समझी नहीं, समीर साहब।"

"सचमुच नहीं समझीं?"

"सच कह रही हूँ, नहीं समझी।"

"अशोक को चित्रित करने के लिए मैंने जब-जब कूँची उठाई," समीर ने समझाना शुरू किया, "तब-तब उस अशोक में मुझे अपना प्रतिबिम्ब दिखाई पड़ गया।"

"अपना प्रतिबिम्ब?"

"हाँ, रिमझिम।"

"तो फिर वह सुन्दरी कौन थी जिसे आप चित्रर्पित कर रहे थे?"

"क्या वह," मुस्कराकर उत्तर दिया समीर ने, "रिमझिम नहीं हो सकती?"

"रिमझिम?"

"हाँ।"

"मगर वह तो किसी और की अर्द्धांगिनी हो चुकी है।"

"तो क्या हुआ! प्रेम की डोर कहीं और नहीं बँध सकती क्या?"

"प्रेम की डोर से ही तो मैं बँधी हूँ, समीर साहब। यह सुख है मेरा कि मेरा तन सुन्दर है; यह सौभाग्य है मेरा कि मेरा मन उससे अधिक सुन्दर है। मैं अपने जीवन की हर साँस को सुन्दर बनाना चाहती हूँ, चित्रकार। तन के सौन्दर्य की सुरभि कब तक रहेगी मेरे साथ? मन के सौन्दर्य का सुवास मेरी आखिरी साँसों में भी होगा। मेरे जीवन की डोर मेरे मन से बँधी हुई है और मेरे सुन्दर मन में मेरा सुन्दर सुव्रत बैठा हुआ है। जिन गुणों को मैं प्यार करती हूँ, उन सारे गुणों का समुच्चय है मेरा सुव्रत।"

कुछ खुदबुदाया मन के अन्दर और मन ही मन समीर बुदबुदाया, "ऐ सुन्दरी! मैं जानता हूँ कि किसी प्रभापल्लवित प्रमदा का प्राणाधार कोई पति नहीं होता। मैं अच्छी तरह जानता हूँ कि उसके जीवन की डोर

कभी पैसा से, कभी प्रभुता से और कभी किसी प्रतिभा से बँध जाती है। क्या तुमने कभी, कभी, कभी नहीं सुना है?—

*न्हाय धोय पलका पर बैठीं, कर सोलह सिंगार।*
*सूर्य देवता बर मोंहि दीजो, कब मरिहैं भरतार।*

चकाचौंध की जिस दुनिया में तुमने पाँव रखे हैं, वहाँ यह बौना सुव्रत कब तक भाएगा तुम्हें! तुम नहीं जानती, सुन्दरी, मैं जानता हूँ कि औरत अपनी आखिरी साँस कब लेती है। ऐ अबोध औरत! किसी दिन पछताओगी कि कभी तुम्हें राह में एक हीरा मिला था और तुमने उसे उठा नहीं लिया।"

समीर को किसी सोच में डूबा देखकर रिमझिम ने आगे कहा, "हमारे बीच एक अलिखित समझौता है कि हम दोनों में से कोई भी एक उच्छृंखल जिन्दगी जीने के लिए स्वतंत्र है। मैं नहीं जानती कि इस समझौता का यह वरदान है या अभिशाप कि हम एकात्म हो गए हैं। प्रेम की डोर बाँधी जाती है, तोड़ी तो नहीं जाती, समीर साहब।" और फिर एक क्षण चुप रहकर समीर की ओर कुछ झुककर बोली वह, "मैं आपके जीवन में नहीं रह सकती। मैं आपके चित्रों में रहूँ, क्या आपको यह स्वीकार नहीं?"

समीर ने अपनी चुप्पी तोड़ी और कुछ धीमी आवाज में सुनाया, "क्या चित्रकार का संसार केवल चित्रों का संसार होता है?"

"यह तो उसकी प्रतिभा का पुरस्कार है कि वह कई-कई लोकों में, कई-कई कालों में विचर सकता है। जिस युग की जिस रूपसी को चाहे, उतार ले अपने चित्रों में चित्रकार और फिर कभी प्रियंगु की तरह खिले और कभी कुरबक की तरह। वहाँ तो हर रिमझिम चित्रकार की कूँची से बँधी होती है। कल्पना-लोक में तो कितनी ही सुन्दरियाँ विचरती रहती हैं; कब किसी एक ने भी किसी कवि या चित्रकार के केलिभवन में जाने में आनाकानी की है!"

"जीवन बड़ी चीज है, रिमझिम, बहुत बड़ी चीज। प्रतिभा तब पुरस्कृत होगी, जीवन तब सार्थक होगा, जब सुन्दरी चित्र से उतरकर चित्रकार के जीवन में चली जाए।"

"जीवन बड़ी चीज है, यही तो मैं भी कह रही हूँ। चित्र से उतरकर कोई सुन्दरी चित्रकार के जीवन में क्यों जाए? वह अपने जीवन में जाएगी, सौन्दर्य के नए मोरपंख ढूँढ़ेगी और उन्हें अपने जूड़े में खोंसकर फिर चित्रों में उतरना चाहेगी। चित्रों में उतरना और फिर चित्रों से उतरकर अपने जीवन में लौट आना, यह लगातार चलता रहेगा। चित्रों में बाँधकर सुन्दरी को रख ले चित्रकार, पर उसे अपने जीवन से बाँध देने का छल तो नहीं करे।"

छल!

समीर ने पीछे की ओर झुककर कुरसी की पीठ की टेक ली और अधखुली आँखों से सामने बैठी सुन्दरी की ओर देखने लगा। उसे चित्रकार कु काई चीह की याद आ गई।

इस चित्रकार ने पड़ोस की एक लड़की पर अपना प्यार जताया, मगर लड़की ने इस प्रेमी को दुत्कार दिया। तब गुस्से में चित्रकार ने एक दीवार पर उस लड़की का चित्र बनाया और उसकी छाती में एक काँटा चुभो दिया। लड़की दर्द से तड़पने लगी और उसके कदम मौत की ओर बढ़ने लगे। चित्रकार ने फिर दरवाजा खटखटाया उस लड़की का और इस बार वह इन्कार नहीं कर सकी। उसने झटपट छाती में चुभा काँटा निकाला और लड़की स्वस्थ हो गई।

काश, वह भी एक ऐसा ही चित्रकार होता! तब छाती में काँटा चुभोकर वह भी जाता इस रिमझिम के पास और सुनाता, "ऐ सुन्दरी! सौन्दर्य के नए-नए मोरपंखों को ढूँढ़ने के लिए मेरी जिन्दगी में आ जाओ।" काश, ऐसा हो पाता!

ऐसा नहीं हो पाने की एक फटी-फूटी मुस्कराहट उसके होंठों पर उभर आई। रिमझिम ने देखा, मगर पूछा नहीं कि क्यों प्रकट हुई यह मुस्कराहट। समीर ने अपनी नजरें नीचे झुका लीं। उसे लगा कि कई-कई गोपियों ने माँ यशोदा को घेर लिया है और उसे सुना रही हैं, "हे यशोदा जी! तुम्हारौ लाला रंग करकै तो कारौ कलूटौ, सिंगार देखौ तौ जंगली गँवार गँवारियन कैसौ, लक्षण देखौ तो चोर बटमारन के से और दुलहिनी मांगें है बड़े घर की बेटी। ब्रज में तो कोऊ ऐसों अन्धौ गोप दीखै नहीं

है जो अपनी बेटी कुँआ में ढकेल देवौगौ। हाँ लंका ते भलेई कोई कारी कलूटी राक्षसी मिल जावेगी।"

फिर मुस्कराया समीर और इस बार भी रिमझिम ने कुछ नहीं पूछा।

और अब उसकी निगाह बहुत दूर गाँव की एक सड़क पर चली आ रही टप्पर गाड़ी पर टिक गई। ओहार उठा हुआ था। गाड़ीवान गुलाय के बेटे की मूँछों में गुस्सा ही गुस्सा था। दूर खड़े गाँव के बच्चे विस्मय से उस गाड़ी को घूर रहे थे, "कल सोमवार को ही तो बैलों को दौड़ाते गया था गाड़ीवान दुलहिन ले आने के लिए, और आज मंगलवार को यह टप्पर गाड़ी खाली लौट रही है!"

इस बार रिमझिम ने टोक दिया, "क्या सोच रहे हैं, समीर साहब?"

"सोच रहा हूँ," कुरसी की टेक छोड़कर बोला समीर, "कि मैं बहुत बोल गया।"

खिलखिलाई रिमझिम और बोली, "मैं समझ रही थी; मैं खूब समझ रही थी, समीर साहब, कि आप मुझे टटोल रहे हैं। मैं निश्चिन्त थी कि सुन्दरी के पदाघात से अशोक खिलेगा। खिलेगा न?"

"हाँ, खिलेगा," समीर ने जवाब दिया, "मगर वह खिले, इसके लिए मैं आपका एक और चित्र बनाऊँगा।"

"एक नहीं, अनेक चित्र, समीर साहब," उत्साहित होकर बोलने लगी रिमझिम, "मैं चाहती हूँ कि मेरे कक्ष में हजार गुलदान हों और हर गुलदान में एक फूल हो। हर फूल भिन्न हो एक दूसरे से, रूप में, गन्ध में; मगर हर एक का नाम हो रिमझिम...इस फूल का नाम भी रिमझिम और उस फूल का नाम भी रिमझिम।"

"मैं हजार चित्रों के बजाय," समीर ने मुस्कराकर कहा, "अब सिर्फ एक चित्र बनाना चाहता हूँ, एक ऐसा चित्र जिसके लिए संसार की सुन्दरियाँ चित्रकारों का निहोरा करती आई हैं और जो सुन्दरी के सौन्दर्य को शाश्वत कर देता है।"

"कैसा चित्र, समीर साहब?" बहुत उत्सुकता से पूछा रिमझिम ने।

"सुन्दरी की नग्न देह का चित्र।"

"नग्न देह का?"

"हाँ, रिमझिम।"

"वह चित्र सुन्दर होगा?"

"सुन्दरी का सारा सौन्दर्य प्रकट होगा उसमें।"

"अपनी नग्न देह के चित्र में मैं क्या अधिक सुन्दर दिखूँगी, समीर साहब?"

"अवश्य।"

"चित्रकारों के बनाए ऐसे चित्र मैंने भी देखे हैं, समीर साहब। चित्रों में औरत की नंगी देह तो देखी, मगर किसी औरत का असली चेहरा नहीं देखा।"

"असली चेहरा नहीं देखा?"

"हाँ, समीर साहब, नहीं देखा। ये सारी औरतें मुझे किसी जुल्म, किसी जोर, किसी दमन-दलन की शिकार लगीं। उनकी मुस्कराहटों में विवशता होती है, लज्जा होती है, आक्रोश होता है, चीख होती है। इनकी मुस्कराहट नकली होती है, समीर साहब; औरतों के ये सारे चित्र नकली हैं।"

"आप तो किसी जोर-जुल्म की शिकार नहीं हैं?"

"इसलिए तो मैं अपनी देह नहीं उघाड़ सकती।"

"क्या यह मेरा सौभाग्य नहीं होगा कि मेरे चित्र में किसी नंगी औरत की असली मुस्कराहट होगी?"

कई क्षणों तक चित्रकार को गौर से देखती रही रिमझिम और तब बोली, "ऐसा कैसे हुआ, चित्रकार, कि कविप्रसिद्धियों में एक भी पुष्पवृक्ष ऐसा नहीं जिसे पुष्पित करने के लिए सुन्दरी अपने वस्त्र उतारे?"

"मगर ऐसा तो हुआ है कि सुन्दरियों ने चित्रित होने के लिए अपने वस्त्र उतारे हैं।"

"मैं नहीं जानती कि उन सुन्दरियों का मन भी उतना सुन्दर था या नहीं जितना उनका तन। एक बार सुव्रत ने मेरे पूछने पर कहा था कि मेरी नंगी देह के सौन्दर्य में किसी रिमझिम का सौन्दर्य नहीं दिखेगा उसे, कि वह सौन्दर्य केवल एक मादा का सौन्दर्य होगा। सुव्रत ने मेरे तन को ही नहीं, मेरे मन को भी देखा है। वह नहीं देखेगा मेरी नंगी देह की तस्वीर। और, किस-किस को दिखा पाऊँगी मैं अपनी यह तस्वीर? क्या मैं अपने

चित्रर्पित पिता को अपनी यह तस्वीर दिखाकर पूछ सकती हूँ, 'मैं कुछ और सुन्दर लग रही हूँ न, बापू?' तब, क्या आपके चित्र में मेरे होंठों पर असली मुस्कराहट होगी? होगी, समीर साहब?"

"तो क्या," समीर की भौंहें सिकुड़ीं, "चित्रकार किसी सुन्दरी की नंगी तस्वीर बनाए ही नहीं?"

"बनाए," रिमझिम ने अपनी रौ में जवाब दिया, "मगर उस युग और उस समाज में, जहाँ चित्रित होने वाली नंगी औरतों के होंठों पर असली मुस्कराहट हो। उन मुस्कराहटों में कोई विवशता नहीं हो, लज्जा नहीं हो, आक्रोश नहीं हो, चीख नहीं हो। वह कोई युग था जो गुजर गया, कोई समाज था जो लुप्त हो गया। उस युग और उस समाज को लौटा ले आने का प्रयास आप करेंगे क्या? उस समाज में पुरुष केवल पुरुष होता है और स्त्री केवल स्त्री। उस युग में स्त्री माँ नहीं होती और अपने बेटों को भी अपने सौन्दर्य से आकर्षित करती है। वहाँ माँ एग्रिपीना अपने बेटे नीरो के पास अपना सन्देश पहुँचाती है, 'मेरे सौन्दर्य का जो सुख तुम्हारे पिता को प्राप्त हुआ था, उस सुख से मैं तुम्हें भी वंचित नहीं रखूँगी, बेटे।' और बेटा नीरो अपनी माँ की नंगी लाश देखकर कहता है, 'मुझे नहीं पता था कि मेरी माँ इतनी सुन्दर थी।' उस युग में कोई पुरुष पिता नहीं होता और अपनी बेटियों के सौन्दर्य पर ही मुग्ध होकर उनसे ब्याह रचा डालता है। सम्राट् रेमेसिस अपनी कई-कई बेटियों को अपने रंगमहल में रख लेता है। उस युग में कोई पुरुष भाई नहीं होता, कोई स्त्री बहन नहीं होती। उस युग के मिस्र में भाई बहन से पूछ बैठता है, 'कब लिखोगी मुझे लम्बे-लम्बे प्रेम-पत्र?' और बहन टोकती है भाई को, 'मुझे ठीक से निहारो तो भैया; क्या अभी भी मैं जवान नहीं हुई हूँ?' वह युग आ जाए, समीर साहब, फिर आप अवतरित हों एक चित्रकार बनकर और मैं आ जाऊँ एक सुन्दरी के वेष में; और तब आप चित्रांकित करें उस विवस्त्र सुन्दरी को। उस सुन्दरी के होंठों पर असली मुस्कराहट होगी और वह अपनी नंगी तस्वीर अपने पिता को दिखाकर पूछ भी पाएगी, 'इस चित्र में मैं कैसी लग रही हूँ, बापू?'

बोलकर चुप हुई रिमझिम और समीर के चेहरे पर अपनी आँखें गड़ा

दीं। देर तक उन दोनों की मुस्कराहटें आपस में टकराती रहीं। जब देर तक समीर कुछ भी नहीं बोला, तो रिमझिम हँसकर पूछ बैठी, क्या आप उस युग में प्रवेश कर गए हैं, समीर साहब?"

"नहीं-नहीं," झटपट जवाब दिया समीर ने और बोला, "मगर मैं सोच रहा हूँ कि नारी की नग्न देह का चित्रांकन क्या वर्जित है चित्रकार के लिए?"

"नहीं, समीर साहब," रिमझिम ने सुनाया, "वर्जित है, यह मैं नहीं कहूँगी; मैं यह कहना चाहूँगी कि नग्न देह के सौन्दर्य के बजाय चित्रकार अपने चित्र के सौन्दर्य पर ध्यान दे। वह चित्र सुन्दर हो सकता है, मगर उसमें नग्न देह का सौन्दर्य नहीं होगा।"

"ऐसा हो सकता है क्या?" समीर के माथे पर बल पड़ गए।

"हाँ, हो सकता है," रिमझिम ने दृढ़ स्वर में जवाब दिया, "अनसूया ने विवस्त्र होकर देवों का आतिथ्य-सत्कार किया था। उस विवस्त्र औरत के सामने तीनों देव बच्चे बन गए थे। सती ने अपने तेज से ऐसा किया था। क्या आपकी कूँची में ऐसा तेज है कि वह चित्रदर्शियों को शिशु बना डाले, कि उन्हें आपके चित्र में किसी नारी देह का सौन्दर्य नहीं, माँ का मातृत्व दिखाई पड़े?"

"आपने मेरी प्रशंसा तो की है।" बोलते हुए मुस्कराया चित्रकार।

"क्या आप किसी प्रसवन्ती को चित्रित कर सकते हैं जिसके चेहरे पर एक शिशु को जन्म देने के असीम सुख का भाव हो और चित्रदर्शी उसकी नंगी देह के सौन्दर्य से नहीं, उसके जनन सुख के भाव से अभिभूत हो जाए?"

"मैं प्रयास कर सकता हूँ।"

"क्या आप किसी बलात्कृत औरत की तस्वीर बना सकते हैं, जो नंगी तो हो, पर जिसे देखते ही किसी की याद आए कि शायद इस बहन ने भी मुझे राखी बाँधी थी और कोई पहचानने लगे कि यह मेरी लली तो नहीं! मैं एक ऐसे ही चित्रकार को आपमें पाना चाहती हूँ, समीर साहब। किन्ही सुन्दर भावों का चित्रण हो, तो नारी की नग्न देह के हजारों-लाखों सुन्दर चित्र बन सकते हैं।"

"आप मेरी प्रेरणा बनें, मैं आपका चित्रकार बनूँगा।"

"यह मेरा सौभाग्य होगा," रिमझिम खिल उठी, "कि मैं किसी चित्रकार की प्रेरणा बनूँ।"

क्षण भर की चुप्पी के बाद समीर पूछ बैठा, "क्या मैं किसी सुन्दर भाव से आपकी नंगी देह को जोड़ नहीं सकता?"

"मैं समझ रही हूँ, चित्रकार," होंठों पर गहरी मुस्कराहट लाते हुए रिमझिम बोली, "आप मेरी नग्न देह देखना चाहते हैं।"

"नहीं, बिलकुल वैसा नहीं है जैसा आप सोच रही हैं," समीर ने भरसक गम्भीर स्वर में कहा, "मैं ऐसी स्थिति में हूँ कि नग्न देह चित्रित करने के लिए किसी नंगी औरत को मैं अपनी चित्रशाला में सामने बिठा सकता हूँ। मैंने आज तक ऐसी कोई तस्वीर नहीं बनाई है। मगर अब मैं ऐसी कुछ तस्वीरें बनाऊँगा और इसका आरम्भ आपके नग्न रूप से करना चाहूँगा।"

रिमझिम खुफिया निगाहों से देखने लगी थी चित्रकार को और समीर अपनी मन्द मुस्कराहटों से सुन्दरी की दृष्टि को झेलता रहा था। बहुत देर किये बगैर रिमझिम बोली, "यक्ष वृक्षों के अधिपति रहे हैं और उर्वरता के देवता। मैंने ऐसी कई मूर्तियाँ देखी हैं संतान की कामना करने वाली स्त्रियों की, जो वृक्ष के पास जाकर यक्ष से प्रार्थना करती हैं। वे नंगी हैं और केवल कमर में एक चौड़ी मेखला पहने हुई हैं। क्या आप मुझे इस रूप में चित्रित करेंगे?"

"हाँ, करूँगा।"

"मैं मातृत्व के लिए वह मेखला भी उतार दूँगी, मगर...।"

"मगर?"

"उस चित्र को देखकर चित्रदर्शी बुदबुदाए, 'हे यक्ष! प्रजाकाम इस कामिनी की कामना पूरी कर दो। जिस तरह तुमने मेरी माँ की प्रार्थना सुनी थी और उसकी गोद भरी थी, उसी तरह इसकी प्रार्थना सुनो और इसकी भी गोद भर दो।' बुदबुदाएँगे तो चित्रदर्शी?"

"हाँ, बुदबुदाएँगे।"

मुस्कराई रिमझिम, "मैं जानती थी, आप हाँ कहेंगे।"

कुछ नहीं बोला समीर।

"क्योंकि," सुन्दरी की मुस्कराहट कुछ और फैल गई, "आप मेरी नंगी देह देखना चाहते हैं।"

इस बार भी कुछ नहीं बोला समीर, सिर्फ तेज निगाहों से रिमझिम को घूरा।

रिमझिम उठ खड़ी हुई, "अब मैं चलूँगी, समीर साहब।"

समीर ने धीमी आवाज में पूछा, "फिर कब आना होगा?"

"सुव्रत से पूछ तो लूँ।"

"क्या?"

"कि चित्रकार मेरा नग्न रूप देखना चाहते हैं।" बोलकर खिलखिलाई रिमझिम और अभिवादन कर कमरे से बाहर निकल गई।

आँखें बन्द कर रिमझिम को दूर तक जाते देखता रहा समीर...अब अशोक नहीं खिलेगा! अब नहीं खिलेगा अशोक!...

मगर, यह पदाघात? समीर तिलमिला उठा सोच-सोचकर, "यह पदाघात?" अब यह लड़की अपने पति से जाकर कहेगी कि एक भला आदमी उसे नग्न देखना चाहता है, और फिर पूछेगी, "बताओ तो, कितना भला है यह आदमी?"

कितनी भयंकर भूल हुई है उससे! उसे तो शुरू में ही सावधान हो जाना था। समीर रह-रहकर खुद को कोसने लगा...

इस खतरनाक लड़की ने तो अपनी पहली मुलाकात में ही अपना परिचय दे दिया था। उसने किसी और को कुछ लिखा था या नहीं, पर उसे तो संकेत दे ही दिया था, "हमारी मुलाकात शहर की किसी चालू सड़क पर हो, जहाँ संकट के बादल घहराते देख मैं फुर्र हो जाऊँ।" उसे उस वक्त से ही अपने को सँभाले रखना था। मगर... "यह लड़की कभी फुर्र नहीं होगी!...मंगलवार बड़ा शुभ दिन है!" छिः।

"पति! पति?" पानी का बुलबुला समझ लिया इस पति को! यह खयाल मन में ही नहीं जमा कि उस लड़की के मन में अवश्य कोई उपद्रवी तूफान उठाने की बात रही होगी, जो अपने पति से जाकर

कहेगी, "पिछले सात दिनों से मैं तुम्हारे पास नहीं, अपने चित्रकार के पास थी।" दिल धड़का थोड़ी देर, मगर फिर मंगलवार शुभ नजर आने लगा! छिः छिः।

उस दिन ही सोच लेना था कि अब वह अपना हर कदम फूँक-फूँककर उठाए। आज तो हर क़दम बहका-बहका था। शुरू से ही लगा वह सुन्दरी को 'सूर्य देवता' से 'बर' दिलाने कि 'कब मरिहैं भरतार'। और अब सुन्दरी जा रही है अपने पति से कहने, "यह चित्रकार तो मुझे नंगी देखना चाहता है।" अब जब लड़की फुर्र हो गई है, तब मंगलवार अशुभ नजर आ रहा है।

न जाने मेरा कहा और क्या-क्या, किस-किस तरह सुनाएगी यह उच्छृंखल औरत अपने मर्द को—समीर चिन्तित हो उठा—बहुत हँसने-खिलखिलाने के बाद अवश्य वह गम्भीर होकर कहेगी अपने खसम से, "किसी दिन मेरे साथ चलो काशी या प्रयाग। उस लुच्चे चित्रकार की गन्दी बातों से मेरी देह मैली हो गई है। मैं इस मैल को गंगा के जल से धो डालना चाहती हूँ।"

बहुत बुरा हुआ; बहुत ही बुरा हुआ। अब इससे बुरा...हाँ, हो सकता था; इससे भी बुरा हो सकता था। अगर यह नटखट लड़की अपनी कोठी में होती, समीर सोचने लगा, और मैं इन चित्रों को लेकर उसके पास गया होता किसी अशुभ मंगलवार को ही पूर्वनिर्धारित समय पर। वह चहककर मेरा स्वागत करती; उसे अकेली देख मैं आह्लादित हो उठता। और फिर...

चित्रों को उसके आगे रखते हुए मैं कहता, "हर कृतिकार अपनी कृति में उपस्थित रहता है। तुम बताना, इन चित्रों में मैं कहाँ हूँ।"

मेरी बात सुनकर वह मुस्कराती, एक नजर मुझे देखती और फिर चित्रों को देखने लग जाती।

कुसुमित तिलक पुष्प को बड़े ध्यान से देखती वह और फिर बोलती, "इस चित्र में मैंने चित्रकार को ढूँढ़ लिया।" बोलकर वह मुस्कराती। कुछ बोलूँ, पर क्या बोलूँ, यह सोचता रह जाता मैं।

पुष्पित चम्पा को देखकर वह बोल उठती, "मुझे लगता है कि सुन्दरी की कैसी भी मुस्कराहट पर इस चम्पा को खिलना था।"

बोलकर वह मेरी ओर देखती। "कुछ और बोलो, कुछ और," मैं मन ही मन उससे निहोरा कर बैठता।

प्रियंगु को देखकर वह पूछ बैठती, "एक बात मैं कहना चाह रही हूँ, मगर सोच नहीं पा रही हूँ कि किससे कहूँ, इस प्रियंगु से या आपसे?"

"कौन-सी बात?" मैं तो पूछता ही।

वह बताती, "यही कि मैंने इसे पहचान लिया है।"

"पहचान लिया है?" मैं जोर देकर पूछता।

वह जोर देकर बताती, "हाँ, अच्छी तरह।"

मैं कुछ शरमाता, मगर खूब खुश हो जाता।

नमेरु को देखकर वह गुनगुना उठती, "हम एकसरि पिअतम नहि गाम," और फिर लम्बी हँसी को तोड़-तोड़ बीच में भर देती, "आज सचमुच सुव्रत नहीं है 'गाम' में।"

मैं अब 'जे करबह ता कर परिछेद' की प्रतीक्षा करने लगता।

वह अब कर्णिकार को देखती और मन ही मन बुदबुदाती, "मैं नाच चुकी; अब कुछ तुम भी नाचो, चित्रकार। अब कर्णिकार ही नाचे कि सुन्दरी भी खिल जाए।" होंठों पर उभर रही कुटिल हँसी को दबाते हुए वह कर्णिकार को हटाकर कुरबक को उठा लेती।

देर तक चित्र देखते रहने के बाद वह पूछती, "इस चित्र में कुछ सच भी है या सब झूठ?"

"झूठ क्या?"

"कुरबक तो सुन्दरी के आलिंगन से खिलता है?"

"हाँ, सुन्दरी।"

"यह आलिंगन-सुख कब मिला कुरबक को?"

"सपने में।"

"सपने में?"

"हाँ, रिमझिम।"

"सपने में कैसे क्या हुआ, कुरबक?"

मैं उसे मुग्ध भाव से निहारता और बोलता, "तुम मेरे सामने प्रकट हुई।"

"रुको, चित्रकार," बोलकर वह कुछ दूर पीछे चली जाती और

फिर वहाँ से धीरे-धीरे मेरी ओर बढ़ती; रुककर पूछती, "मैं इस तरह मुस्कराती हुई प्रकट हुई थी न?"

"हाँ।"

"फिर क्या हुआ?"

"मैंने तुम्हें देखा और उठ खड़ा हुआ।"

"फिर?"

"तुम एक कदम आगे बढ़ी, मैं दो कदम आगे बढ़ गया।"

"फिर?"

"तुम बिलकुल मेरे सामने आ गई।"

"फिर?"

"मैंने अपनी बाँहें फैला दीं।"

"ओह, जल्दी बोलो, फिर क्या हुआ?"

मैं उसे अपनी फैली बाँहों में जकड़ना चाहता कि वह छिटककर दूर हो जाती और लगती पीटने तालियाँ...

तभी उस कक्ष में खुलने वाला स्नान-गृह का दरवाजा अचानक खुलता और अन्दर से किलकारियों के साथ कई मूर्तियाँ उसके सामने प्रकट हो जातीं। हँसी से लोट-पोट हो जाती रिमझिम। हँसते-हँसते वह उँगली से दीवार पर टँगे अपने पिता के चित्र की ओर इशारा कर बैठती, "ओह, पिताजी भी हँस रहे हैं, पिताजी भी हँस रहे हैं।"

मेरे पैरों तले की जमीन खिसक गई होती और मैं अकबका जाता। तीर की तरह मैं निकलता वहाँ से और लपझप चाल से सड़क पर आ जाता। तब मैं चाहता कि संसार का सारा अँधेरा वहाँ आ जाए और उस अँधेरे में भागता हुआ मैं घर तक चला जाऊँ; तब मुझे लगता कि घर तक पहुँचने के लिए उजाले में थोड़ी देर तक भागते रहने से अच्छा होगा जिन्दगी भर अँधेरे में भागते रहना।

मुझे अवश्य चित्रकार ऊ की याद आ जाती, जिसने प्राकृतिक दृश्य का एक वृहत् चित्र बनाया था, उस चित्र में एक गुफा बनाई थी और एक दिन उस गुफा में प्रवेश कर गया था। फिर किसी ने उस चित्रकार को कभी कहीं देखा नहीं। वह गुफा मेरे सामने होती, तो मैं भी प्रवेश

कर जाता। वैसी गुफा चित्रित नहीं कर पाने का दर्द मुझे सताने लगता।

समीर ने राहत की साँस ली कि ऐसा कुछ नहीं हुआ, पर उसकी बेचैनी बनी रही कि जो कुछ हुआ, वह भी बहुत बुरा हुआ।

चित्रकार ऊ एक लम्बी जिन्दगी जी चुका था और एक ऊँचाई पर आसीन था। उसने अपनी जिन्दगी शुरू की, समीर सोच रहा था, और उस ऊँचाई पर ध्यान टिका दिया, मगर यह क्या हुआ कि थोड़ी ऊँचाई भी चढ़ नहीं पाया वह और लुढ़क गया। अभी उस ऊँचाई पर देख रहा था वह एक उच्छृंखल लड़की को और देख रहा था वह लुढ़ककर खाई में जा गिरे एक..." ऐ लड़की! मैंने सुन्दरियों को पाया है चित्रकारों पर डोरे डालते। मैं तुमसे इस शर्त के साथ मिल सकता हूँ कि तुम्हारे मन की मैल से मेरी देह मैली न हो।"...यह कैसे हुआ? "ऐसा तो नहीं था तू, रे समीर!" वह बुदबुदाया।

तुम्हारे चित्रों में तो कहीं न कहीं तुम्हारी माँ उपस्थित रहती थी। तुमने सरस्वती का चित्र बनाया था और माँ से कहा था, "यह तुम्हारा चित्र है, माँ। तुम हंस पर सवार हो और तुम्हारे हाथ में वीणा है।" ...नवजात शिशु को स्तन-पान कराती माँ का एक चित्र बनाया था तुमने और माँ से पूछा था, "चित्र में जो शिशु है, वह मैं ही हूँ न, माँ?" माँ को सुनाया था, "तू मेरे इस चित्र में समा गई है, माँ, और अब उससे बाहर नहीं आ पाएगी। मेरी उम्र बढ़ती चली जाएगी, मगर तू पचीस पार नहीं कर पाएगी।"...तुमने महारास का चित्र बनाया था और चित्र में नृत्यरत एक गोपी पर अपनी तर्जनी रखते हुए कहा था, "यह तुम हो, माँ।" ...तुम्हारी टप्पर गाड़ी में कोई कनियाँ इन्दरपरी, चनरमुखी जा रही थी। इस गाड़ी का गाड़ीवान, तुमने माँ को बताया था, "पररिया का रहने वाला है; नाम है गुलाय।"...

इन चित्रों को बनाते हुए क्या तुम्हारे अन्दर कोई नीरो बैठा था?

"नहीं...नहीं...," कसकर आँखें भींच लीं समीर ने।

तुमने कभी किसी नंगी औरत का चित्र नहीं बनाया था, तो फिर इस रिमझिम को नग्न देखने की, नग्न चित्रित करने की चाह इतनी बलवती क्यों हो उठी? तुम्हारे बनाए हर चित्र में माँ एक बार अपने को ढूँढ़ती है

और जब नहीं ढूँढ़ पाती, तो तुमसे पूछती है, "इस चित्र में मैं भी कहीं हूँ क्या, रे समीर?" रिमझिम की नंगी देह का चित्र क्या तुम दिखाते माँ को? बताते उसे कि उस चित्र में वह कहाँ है? पूछती माँ, "इस चित्र में मैं भी कहीं हूँ क्या, रे समीर?" अपने बेटे के द्वारा भेजे गए हत्यारों से माँ एग्रिपीना ने कहा था, "मेरी कोख में भोंक दो अपनी कटार।" तुम्हारे इस चित्र में माँ अपने को नहीं ढूँढ़ेगी, तुमसे कुछ नहीं पूछेगी। वह खामोश हो जाएगी, तुम्हारे सारे चित्रों से विदा ले लेगी, और उसकी दो निरीह आँखों में एक निवेदन उभर आएगा, "किसी हत्यारे को बुला लाओ, बेटा, और उससे कहो कि वह मेरी कोख में अपनी कटार भोंक दे।"

समीर आत्म-ग्लानि से भर उठा...अच्छा हुआ, बहुत अच्छा हुआ कि लड़की ने पदाघात किया...बहुत अच्छा हुआ, बहुत ही अच्छा हुआ कि लड़की फुर्र हो गई...

मगर लड़की फुर्र नहीं हुई थी।

एक दिन जब समीर अपनी चित्रशाला में चित्रांकन कर रहा था, बिना किसी आहट के दरवाजे का परदा हटाकर रिमझिम अन्दर आ गई। उसका आगमन इतना अप्रत्याशित था कि आगन्तुक को अपरिचय और अचरज की निगाहों से देखा समीर ने। वह बस देखता रह गया, कुछ बोल तक नहीं पाया। यह वह रिमझिम थी भी नहीं, जो सजी-सँवरी, चहकती-मुस्कराती आती थी उसके सामने। ओवरकोट में उसने पहली बार देखा था इस सुन्दरी को।

चित्रकार की अचंचलता पर रिमझिम का ध्यान नहीं गया और वह अपनी बात कहने लगी, "मैं बैठूँगी नहीं, समीर साहब; जल्दी में हूँ; कुछ कहने आ गई। आज हमलोग प्रियव्रतगढ़ जा रहे हैं। वहाँ से खबर आई है कि पिताजी सख्त बीमार हैं। कोई ठीक नहीं कि कितने दिनों के बाद वहाँ से लौटना हो। आपसे मिलकर ही जाना था, तो कुछ समय निकालकर आ गई।

"उस दिन बड़ा अच्छा लगा था यह सुनना कि आप मेरा चित्रकार बनें और मैं आपकी प्रेरणा। यह मेरा सौभाग्य होगा, समीर साहब, कि मैं

किसी चित्रकार की प्रेरणा बनूँगी।

"उस दिन मुझे बड़ा अचरज हुआ था जब बस एक झलक देखी थी आपने मेरी और राधा के रूप में मुझे चित्रर्पित कर दिया था। अब अचरज नहीं होगा।"

बोलकर उसने ओवरकोट के बटन एक-एक कर खोल दिये और ओवरकोट बदन से नीचे उतार दिया।

अब रिमझिम बिलकुल नंगी खड़ी थी समीर के सामने।

समीर की आँखें रिमझिम की आँखों से जा टकराईं।

"अगर मेरा नग्न रूप ही," रिमझिम बोलने लगी, "आपकी प्रेरणा बन सकता है, तो यह स्वीकार है मुझे।"

समीर ने सिर झुका लिया और अपनी आँखें मूँद लीं।

रिमझिम ने ओवरकोट पहनते हुए कहा, "अब मैं जा रही हूँ।"

समीर ने अपनी आँखें खोल दीं और कुछ लरजती आवाज में पूछा, "आप इस तरह अकेली आ गईं?"

"नहीं," रिमझिम ने जवाब दिया, "अकेली नहीं आई हूँ मैं। सुव्रत भी साथ आया है। वह बाहर सड़क पर कार में बैठा हुआ है।"

समीर चुप रहा; रिमझिम चली गई।

रिमझिम चली गई, मगर उसकी दो आँखें ठहर गईं समीर के सामने। वह देखने लगा, उन दो आँखों में क्या है, कोई करुणा?...कोई घृणा?... कोई आग?

करुणा बहती रही; घृणा टपकती रही; आग जलती रही; और सुन्दरी के पदाघात से अशोक खिलने लगा।

खिल गया अशोक, तो खुशियाँ मनाने समीर पलंग पर बैठी माँ की गोद में सिर डालकर लेट गया। माँ बगैर कुछ बोले उसके सिर के बाल सहलाने लगी। बेटे ने बात शुरू की, "ऐसी कविप्रसिद्धि है, माँ, कि सुन्दरी के पदाघात से अशोक खिलता है। जब मैंने इसे चित्रित करना शुरू किया, तो अशोक खिल ही नहीं रहा था।"

"नहीं खिल रहा था?" माँ को अचरज हुआ।

"हाँ, माँ, नहीं खिल रहा था। अशोक बुद्धू था न?"

माँ हँस पड़ी, "अशोक क्यों! चित्रकार बुद्धू था।"

"आज़ चित्र पूरा कर लिया है, माँ," बेटा मुस्कराया, "अशोक खिल गया है।"

"मैं जानती हूँ," माँ भी मुस्कराई, "मेरा बेटा बुद्धू नहीं है।"

"माँ!"

"बोलो।"

"मुझे एक चित्र बनाना है।"

"कैसा चित्र?"

"यक्ष वृक्षों के अधिपति रहे हैं और उर्वरता के देवता। एक समय था, माँ, जब संतान की कामना करने वाली स्त्रियाँ वृक्ष के पास जाकर संतान के लिए यक्ष से प्रार्थना करती थीं। मैं इसे ही चित्रित करना चाहता हूँ, एक ऐसा चित्र बनाना कि कोई भी चित्रदर्शी उस स्त्री की गोद भर देने के लिए अपने सारे देवताओं से प्रार्थना कर बैठे।"

"यह चित्र तो बहुत ही सुन्दर होगा, समीर।"

"मगर, माँ!..."

"क्या, रे?"

"यक्ष से प्रार्थना करती थी स्त्री वृक्ष के पास नंगी खड़ी होकर।"

"तो क्या हुआ!" माँ ने निर्भ्रम जवाब दिया, "तुम्हें यह संशय क्यों, बेटा? स्त्री देवता से प्रार्थना कर रही है संतान पाने के लिए। तुमने ही तो कभी कृष्ण और गोपियों के बीच के सम्बन्ध की व्याख्या की थी। वह चित्र कितना सुन्दर होगा कि स्त्री की प्रार्थना में चित्रदर्शी शरीक हो जाएँगे!"

"माँ! तुमने मेरे जन्म के लिए किसी देवता की प्रार्थना की थी?"

"हाँ रे, की थी, बहुतों की की थी।"

"क्या तुम मेरे लिए भी यक्ष से प्रार्थना करती?"

"क्यों नहीं करती, बेटा!" माँ बोली, "तुम तो जन्म-जन्मान्तर से मेरे बेटे हो, समीर। किसी जन्म में मैं अवश्य गई होऊँगी तुम्हारे लिए यक्ष से प्रार्थना करने।"

"मुझे लगता है, माँ..."

"क्या लगता है, बेटा?"

"मैं यह चित्र नहीं बना पाऊँगा।"

"क्यों, समीर?"

"मैं स्त्री की आँखों में प्रार्थना नहीं भर पाऊँगा।"

"ऐसा क्यों, रे?"

"किसी नग्न स्त्री की आँखों में मुझे केवल करुणा या घृणा या आग ही दिखाई पड़ेगी।"

"मगर उन आँखों में तो प्रार्थना होनी चाहिए।"

"हाँ, होनी चाहिए। क्या करूँ! असमर्थ हूँ मैं।"

"तुम एक काम करो, समीर।"

"क्या, माँ?"

"तुम चित्र में मेरी आँखें चित्रित कर डालो। मेरी आँखों में तुमने कितनी ही बार प्रार्थनाएँ देखी होंगी। अभी भी इन आँखों में एक प्रार्थना है, समीर।"

"कैसी प्रार्थना, माँ?"

"एक बहू के लिए।"

"माँ!"

"बोलो।"

"तुम एक बहू ले आओ।"

"मैं ले आऊँ?"

"हाँ, माँ, अपनी पसन्द की।"

"ले आऊँ?"

"हाँ, ले आओ।"

"तुम खुश हो न, बेटा?"

"हाँ, माँ, मैं बहुत खुश हूँ।"

"मैं अगले जन्म में भी तुम्हारी माँ बनूँगी, समीर।"

"माँ!"

"बोलो।"

"अब कुछ अगले जन्म की बातें करो, माँ।"

## हिंगवा घाट में पानी रे!

घुटरा और भनटा ने रोज की तरह दरवाजे पर अलाव जला दिया था। अलाव के जलते ही रोज की तरह सिंघेसर, झाबर, नन्दा, बौकू, चुनचुन वगैरह पहुँच चुके थे और अलाव को घेर कर बैठ गए थे।

सुरो बाबू अभी दालान में ही बैठे हुए थे। जब उन्होंने देखा कि सभा शुरू हो गई है, तो वे भी दालान से उतरकर अलाव की ओर बढ़ गए और जरा दूर से ही बौकू से पूछा, "क्यों रे बौकू, अभी हिंगवा घाट में कितना पानी है?"

जवाब सिंघेसर मड़ड़ ने दिया, "अभी कितना पानी होगा! मुश्किल से जाँघ भर। कहीं जाना है क्या?"

"हाँ-हाँ, जाँघ भर ही पानी है। आज ही तो बैजनथा हैरपुर से आया है," बौकू ने अपना जवाब दिया।

सुरो बाबू पास आ गए, तो लोगों ने उनके लिए जगह बनाई, भनटा ने झटपट पुआल का आसन बनाया। टाँग फैलाकर बैठते हुए सुरो बाबू ने कहा, "जाना है बनमनखी। कल सुबह ही जाने को सोच रहा हूँ।"

मगर, जाइएगा कैसे?" सिंघेसर मड़ड़ ने पूछा, "साइकिल तो है नहीं। दीना झा ससुराल गए हैं, तो अब एक पन्द्रहिया तो लगेगा ही।"

"इस आदमी को तो," कुछ गुस्सा भरे स्वर में बोले सुरो बाबू, "कभी साइकिल मँगनी देने का मन नहीं करता है। इस बार भी नहीं दे रहा था, मगर रिरियाने लगा। दो दिन कहकर ले गया, और आज छह दिन हो रहे हैं। अब तो पैदल ही जाना होगा। ...रे घुटरा! जरा जाओ, अपने बाप को बुला कर ले आओ तो।"

घुटरा, सुरो बाबू का चरवाहा, शोभन का बेटा है। शोभन सुरो बाबू का बहुत दुलरुआ बटेदार है, बहुत पुराना भी। सुरो बाबू जहाँ कहीं जाते हैं,

शोभन को अक्सर अपने साथ ले लिया करते हैं। शोभन अकेले भी उनके ढेर सारे कुटुम्बों-रिश्तेदारों के पास जाता रहा है उनके काम से। वह रोज ही उनके घर पर कुछ खुर खार करता रहता है और जाते वक्त सेर-डेढ़ सेर अनाज की पोटली बाँध कर ही जाता है। सुरो बाबू के घर की सारी कुटाई-पिसाई भी शोभन की घरवाली ही करती है।

"शोभन भी जाएगा क्या?" भनटा ने पूछा।

"हाँ, उसे भी जाना है। आधा मन पटुआ लेकर जाना है। सुबह में ही उसे कह दिया था कि शाम में ही आकर पटुआ का बोझा तैयार कर ले। अभी तक आया नहीं है।" सुरो बाबू ने कुछ अनमने भाव से कहा और फिर बौकू से पूछा, "क्या हाल-चाल है तुम्हारी बभनटोली का?"

"हाल-चाल तो," मुस्कराते हुए बोला बौकू, "खूब बढ़िया है। शंभु झा और सदानन मिसर के बीच बात बढ़ेगी।"

"खाक बात बढ़ेगी!" नन्दा ने मुँह बनाते हुए कहा, "यह सब बभनपेंच है। देख लीजिएगा, अन्त में मेल-मिलाप हो जाएगा।"

"इस बार नहीं होगा मेल-मिलाप।" बौकू जोर देकर बोला, "मैं जानता हूँ, दोनों के बीच कुछ गुलझट पड़ गई है। मुझे मालूम है पूरा किस्सा।"

बौकू पूरा किस्सा सुनाने लगा। झाबर ने अपनी जेब से चुनौटी निकाली और खैनी मलने लगा।

घुटरा ने आकर सुनाया, "बाबू के पेट में दर्द है।"

"पेट में दर्द है!" गुस्से से उबल पड़े सुरो बाबू, "अब देख रहा हूँ कि इसकी आँखों में भी चरबी छा गई है। जब पेट भरने लगता है, तब ऐसे ही नखरे सूझते हैं। पेट में दर्द है! ठीक है, मैं जल्दी ही यह दर्द छुड़ा देता हूँ।"

"हो सकता है," सिंघेसर मड़ड़ बोला, "सचमुच पेट में दर्द हो।"

"नहीं, मड़ड़," रूखे स्वर में जवाब दिया सुरो बाबू ने, "यह सब बहाना है। यह अब हो ही गया है जांगरचोर। अब मन-आध मन का बोझ लेकर भी कोस-दो कोस नहीं चल सकता। अभी खबर करूँ कि कल खाली हाथ ही जाना है, तो तुरन्त उसके पेट का दर्द खत्म हो जाएगा।"

भनटा खिलखिलाकर हँस पड़ा।

सुरो बाबू कुछ देर तक भुनभुनाते रहे और फिर भनटा से पूछा, "क्यों रे भनटा, तुम चलोगे?"

आधा मन पटुआ का बोझ सिर पर रखकर चार कोस जाना था। शोभन की तरह कोई दुलरुआ बटेदार भी नहीं था भनटा सुरो बाबू का। तब भी उसने झटपट जवाब दिया, "हाँ, मालिक, चलूँगा।"

किसी और के कहने पर इतनी जल्दी हाँ नहीं भरता भनटा, अपने दस काम बताकर जाने से इनकार कर जाता, मगर उसे तो पिछले साल के मेले की जलेबी याद आ गई।

खोजरी में लक्ष्मी पूजा के अवसर पर हर साल की तरह मेला लगा हुआ था। कभी बचपन में एक बार सुरो बाबू गए थे यह मेला देखने। फिर न तो कभी मौका ही मिला और न कभी इच्छा ही हुई इस मेला को देखने की। पिछले साल उनकी बड़ी तीव्र इच्छा हुई थी मेला देख आने की। एक दिन जाने को तैयार भी हो गए, मगर कोई साथी-संगतिया ही नहीं मिला साथ चलने वाला। शोभन भी नहीं था गाँव में। उन्हें भनटा दिख गया, तो उन्होंने उसे ही बुला कर पूछा, "क्यों रे भनटा, चलोगे खोजरी मेला देखने?"

तब भनटा को पता नहीं था कि सुरो बाबू बहुत दरियादिल आदमी हैं। उसने तो यही जाना-सीखा था कि किसी मालिक का खवास बनकर बारात में चलो, तो ठीक है; उनकी गठरी ढोते हुए उनके कुटुम्बों-रिश्तेदारों के घर जाओ, यह भी ठीक है; मगर जो उनके साथ हाट-बाजार जाए, वह पूरा का पूरा गदहाचन्द। दिन भर मालिक की टंडेली करो, तो खुश होकर दो-एक बीड़ी पिला देंगे। बहुत खुश होंगे, तो कभी एक खिल्ली पान भी। बदले में तुम भी जब-तब खैनी खिलाते चलो उन्हें। खैनी में पैसा नहीं लगता है क्या! एक पुड़िया खैनी भी खरीद दीजिए न। खुद तो किसी बहाने इधर-उधर होकर पूरी-जलेबी खा आएँगे, और तुमने एक प्याली चाय का पैसा माँग लिया, तो लगेंगे अगर-मगर करने, "कलेवा लेकर तो आए थे न?" अपना कलेवा खाकर मालिक को घुमाओ। दिन भर का काम हरज हुआ, सो अलग। भनटा ने सुरो बाबू को जवाब दिया था, "मैं तो कल ही मेला देखकर आ गया, मालिक।"

सुरो बाबू ने जिद की थी, "एक बार और चलो मेरे साथ। इस बार बहुत मन हो रहा है मेला देखने का। पता नहीं, अब कैसा मेला लगता है। बहुत बचपन में ही एक बार गया था खोजरी मेला।"

भनटा को लगा था कि सुरो मालिक चिरौरी कर रहे हैं। जब इस तरह कह रहे हैं, तो अब बात काटना ठीक नहीं। मन दुखित हो जाएगा सुरो बाबू का।

मेला में सुरो बाबू ने भनटा को मन भर जलेबियाँ खिलाई थीं। भनटा इतना खुश हुआ था कि मेला से लौटने के बाद हफ्तों वह उन जलेबियों की चर्चा और सुरो बाबू का गुणगान करता रह गया था, सिर्फ सुरो बाबू के सामने ही नहीं, उनकी अनुपस्थिति में भी।

"आधा मन पटुआ लेकर चलना होगा।" सुरो बाबू ने मुस्कराते हुए कहा। भनटा ने जवाब देने में फिर कोई देरी नहीं की, "ठीक है, चलूँगा।"

मेला में जलेबियाँ खिलाकर सुरो बाबू ने हँसते हुए भनटा से पूछा था, "तुमने अकेले-अकेले जलेबियाँ खा लीं; तुम्हारी घरवाली जानेगी, तो गलियाएगी नहीं तुम्हें?"

भनटा ठठाकर हँसा था और हँसते हुए ही जवाब दिया था, "उसे पता भी नहीं चलेगा।"

किरण फूटने के पहले ही दोनों बनमनखी के लिए निकल पड़े। सुरो बाबू कंधे से एक झोला लटकाए हुए थे; भनटा के सिर पर पटुआ का बोझ था।

उस बार मेला से लौटते हुए सुरो बाबू को अपनी एक गलती का एहसास हुआ था। उनकी समझ से पहली गलती भनटा ने ही की थी।

जब सुरो बाबू ने भनटा से पूछा कि उसके अकेले-अकेले ही जलेबी खा लेने पर उसकी बीवी उसे गलियाएगी या नहीं, तब भनटा को हँस कर भी जवाब देना चाहिए था, "हाँ, मालिक, गलियाएगी तो जरूर," या, "गलियाएगी तो नहीं, मगर दुख तो जरूर होगा उसे।" इतना सुनने के बाद भी क्या वे नहीं कह बैठते भनटा को और चार जलेबियाँ दोने में बँधवा लेने के लिए!

खुद उनसे गलती यह हुई कि भनटा के जवाब पर वे भी चुप लगा गए और भनटा से कहा नहीं, "नहीं-नहीं, यह अच्छा नहीं लगता है कि तुम अकेले जलेबियाँ खा लो, और वह बेचारी...लो पैसे, चार जलेबियाँ उसके लिए भी बँधवा लो एक दोने में।"

सोनापुर की है भनटा की घरवाली। रंग तो साँवला ही है, मगर नाक-नकशा बड़ा ही सुन्दर है उसका, चेहरा बहुत ही नमकीन। जब कभी दरवाजे पर धान या मूँग का बोझ लेकर आती है वह, तो सुरो बाबू उसे निहारने की भरसक कोशिश करते हैं। वह लजाती है इनसे; बोझ जमीन पर पटककर मुँह घुमाकर खड़ी हो जाती है। हँसने में बहादुर है। जब कभी कोई हँसी वाली बात फूटी है, तो सुरो बाबू ने साड़ी में लिपटी उस गदराई जवानी को खूब हँसते हुए देखा है, हिल-हिलकर हँसते हुए। खेत-बहियार में तो और भी खिलखिलाकर हँसती होगी। सुरो बाबू को बड़ी अच्छी लगती है वह।

सुरो बाबू को कभी यह मौका नहीं लगा कि किसी बात पर कभी उसे टोक दें। मेला से लौटते हुए रास्ते भर उन्हें यह सोचकर रह-रहकर बदन में गुदगुदी लग जाती थी कि अगर भनटा सोनापुरवाली के लिए भी मेले से जलेबियाँ ले आता, तो...

अगले दिन से ही वे इस ताक में रहते कि सोनापुरवाली उन्हें कहीं अकेले में मिल जाए। कहीं न कहीं तो अकेली मिल ही जाती। सुरो बाबू को देखकर वह मुँह छिपाने की भी कोशिश करती। तब भी वे बगल से निकलते हुए बोल ही जाते, "कैसी लगी थी खोजरी मेले की जलेबी?" इश्श्श...वह तो लाज से सिमट जाती...खिलखिलाहट दबा कर आगे बढ़ जाती...कुछ दूर जाकर एक बार उलट कर भी जरूर देखती...घर जाकर जरूर सोचती, सुरो बाबू की इस बोली का मतलब?...भनटा से जाकर कुछ अलाय-बलाय शिकायत तो नहीं कर देती?...धत, कभी नहीं करती शिकायत। जिस मालिक ने जलेबी खिलाई, उसी की शिकायत!

बनमनखी पहुँचकर वे दोनों सीधे नागरमल के गोला में आए। वहाँ सुरो बाबू ने अपना पटुआ तौलवाया, पैसे लिये और फिर भनटा को साथ लेकर मवेशी हाट की ओर बढ़ गए।

रास्ते में ही शुद्ध घी की पूरियाँ बेचने वाले हनुमान महाराज की दुकान पड़ती थी। सुरो बाबू को बार-बार याद आ रहा था कि आज उनके साथ शोभन नहीं, भनटा आया हुआ है।

महाराज की दुकान के पास आकर सुरो बाबू रुक गए और भनटा से कहा, "भूख लग गई है; पहले कुछ खा लिया जाए।"

"हाँ, मालिक, खा लीजिए," भनटा ने जवाब दिया, "मैं भी कलेवा लेकर आया हूँ; उस तरफ बैठकर खा लेता हूँ।"

"कलेवा खाना बाद में," सुरो बाबू कहते-कहते मुस्करा पड़े, "मेरे साथ आए हो, तो महाराज की पूरियाँ खा लो, शुद्ध घी की पूरियाँ।"

भनटा कुछ नहीं बोला, मुस्करा दिया।

शोभन उनके बुलाने पर नहीं आया था, इस बात का गुस्सा सुरो बाबू को रह-रहकर आ रहा था। नहीं आने पर अब पछताए शोभन। आज रात में अलाव के पास जब बैठेगा भनटा, तो बैठे हुए लोगों को जरूर सुनाएगा, "बनमनखी के महाराज की दुकान की पूरियाँ खाकर आया हूँ, शुद्ध घी की पूरियाँ, गमगम। सच कहता हूँ, वैसी शुद्ध घी की पूरियाँ तो शीबू सिंह ने भी अपने बाप के श्राद्ध में नहीं खिलाई थीं।"

"मालिक की तरफ से भोजन हुआ था?" अगर शोभन वहाँ मौजूद रहा, तो सबसे पहले यह प्रश्न वही करेगा।

सुरो बाबू मुस्करा पड़े, और झूठ बोलो, "पेट में दर्द है।"

भनटा के हाँ में सिर हिलाने पर यह भी जरूर पूछेगा शोभन, "और क्या-क्या खिलाया मालिक ने?"

सुरो बाबू जब भी महाराज की दुकान में आते हैं, तो बुंदिया अवश्य खाते हैं। मालिक होने के कारण वे भनटा को सिर्फ पूरियाँ खिलाकर उठा सकते थे और अपने लिए बुंदिया या और कोई भी मिठाई मँगवा सकते थे। भनटा को इस बात का जरा भी दुख नहीं होता। मगर अभी तो सुरो बाबू पर यह गुस्सा सवार था कि शोभन को कैसे तरसाया जाए। उन्होंने दुकान के नौकर को दो जगह सौ-सौ ग्राम बुंदिया तौलने को कहा।

शोभन के पूछने पर आँखें मटकाते हुए जवाब देगा भनटा, "हूँ, मालिक ने बुंदिया भी खिलाई। वैसी रसदार बुंदिया, सच कहता हूँ, आज

तक गाँव के किसी भोज में नहीं खाई होगी किसी ने। मेला-ठेला में वह बुंदिया कहाँ! उसके सामने रसगुल्ला भी फीका।"

अब अगर कभी बनमनखी जाना होगा और शोभन बिना बुलाए-पुछवाए अपने मन से ही आकर कहेगा कि "मुझे ही ले चलिए, मालिक; एक मन का बोझ लेकर तो मैं आराम से बनमनखी जा सकता हूँ," तो सुरो बाबू स्पष्ट कह देंगे, "नहीं, शोभन, तुमसे नहीं सपरेगा। कोई ठीक है कि कब तुम्हारे पेट का दर्द उखड़ जाए!"

पूरी-बुंदिया खाकर सुरो बाबू और भनटा मवेशी हाट आ पहुँचे।

बनमनखी की मवेशी हाट इस इलाके में मवेशियों की सबसे बड़ी हाट है। इस इलाके में देहातों से जिन्हें बनमनखी आना होता है, वे प्रायः सोमवार को ही वहाँ आने की कोशिश करते हैं, ताकि मवेशी हाट का चक्कर लगा सकें। इलाके के लोग मवेशियों की खरीद-बिक्री के लिए इसी हाट में आते हैं। इधर के गाँवों का हर परिवार अपने को किसी न किसी रूप में इस मवेशी हाट से जुड़ा पाता है। सोमवार को जो कोई भी बनमनखी से लौटकर अपने गाँव पहुँचता है, उसे जवाब देने के लिए तैयार रहना पड़ता है ढेर सारे प्रश्नों का, "...गाय के खरीदार थे या नहीं? एक सोमवार मुझे भी जाना है अपनी गाय बेचने के लिए...बैल बिकने आ रहे हैं कि नहीं? अब इस साल एक बैल तो मुझे भी खरीदना ही पड़ेगा...साधारण लदनी घोड़ा का क्या दाम है हाट में?..." "...लो! गाय-बैल के बारे में कुछ जाना-पूछा ही नहीं! तब आज बनमनखी गए ही थे क्यों, बाबाजी का घण्टा डुलाने?"

सुरो बाबू हाट में देर तक भनटा के साथ घूमते रहे। भनटा तो हाट में बेचनेवालों और दलालों के साथ इस तरह बतिया रहा था जैसे कि आज उसे खरीदारी करनी ही हो। और लिवाल भी वह कोई ऐसा-वैसा नहीं कि बस एक गाय या एक भैंस खरीदनी हो। लग रहा था कि आज वह हाट से कई-कई गायें, कितनी ही भैंसें, दो-चार रास बैल, कम-से-कम एक घोड़ा और कुछ बकरियाँ भी खरीद कर ही जाएगा। पूरी तरह खो गया था भनटा मवेशियों के बीच। सुरो बाबू थे तो भनटा के साथ ही, मगर कहीं और खोए हुए थे...

"कैसी लगी थी खोजरी मेले की जलेबी?"—यह पूछने का मौका हाथ से निकल गया था। पूछने पर कितना आनन्द आता, इसका जरूर आभास है उन्हें। कितनी ही बार खेत-बहियार में अकेले चलते हुए बगैर किसी को सामने देखे उनके मुँह से बरबस निकल गया है, "कैसी लगी खोजरी मेले की जलेबी?" हर बार सोनापुरवाली सामने प्रकट हो गई है। सुनते ही वह लजा गई है, 'धत' कहकर मुस्करा उठी है, और जरा तेज कदमों से आगे बढ़कर जोर से खिलखिला पड़ी है। सुरो बाबू एकबार मुड़कर देखते हैं...देखते हैं कि सोनापुरवाली भी उनकी ओर...वे निहाल हो उठते हैं..."कैसी लगी...?" इस बार तो पूरा बोल भी नहीं पाते हैं सुरो बाबू कि सोनापुरवाली आँचल में मुँह छिपा कर खिलखिला पड़ती है...और अब तो बगैर कुछ सुने ही, सुरो बाबू पर नजर पड़ते ही मुस्करा उठती है वह...अब आँचल में मुँह भी नहीं छिपाती...खिलखिलाना तो कभी भूलती ही नहीं...सुरो बाबू सोचने लगते हैं, अब आगे क्या होना चाहिए...पता नहीं किसी शास्त्र में कुछ लिखा भी है या नहीं कि इसके बाद सुरो बाबू को क्या करना चाहिए...मगर...मगर अभी तो...अभी कहाँ किसी ने खाई है खोजरी मेले की जलेबी!

"वहाँ क्या हो रहा है, मालिक?" भनटा ने सुरो बाबू का ध्यान भंग किया।

हाट के एक छोर पर बने एक मंच की ओर इशारा किया था भनटा ने। मंच पर और उसके आस-पास काफी लोग जमा थे, और माइक से घोषणा की जा रही थी कि वहाँ एक सभा होने जा रही है जिसे सफल बनाने के लिए लोग लाखों की संख्या में उपस्थित हो जाएँ। दिल्ली और नेता जैसे शब्द भनटा के कान में कई बार पड़े थे, और तब जिज्ञासावश भनटा ने सुरो बाबू से पूछा, "वहाँ क्या हो रहा है, मालिक?"

बनमनखी घुसने से एक गाँव पहले ही धरहरा चौक पर सुरो बाबू की नजर उस इश्तहार पर पड़ी थी जिसमें यह सूचना थी कि आज बनमनखी की मवेशी हाट के मैदान में एक आम सभा होगी और उसमें बाहर से आए बड़े-बड़े नेताओं के भाषण होंगे। बनमनखी बाजार में सैंकड़ों इश्तहार जगह-जगह चिपके हुए थे।

सुरो बाबू ने अनमने भाव से भनटा को बताया, "वहाँ सभा होगी। दिल्ली से कुछ नेता आए हुए हैं भाषण देने के लिए।"

किसी जमाने में सुरो बाबू जाया करते थे नेताओं के भाषण सुनने के लिए, मगर अब तो उन्हें इन नेताओं और उनके भाषणों से ऐसी चिढ़ है कि इन सभाओं में जाना भी वे पाप समझते हैं। उनकी नजर में ये सारे के सारे नेता चालबाज, खुदगर्ज और दगाबाज हैं, और इनके भाषणों में केवल धूर्तताभरी बातें होती हैं। पिछले तीस बरसों में अगर उनका गाँव चरैया थोड़ा भी बदला होता, तो शायद इन नेताओं के प्रति उन्हें इतनी अश्रद्धा नहीं होती। अब तो वे चुनावों में अपना मतदान तक करने नहीं जाते।

उन्होंने भनटा से कहा, "अब हम लोग चलें। कुछ आराम कर लेना भी जरूरी है। नागरमल के गोला में ही दो घंटे पैर-हाथ सीधा कर लेंगे। मुझे बाजार में कुछ कपड़ा भी खरीदना है।"

भनटा ने अब तक अपनी जिन्दगी में बहुत-कुछ देख लिया था। जिस रेलगाड़ी को उसके दादा ने अपने बुढ़ापे में और बाप ने अपनी जवानी में देखा था, उस पर चढ़कर मुरलीगंज जाने का सौभाग्य भनटा को अपने बचपन में ही प्राप्त हो गया था। चूनापुर जाकर सर्कस भी देख आया था, जिसमें उसने जिन्दा बाघ देखा था। वहीं उसने मगरमच्छ की तस्वीर देखी थी और अब बता सकता है कि जिन्दा मगरमच्छ कैसा होता है। खोजरी मेले में उसने बंगाल का जादू भी देखा था। इसी बनमनखी हाट में उसने बायस्कोप में नौ मन की बुलाकी वाली रानी देखी थी, और दिल्ली-कलकत्ता का और भी क्या-क्या तो देखा था, मगर...मगर दिल्ली का कोई नेता आज तक नहीं देखा था उसने।

पानी का जहाज उसे पक्का विश्वास है, आज न कल वह देख ही लेगा। मनिहारी घाट या बरारी घाट इतनी दूर नहीं है कि वहाँ उसका जाना कभी हो ही नहीं सकेगा, मगर दिल्ली भी कभी जा पाएगा वह, ऐसी आशा उसे नहीं थी। हालाँकि मवेशी हाट के कारण बनमनखी का इस इलाके में काफी नाम है, मगर तब भी कहाँ कभी आया है दिल्ली का कोई नेता यहाँ भाषण देने! ऐसे तो भगवान जिसे चाहें विलायत तक पहुँचा दें, मगर अभी जो एक मौका भगवान ने उसे दिया है, उसे चूकना

भी तो नहीं है। बहुत इच्छा हुई भनटा की दिल्ली के नेता को भाषण देते हुए देख लेने की।

उसने सुरो बाबू से पूछा, "आप भाषण नहीं सुनेंगे, मालिक?"

"नहीं," सुरो बाबू ने जवाब दिया, "तुम्हारी इच्छा हो रही हो, तो थोड़ी देर रुक जाओ, मगर फिर चला आना जल्दी ही। हम जल्दी ही निकल जाएँगे, ताकि सूर्यास्त होते-होते गाँव पहुँच जाएँ। मैं नागरमल के गोला में इन्तजार करूँगा।"

और फिर जाते-जाते उन्होंने कहा, "मुन्नी के लिए एक फ्राक लेना है। वह तो मेरे पहुँचते ही पूछ बैठेगी, 'बाबू, मेरे लिए क्या लाया?' बोलकर सुरो बाबू जोर-जोर से हँसने लगे। उन्हें हँसते देख भनटा ने भी मुस्करा कर कहा, "बहुत अच्छी लड़की है मुन्नी; मेरे साथ भी खूब बतियाती है।"

सुरो बाबू ने हँसी रोककर भनटा से पूछा, "तुम घर पहुँचोगे, तो सोनापुरवाली तुमसे भी तो जरूर पूछेगी कि 'बनमनखी से मेरे लिए क्या लाया?' बोलकर सुरो बाबू फिर ठठा कर हँसे। भनटा थोड़ा लजाया, और फिर जवाब दिया, "वह मुझसे कुछ नहीं पूछेगी। उसे जो खरीदना होता है, वह खुद हाट-बाजार से खरीद लाती है। वह जानती है, मैं उसके लिए कुछ लेकर नहीं आऊँगा।"

"अरे!" कुछ डाँट भरी आवाज में सुरो बाबू ने कहा, "यह तो अच्छी बात नहीं है। वह कैसे नहीं चाहेगी कि तुम भी उसके लिए कुछ लेकर पहुँचा करो!"

"हाँ, सो तो है," कहकर भनटा चुप हो गया। अचानक ही उसके चेहरे पर उदासी छा गई। सुरो बाबू ने गौर से उसके चेहरे को निहारा और फिर सहज होकर कहना शुरू किया, "मैं तुम्हें चार रुपये दे देता हूँ; तुम एक जोड़ा कनफूल खरीद लो। महाराज की दुकान की बगल में जो दुकान है, उसी में तुम्हें यह मिल जाएगा। ऐसे तो दो रुपये में भी कनफूल मिल जाएगा, मगर तुम चार रुपये वाला ही लेना। जब ले रहे हो, तो थोड़ी अच्छी चीज ही ले जाओ। यह पैसा मैं वापस भी नहीं लूँगा; समझ लेना कि मालिक ने खुश होकर दे दिया। कम-से-कम सोनापुरवाली यह तो नहीं कहेगी कि सुरो मालिक भी सदानन मिसर की तरह कंजूस

हैं।" बोल कर इस बार भी हो-हो कर हँस पड़े सुरो बाबू। हँसते-हँसते ही उन्होंने अपनी जेब से चार रुपये निकाले और भनटा की ओर बढ़ा दिये। भनटा ने खुश होकर रुपये ले लिये। रुपये देकर उन्होंने भनटा को फिर याद दिलाई, "चला आना जल्दी ही।"

सुरो बाबू के जाते ही भनटा मंच के सामने बैठी भीड़ में शरीक हो गया। वह रह-रह कर आह्लादित हो उठता था, कितना भाग्यशाली है वह! कैसे तो विचार आ गया सुरो बाबू के मन में आज बनमनखी आने का! भला हो शोभन का कि उसके पेट में दर्द उखड़ गया!

सभा के शुरू होते ही भनटा ने एक बार नजर दौड़ा कर चारों ओर देखा। उसका सीना फूल गया, इतनी बड़ी भीड़ में चरैया का एक अकेला वही देख रहा था दिल्ली के नेताओं को, सुन रहा था उनके भाषणों को! अच्छा हुआ, सुरो बाबू भी चले गए मुन्नी का फ्राक खरीदने। थक भी तो गए थे इतना कि पैर-हाथ सीधा करने की जरूरत पड़ गई थी।

शिवजी मुखिया कहीं से किसी ढोढ़ाय-मंगरू का भाषण सुन कर भी आएँगे, तो बभनटोली से धानुकटोली तक हाँक आएँगे..आज जानकी नगर में बड़ी भारी सभा हुई थी...लीजिए, मुखियाजी, चाय पीजिए...बहुत बड़े-बड़े नेताओं ने भाषण दिये...अरे, मुखियाजी के लिए पान जल्दी से ले आओ...मठाही के राघो बाबू भी आए थे...धमदाहा के नागो बाबू ने भी बड़ा अच्छा भाषण दिया...पटना से...! अरे, क्या पटना-फटना बतिया रहे हैं! दिल्ली से भी कोई नेता आया था भाषण देने?

अब आज तो उसे, मन ही मन सोच-सोच कर खुश हो रहा था भनटा, गाँव में लोग इस सभा के बारे में पूछ-पूछ कर परेशान कर डालेंगे। यह हल्ला होते कितनी देर लगेगी कि भनटा दिल्ली के नेता का भाषण सुनकर आया है! फिर तो लोग उसे घेर-घेर कर पूछना शुरू करेंगे...क्यों रे भनटा, वे सब भी तो गांधी बाबा की तरह ही होंगे?...नहीं?...तब?... अरे, इतना मोटा था? नागरमल सेठ से भी बीस?...लाठी तो जरूर होगी हाथ में? लो, सुनो भुच्च की बात! अब लाठी का जमाना रहा!...सब होंगे तो धोती ही पहने हुए?...ठेहुना तक?...अब क्यों पहनेंगे ठेहुना तक धोती? जिनसे देश चल रहा है उन्हें हम मरने देंगे दिल्ली की ठंढ में? तुम्हें कुछ

नहीं मालूम, दिल्ली में बहुत ठंढ पड़ती है...सब तो बूढ़े-बूढ़े ही होंगे?... अब बूझिए एक बुझौअल, थे बूढ़े, मगर थे जवान...कोई बूढ़ा उस तरह नहीं दहाड़ सकता है; चरैया में भाषण हो, तो मुरलीगंज तक के लोग सुन लेंगे...जान लीजिए, काका, अब हमारा दिल्ली का कोई नेता पट से किसी दिन मर जाएगा, मगर बुढ़ाएगा कभी नहीं...

...क्यों रे भनटा, उन लोगों की बोली समझते थे या नहीं?..."कैसे नहीं समझते थे!" गुर्रा कर जवाब देगा भनटा, "बिना समझे ही जान गए कि हिंगवा घाट पर पुल बनेगा? बोलो तो, काका," हँस कर कहेगा भनटा, "सचमुच समझ में आनेवाली नहीं थी। लगता था, रतन चौधरी का ट्रैक्टर भड़भड़ा रहा है। बोली में तेजी इतनी कि अपने चरैया के रजबल्ली सिंह भी मात खा जाएँगे। मुँह से सौ गालियाँ बक दे, और सुनने वालों को पता भी नहीं चले कि क्या बोल गया। मगर, मैंने, काका," अब जरा गम्भीर होकर सुनाएगा भनटा, "हर एक का एक-एक लफ्ज लोक लिया। फैसला हो गया कि हिंगवा घाट पर पुल बनेगा...यह भी फैसला हो गया है कि इसके चलते जो कुछ हो...हाँ-हाँ, अब बस केवल दिन गिनिए कि कब पुल का बनना शुरू होता है...मुझे तो लगता है कि जानकीनगर के रामखेलावन ही ठेका लेंगे पुल बनाने का। वे भी मंच पर बैठे हुए थे... नहीं-नहीं, वैसा पुल नहीं बनेगा जैसा डुमरिया घाट पर बना था, एक महीने में चर्रर्रर चूँ। इस पर जो पुल बनेगा वह सौ साल तक हिलेगा नहीं। लोहा का पुल बनेगा, लोग बतिया रहे थे वहाँ..."

आज तो रतजगा होगा उसका। लोग आधी रात तक पहुँचते रहेंगे उसके पास। कोई-कोई तो आधी रात के बाद भी आकर उठाएगा, उठाकर पूछेगा, "सच क्या, रे भनटा, हिंगवा घाट पर पुल...?"

नेताओं के धुआँधार भाषण सुनते हुए भनटा की देह के रोंगटे खड़े हो गए थे। और जब उसने सुना कि हिंगवा पर पुल बनेगा, तो...! पुल बनेगा?...भनटा को लगा कि वह हिंगवा घाट पर पहुँच गया है। वहाँ सचमुच एक बड़ा-सा लोहा का बहुत ही मजबूत पुल बना हुआ है। भनटा उस पर चढ़ कर घाट पार कर रहा है। ढेर सारे लोग झूमते हुए पुल पर से गुजर रहे हैं। बच्चे नाचते हुए चल रहे हैं उस पुल पर, औरतें गीत

गाती हुईं। ओह! कितना सुन्दर पुल बना है!

काली कोशी बहती है इस हिंगवा धार से। साल के चार महीने तो लबालब पानी भरा रहता है। इन चार महीनों में टापू बना रहता है यह भू-खंड। कोशी बढ़ने के पहले ही अगले चार महीनों के लिए सब इन्तजाम कर लेना होता है। जिसे इधर आना हो पहले आ जाए, जिसे उस पार जाना हो अभी चला जाए; कोशी में पानी आ गया, तो फिर...

...फिर जाना कहाँ हो पाता है!

झुन्नी का बेटा नहीं मरता, जरूर बच जाता। खोखा डाक्टर ने भरसक इलाज किया उस बच्चे का। मगर जब रोग उनसे नहीं सँभला, तो उन्होंने स्पष्ट कह दिया, "अब इसे बनमनखी ले जाने का इन्तजाम करो, झुन्नी। जब तक बच्चे का पेशाब नहीं उतरेगा, इसकी तबीयत नहीं सुधरेगी।" मगर कैसे हो पाएगा अभी बनमनखी जाना! इस भादो की नदी का धार कैसे पार किया जाएगा! कई लोगों ने खोखा बाबू से कहा, "जाना तो नहीं हो पाएगा, खोखा बाबू। भगवान का नाम लेकर दवा दीजिए आप ही। अब इसे डॉक्टर-वैद्य क्या बचाएँगे! अब केवल भगवान का ही आसरा है।" खोखा बाबू ने सिर हिला दिया, "नहीं, कोई उपाय करो इसे बनमनखी ले जाने का। वहाँ चौधरी बाबू को दिखाओ। अब वही कुछ कर सकेंगे इसके लिए।" कौन जाए? जिसे भी साथ में चलने के लिए कहता झुन्नी, वही बहाने बनाता, निराशा भरी बातें करता और ईश्वर का नाम लेने के लिए कह देता। झुन्नी ने अकेले ही बेटे को गोद में उठाया। बेटे की माँ उसके पीछे-पीछे चली। मगर...मगर धार के किनारे आकर रुक गए वे। उफनती-हहराती नदी अट्टहास कर रही थी। लोगों ने समझाया, "पागलपन छोड़ो, झुन्नी। पानी अथाह है। इतनी तेज धारा में बच्चे को लेकर पार नहीं पहुँच सकोगे। सबके सब दह-भँस जाओगे।" बेटे को गोद में लिये बुक्का फाड़कर रो पड़ा था झुन्नी। रास्ता रोककर लील गई काली कोशी झुन्नी के बेटे को।

...यहाँ एक किस्सा हर माँ अपने बेटे को सुनाती है। भनटा ने भी अपनी माँ से ही सुना था यह किस्सा। ...अपनी कनियाँ का गौना कराके कोई दुलहा जा रहा था इस हिंगवा घाट से ही। दोनों पैदल ही जा रहे थे। घाट में पानी कम था, कमर भर। दुलहा पानी में घुसा, पीछे-पीछे दुलहन।

अभी घाट आधा ही पार किया था उन्होंने कि अचानक एक मगरमच्छ प्रकट हुआ और दुलहे को दबोचकर चला गया। दुलहन को दबोचता मगरमच्छ, तो शायद दुलहा कमर भर पानी पार कर इस पार या उस पार निकल जाता। मगर, मगरमच्छ ने तो ऐसा किया कि एक को खुद ले गया और दूसरे को कोशी मैया को सौंप दिया। दुलहन नहीं निकली पानी से बाहर और उस कमर भर पानी में ही कैसे तो डूबकर अपने प्राण दे दिये। ...पुल रहा होता इस हिंगवा घाट पर, तो वहाँ पहुँचकर दुलहे ने दुलहन से अवश्य कहा होता, "अब कलेवा यहीं खा लो। थोड़ी देर सुस्ता लो यहाँ। पानी पर ध्यान रखना। कभी-कभी इसमें मगरमच्छ दिखाई पड़ता है। तुमने तो मगरमच्छ कभी देखा भी नहीं है न?"

यह किस्सा भनटा को उसकी माँ ने सुनाया था। मगर अभी भी तो ऐसे किस्से बन ही रहे हैं, जिन्हें पुल बन जाने के बरसों बाद तक भी माँएँ अपने-अपने बच्चों को हँस-हँसकर सुनाने से बाज नहीं आएँगी। लोगों को वह जमाना याद आएगा, जब हिंगवा घाट पर पुल नहीं था। खुद भनटा पुल पर पहुँचते ही याद नहीं कर बैठेगा इन दिनों को जब वह...गाँव के लोग...गाँव की बहू-बेटियाँ...माँ, चाची, बुढ़िया दादी...?

कभी-कभी जाँघ भर पानी भी हो जाया करता है इस धार में, मगर अक्सर कमर भर पानी रहा करता है। इतने पानी में बाबू लोगों की बैलगाड़ियाँ चलती हैं। ऐसे भी रईस हैं कुछ जो पैदल पार करते हैं धार, तो एक पल्ला धोती अलग से रख लेते हैं इस पार बदलने के लिए। मगर और लोगों को तो...

जगह तय है घाट पार करने के लिए, मरदों के लिए इधर, औरतों के लिए उधर। उधर कोई निगाह नहीं दौड़ाए, सबकी माँ-बहन एक जैसी हैं।

अकेली औरत अपने कपड़े उतारती है। हल्का अँधेरा तो है, मगर तब भी चौकन्नी नजरों से वह चारों ओर देख लेती है। पानी में घुसकर भी सिकुड़ी रहती है वह। उस पार पहुँचकर कपड़े पहनती है जल्दी-जल्दी। मेला-ठेला या हाट-बाजार को आती-जाती औरतों की भीड़ को बस हल्का अँधेरा चाहिए। वे चौकन्नी नहीं होतीं; हँसती-खिलखिलाती हुई अपने कपड़े उतारती हैं; और पानी में क्रीड़ा करती हुई उस पार चली

जाती हैं। कोई नसकटा देख रहा है, तो देखे...हा हा हा हा...भनटा की बीवी भी ऐसे ही पार करती है हिंगवा घाट को...भनटा की माँ भी ऐसे ही इस पार से उस पार आती-जाती रही होगी...गे माँ! मगरमच्छ!

बनमनखी में कोई हल्ला मचाता है जल्दी चरैया लौट चलने के लिए, तो साथ का संगी झुँझलाकर कह बैठता है, "इतनी जल्दी क्या है! हिंगवा घाट पहुँचने तक अँधेरा भी तो होना चाहिए।" और घाट के पास पहुँचकर एक-दूसरे से कहता है, "मैं इधर से निकल जाता हूँ; तुम दस कदम आगे बढ़ जाओ...देख साले, इधर उलटकर देखना मत..." देबना के साथ कोई जाना नहीं चाहता है, "नहीं-नहीं, देबना के साथ मैं नहीं जाऊँगा। यह साला घाट में मसखरी करने लग जाता है। पानी में घुसेगा तो दस कदम दूर जाकर, मगर बीच धार में सरककर पास आ जाएगा नंग-धड़ंग, "भैया, ऐसे ही चलो न बनमनखी बाजार तक... हा हा हा हा..."

इसी हिंगवा घाट पर पुल बनेगा, साफ-साफ सुन रहा था भनटा। तब लोग भादो में भी इसके इस पार, उस पार आते-जाते रहेंगे। ...झुन्नी के कोई और बेटा है या नहीं? ...हाँ, है। ...अब कोई डर नहीं। खोखा बाबू पेशाब नहीं उतार सकेंगे, तो बनमनखी के चौधरी साहब के पास झटपट चल दिया जाएगा। ...पाँच मिनट रुककर देखो तो पानी में, कोई मगरमच्छ दिखाई पड़ता है या नहीं!...

पुल तो बनेगा ही; इसके चलते जो कुछ हो, अनशन, धरना, घेराव, उठा-पटक, मारा-मारी—हर नेता अपने भाषण में सुना रहा है, "मगर यहाँ की जनता को भी कुछ करना पड़ेगा।" ...क्या? बोलिए जल्दी, क्या? हिंगवा घाट के उस पार की जनता, इस पार की जनता सब कुछ करेगी, हाँ, मारा-मारी भी। बड़ा कष्ट दे रहा है यह हिंगवा धार..."जनता को चन्दा देना होगा, अनशन के लिए, घेराव के लिए...विजय के लिए।" ...हम तैयार हैं, हम सब तैयार हैं। हम देंगे चन्दा। अब पुल बनकर रहेगा हिंगवा घाट पर...

जो सौ रुपये या उससे अधिक चन्दा दे रहे थे, उनके नाम माइक से सुनाए जा रहे थे। लोगों की तालियाँ बजने लगती थीं, देर तक बजती

रहती थीं। बनमनखी के सेठ-महाजन तक चन्दा दे रहे थे, जबकि उन्हें शायद ही कभी हिंगवा घाट पार करने की नौबत आती हो। बेलसरा के बाबू योगेन्दर यादव...धनेसरी के कारी महतो...वीरनगर के जुमराती मियाँ...हैरपुर के...खोजरी...सुन्नरपट्टी...भड़गामा...तालियाँ!...चरैया का कोई नहीं?...सुरो बाबू तो चले गए मुन्नी के लिए फ्राक खरीदने!...

भनटा के पास तो सिर्फ चार रुपये हैं!

तो क्या हुआ! जिनके पास सौ से कम हैं, वे भी तो चन्दा दे रहे हैं। उनके नाम लिख लिये जाते हैं; चन्दा की रसीद भी मिलती है। भनटा को पुल के बनने से मतलब है कि अपने नाम पर ताली बजवाने से!

सुरो बाबू ने रुपये दिये थे कनफूल खरीदने के लिए। कनफूल खरीदा जाएगा कभी बाद में। अभी जो देह उघारकर हिंगवा घाट के पानी में घुसती है सोनापुरवाली...वहाँ वह झाड़ी हिल क्यों रही है?... उस गाछ के पीछे कौन खड़ा है? नसकटा...कनफूल खरीदा जाएगा बाद में। सुरो बाबू भी कहेंगे, "अब मान लिया कि तुम्हारी मगज में भी गुद्दा है। कनफूल का क्या, कभी खरीद लेना; बनमनखी तो आना-जाना लगा ही रहेगा।"

चरैया पहुँचते ही भनटा पूरे गाँव में दौड़ लगा देगा, "हिंगवा घाट पर...नहीं, पहले एक बुझौअल बूझिए—

*हिंगवा घाट में पानी रे;*
*पार करे महरानी रे।*
*कोई नहीं सवारी रे;*
*भीगे पैर न साड़ी रे।*
*बूझो, कैसे जाए चलकर?*
*जो बूझे सो लालबुझक्कर।*

...नहीं, बूझ पाए न? ...हिंगवा घाट पर पुल बनेगा। मैंने भी चन्दा दिया है; यह देखिए चन्दा की रसीद...हाँ, झुन्नी काका, इसी भादो भर कष्ट है; अगले साल से भादो की आधी रात को भी जहाँ जाना हो, चले जाओ...ऐ सोनापुरवाली! अब मेला मेरे साथ ही चलना...धत्, इतना

सवेरे जाकर क्या होगा! उस वक्त तो अँधेरा ही रहता है...हाँ-हाँ, सवेरे ही लौट चलो। मन नहीं भरा है, तो फिर कल चला आना मेला देखने... चिड़ियाघर में मगरमच्छ नहीं देखा न आज? कल आकर देख लेना। वैसा ही मगरमच्छ पहले अपने हिंगवा धार में भी रहता था..."

हाट से छूटते ही भनटा सीधे नागरमल के गोला में पहुँचा। सुरो बाबू वहीं गद्दी पर बैठे भनटा का ही इन्तजार कर रहे थे, और उसे देखते ही चल पड़ने के लिए उठ खड़े हुए। गद्दी से बाहर निकले ही थे कि भनटा ने उन्हें सुनाया, "मालिक हिंगवा घाट पर पुल बनेगा। भाषण में दिल्ली के नेताजी ने ऐसा कहा है।"

"हूँ, कहा होगा," सुरो बाबू ने बगैर किसी उत्साह से कहा, "बहुत दिनों से सुनता आ रहा हूँ।"

"मगर, इस बार," भनटा अपनी खुशी रोक नहीं पा रहा था, "नेताजी ने कहा है..."

"चुप रहो," सुरो बाबू बिगड़ गए, "जब पुल बन जाएगा, तब सुनाना किस्सा। चलो चुपचाप। नेताजी ने कहा है," मुँह बिगाड़कर बोले सुरो बाबू, "कपार कहा है नेताजी ने।"

भनटा बूझ गया। चुपचाप चलने लगा वह...सुरो बाबू को क्या है, पुल बने या न बने! नौकर-चाकर तो हैं ही बनमनखी दौड़ लगाने के लिए...कुछ हैं कैसे नहीं! किसको तकलीफ नहीं होती है हिंगवा घाट पार करने में! कितनी ही बार तो उनका भी काम हरज हुआ है खुद नहीं जा पाने से। क्यों पूछते रहते हैं जब-तब, "धार में पानी घटा कि नहीं रे?"...

सुरो बाबू का गुस्से में आ जाना बहुत गैरवाजिब नहीं था।

मुन्नी का फ्राक खरीद लेने के बाद सुरो बाबू जब तक गद्दी पर बैठे सुस्ताते रहे, तब तक सोनापुरवाली कानों में कनफूल डालकर उनके सामने आती-जाती रही...गोरी तोर कनमा के फूल...धत्...हूँ, खूब फबता है कनफूल...इश्श...हा हा हा हा...उसके बाद...अपने ही भुसकार के पिछवाड़े में ताक लगाए खड़े हैं सुरो बाबू। बिलकुल अकेली उधर से गुजरती है सोनापुरवाली...और फिर अपने ही भुसकार के पीछे...

भुसकार के पीछे आ जाता है भनटा और सुनाना शुरू करता है,

"नेताजी ने कहा है...।" कपार कहा है नेताजी ने। सुरो बाबू का गुस्से में आना वाजिब था।

गुस्से को बहुत देर तक टिकाए रखना सम्भव नहीं था सुरो बाबू के लिए। उन्होंने चुप्पी तोड़ी। पीछे मुँह घुमाए बगैर ही उन्होंने पीछे-पीछे चले आ रहे भनटा से पूछा, "क्यों रे भनटा, कैसा कनफूल खरीदा?"

जब पीछे से कोई जवाब नहीं आया, तो उन्होंने उलटकर पीछे देखा, भनटा बिलकुल उनके पीछे-पीछे आ रहा था। उन्होंने रुककर पूछा, "कनफूल मुझे नहीं दिखाओगे?"

"कनफूल तो," भनटा ने सकुचाते हुए जवाब दिया, "नहीं खरीद सका, मालिक।"

"नहीं खरीद सका? क्यों, क्या हुआ?"

"पैसे खर्च हो गए।"

"खर्च हो गए?...क्या खरीद लिया?"

भनटा चुप रह गया, तो सुरो बाबू ने फिर पूछा, "मैं भी तो सुनूँ, क्या खरीद लिया चार रुपये में?"

"चार रुपये," सिर झुकाते हुए बोला भनटा, "मैंने चन्दा में दे दिये।"

"चन्दा में? कैसा चन्दा?"

"नेताजी चन्दा माँग रहे थे। हिंगवा घाट पर पुल बनेगा न; उसी के लिए चन्दा हो रहा था। लोग सौ-सौ रुपये दे रहे थे। चरैया से मैंने भी चार रुपये दे दिये।"

"तुम साले," सुरो बाबू के तलवों से आग लग गई, "भुच्च के भुच्च ही रहोगे। इसीलिए कंगाली से मुक्ति नहीं मिलती है कभी। माँ करे कुटाई-पिसाई, बेटे का नाम दुरगादास। पुल नहीं, बाबाजी का घंटा बनेगा। मुफ्त का पैसा था, दे दिया दिल्ली वाले नाना को। नाना आएगा हिंगवा घाट पर पुल बनाने। घोंघा बसन्त, भकुआ..."

ऐसी-ऐसी बातें कही सुरो बाबू ने कि भनटा पानी-पानी हो गया। चुप्पी ऐसी साधी उन्होंने कि चरैया तक मुँह फुलाए ही रहे। एक बार भी उलटकर नहीं देखा कि भनटा पीछे-पीछे आ भी रहा है या नहीं, हिंगवा घाट के पानी में घुसने वक्त भी नहीं।

हालाँकि बनमनखी से लौटने पर सुरो बाबू काफी थके हुए थे, मगर तब भी खा-पीकर सो जाने के बजाय वे अलाव के पास बैठने और बोलने-बतियाने के लिए आ गए। सिंघेसर, झाबर, नन्दा, बौकू, चुनचुन वगैरह वहाँ बैठे हुए थे और सुरो बाबू के आने का ही इन्तजार कर रहे थे, ताकि देश-परदेश का हाल-चाल जल्दी से सुनने को मिल जाए। अचरज तो यह था कि अभी तक भनटा भी नहीं आया था जो गाँव के किसी टोले का भी चक्कर लगाने जाता था तो शाम सुनाने के लिए वहाँ दस-पाँच खबरें बटोरकर ही निकलता था, और अगर किसी शाम कोई—झाबर या नन्दा या बौकू या और कोई—गैरहाजिर हो गया, तो दूसरे रोज उसके सामने फिर से अपनी सारी खबरें बाँचकर ही स्थिर होता। सिंघेसर मड़ड़ को दो-दो बार घुटरा से पूछना पड़ गया, "क्यों रे घुटरा, सुरो बाबू के साथ भनटा बनमनखी गया था या नहीं?"

अलाव के पास बैठते ही सुरो बाबू ने सिंघेसर मड़ड़ की ओर मुँह करके पूछा, "दाता कर्ण को नहीं देख रहा हूँ?"

"दाता कर्ण?" सिंघेसर ने अचरज से मुस्कराते हुए पूछा, "कौन?"

"भनटा बाबू, और कौन!" फैलकर बैठते हुए मुँह बिचका दिया सुरो बाबू ने, "छप्पर पर फूस नहीं, ड्योढ़ी पर नाच!"

"क्या हुआ है? बनमनखी में कुछ हुआ क्या?" सिंघेसर ने मुस्कराते हुए पूछा। हर एक के चेहरे पर चमक आ गई थी।

"हाँ, हिंगवा घाट पर पुल बनवाएगा भनटा; चार रुपये देकर आया है ठेकेदारों को। ढद्दू का पाड़ा हो गया है, मगर अक्ल नहीं आई। कुछ बिलैया भगत दिल्ली या कहीं से आए थे, भाषण सुना दिया कि हिंगवा घाट पर पुल बनेगा, और फटकार ली एक अच्छी रकम इस इलाके से। यह भकुआ भनटा भी पड़ गया चूतिया चक्कर में और चार रुपये का चूरा हो गया। इसे मैं समझता था होशियार, मगर यह तो बिलकुल गूंह का चौत है..."

सुरो बाबू ने भनटा को लेकर ऐसी-ऐसी बातें कही कि सुननेवाले हँसते-हँसते लोट-पोट हो गए। बहुत कम हँसनेवाले सिंघेसर मड़ड़ भी अपने को रोक नहीं पा रहे थे। बौकू तो रह-रहकर जोरदार ठहाका लगा उठता था।

बात खत्म करते हुए सुरो बाबू ने कहा, "आप सोचते हैं, सिंघेसर मड़ड़, कि कभी हिंगवा घाट पर भी पुल बनेगा? मैं तो तीस साल से सुन रहा हूँ कि इस साल नहीं तो अगले साल अवश्य पुल बन जाएगा हिंगवा घाट पर। देश आजाद हुआ था, तो बड़े जोर का यह हल्ला हुआ था। बनमनखी में चीनी मिल खुली, तब भी हल्ला हुआ था कि अब पुल बन जाएगा। वहाँ बाजार-प्रांगण बना, तो फिर वही हल्ला। आपको याद होगा कि चुनाव के समय एक बार वीरबहादुर बाबू चरैया भी आए थे। उन्होंने भी वादा किया था कि पुल बनवाएँगे। उसके बाद भी कितने ही वीर और कितने ही बहादुर आए और गए। पुल बनवाने की बात हर बार चली, मगर बात ही चलकर रह गई, पुल नहीं बना। अब इधर कहाँ के तो चोर-उचक्के आ गए लोगों पर पुचारा फेरने। अब देखिए, कब तक आपका भनटा पुल बनवा देता है।"

जी का बुखार निकालकर सुरो बाबू उठ खड़े हुए, "बहुत थका हुआ हूँ, सिंघेसर मडड़; अब जा रहा हूँ सोने। पैसा गया उस सिड़बिल्ले का, और तकलीफ हो रही है मुझे। उसी पैसे से कुछ खरीद लेता बीवी के लिए, सो बुद्धि तो नहीं आई उसे। मगज में गुद्दा हो तब तो!"

घर पहुँचते-पहुँचते भनटा का उत्साह पूरी तरह बुझ चुका था। घर में घुसने के बाद उसका एक मन यही हुआ कि अब खा-पीकर चुपचाप सो जाए, घर से बाहर नहीं निकले आज। मगर फिर उसे लगा कि जहाँ रोज जाता है वहाँ आज भी जाना चाहिए, नागा करने की जरूरत नहीं है। सुरो बाबू को जितना गुस्साना था, गुस्सा चुके; वह भी ऊपर का गुस्सा था। सुरो बाबू उसे बहुत मानते हैं; नहीं जाने से उन्हें तकलीफ होगी, बुरा मान जाएँगे वे। महाराज की दुकान में पूरी-बुंदिया किसी और ने खिलाई थी क्या?

भनटा घर से इस तरह चला जैसे कि कहीं कुछ हुआ ही नहीं है। मगर जब जरा दूर से ही सुरो बाबू के दरवाजे पर से उठनेवाले ठहाके उसके कानों में पड़े, तो उसके पैर भरने लगे। जरा और पास आया, तो सुरो बाबू की आवाज स्पष्ट सुनाई पड़ी। उसे लगा कि लोग उसी को लेकर दिलचुटकी ले रहे हैं। अब सीधे आगे बढ़ने के बजाय वह रुक गया और गनौरी के घर की ओट लेकर सुनने लगा कि क्या-क्या बतियाते हैं सबके

सब, और यह सोचने लगा कि इस बीच वहाँ जाना ठीक रहेगा या नहीं।

उसने देखा कि सुरो बाबू जा रहे हैं। उसकी हिम्मत बढ़ गई। बौकू, जिसे नाक का नेटा पोंछने तक का शऊर नहीं है, बहुत ठहाके लगा रहा था; उसे कुछ जवाब मिलना चाहिए। कुछ और सुनने-गुनने के बजाय वह सुरो बाबू के दरवाजे की ओर बढ़ गया।

रोज की तरह घुटरा को हाँक लगाते हुए हाजिर हुआ वह और फिर सिंघेसर मड़ड़ की बगल में जाकर बैठ गया। कोई कुछ बोले, इससे पहले ही उसने सुनाया, "आज तो बड़ी जबरदस्त हाट लगी थी बनमनखी में।"

"सुना है कि हिंगवा घाट पर पुल बन रहा है? सच बात है क्या?" बौकू ने ही बात खोदी।

"मैं क्या जानूँ, सच है या झूठ? हाँ, हल्ला हो रहा था वहाँ।" भनटा ने इस चर्चा को ही दबा देने की कोशिश की। बौकू से कभी बाद में ही बदला लेने की बात उसके मन में आई।

"यह भी सुना है कि पुल बनाने के लिए तुमने भी चार रुपये..." बौकू पूरी तरह बोल भी नहीं पाया था कि बीच में ही सिंघेसर मड़ड़ ने हँसते हुए भनटा से कहा, "तुमने भला रुपये क्यों दे दिये? तुम्हें यह विश्वास कैसे हो गया कि पुल बन जाएगा?"

"मुझे भी यह विश्वास नहीं हुआ था, काका," कुछ लटपटाते हुए भनटा ने कहना शुरू किया, "मैं जानता हूँ कि पुल नहीं बनेगा, कभी नहीं बनेगा। मैंने पैसे क्यों दिये, इसका दूसरा कारण था। मेरी जगह आप भी रहते, तो कुछ देकर ही आते। मैं जान रहा था कि वे लोग झूठ बोल रहे हैं, जनता को ठग रहे हैं, मगर मुझे उन लोगों पर दया आ गई। उनकी बोल-चाल से यह तो लग ही रहा था कि वे लोग बहुत दूर से आए हुए हैं। जरूर दिल्ली से ही आए हुए थे वे लोग। इतनी दूर से आए थे, इतनी दौड़-धूप कर रहे थे, चीख रहे थे, चिल्ला रहे थे, उछल-उछलकर भाषण दे रहे थे, किसलिए? अपने बाल-बच्चों के लिए ही न? पेट भरने के लिए आदमी क्या-क्या धंधा नहीं कर रहा है? अब अगर मुझे उनके बाल-बच्चों का खयाल आ ही गया, तो क्या बुरा हो गया? जैसे भीखमंगे को हम कुछ दे देते हैं वैसे ही उन्हें भी कुछ दे दिया। दस-बीस पैसे

तो उन्हें दे नहीं सकता था। लोग सौ-सौ रुपये दे रहे थे। गिनती में भी वे छह-सात थे। मेरे पास चार रुपये थे, मैंने दे दिये। मैंने पैसे इसलिए नहीं दिये कि वे लोग पुल बनाएँगे। पुल नहीं बनेगा, कभी नहीं बनेगा, यह मैं जानता हूँ।"

# बिसनपुर प्रेतस्य

रिमझिम फुहारें पड़ने लगतीं, ठंडी बयारें बह उठतीं, मयूर अपने पंख फड़फड़ाकर नाच उठते, कदम्बों में झूले पड़ जाते और गाँव की गोपियाँ बैरिन बदरिया के गीत गा उठतीं—घिरि-घिरि आए पिया कारी रे बदरिया।

इस बार ऐसा कुछ भी नहीं हुआ। बरसने से पहले बादलों के भी आँसू निकल आए होंगे।

वृष्टि अविराम! पर ऐसा भी क्या, पानी के साथ-साथ मौत का भी बरस जाना!

गाछ, सड़क, बाँध, पुल, टीले—सब बह गए पानी में। भाषण, बयान, प्रतिवेदन, जांचसमिति, निरीक्षण, सर्वेक्षण, घोषनाएँ, प्रार्थनाएँ—सबको धो-पोंछकर बराबर कर दिया इस पानी ने।

लाल किले से दूर-दराज के गाँवों तक, कोने-कोने तक पहुँचाए गए थे आँकड़े। पानी ही बेशरम निकला—बेशरम, बेहया। आँकड़े बह गए, प्रार्थनाएँ बेकार गईं।

महामान्य को गहरा दुख हुआ।

अमात्य ने अपनी हाजिरी बही खोली।

"गाँव महुआ?"

"हाँ, श्रीमान्।" पानी में आधा डूब गए पीपल के पेड़ से कुछ क्षीण आवाजें आईं। अमात्य ने एक बार सिर उठाकर उधर देखा।

"बलुआहा?"

"जी, मालिक।" पानी में आधे डूबे हुए मचानों पर से आवाजें आईं। अमात्य ने सिर उठाकर उधर भी देखा।

"हिंगवा?"

"हाँ, सरकार।" पानी के बीच फँस गई जरा ऊँची सड़क पर शोर हुआ। सुस्ताने के खयाल से अमात्य ने एक नजर उधर भी देखा।

"परतापगंज?"

"हाँ, हुजूर।" पानी के बीच थरथराते एक टीले से लोगों ने चीखकर कहा। अमात्य सन्तुष्ट हो गए।

"बिसनपुर?"

'...' कोई आवाज नहीं आई।

"बिसनपुर?" अमात्य ने जरा जोर लगाकर आवाज दी।

"..." कहीं से कोई आवाज नहीं आई।

"बिसनपुर? कलेसरा, किसना, पलटुआ, गोनरा?" चिल्लाकर अमात्य चारों ओर निहारने लगे, "बिसनपुर कहाँ गया?"

"पानी में डूब गया, सरकार।" कुछ सहमी हुई आवाजें आईं, वैसी ही आवाजें, जिसका इस्तेमाल किसी मृतक के परिवार को पहली खबर देने में किया जाता है।

"डूब गया!" अमात्य की आँखें हैरत से फैलीं, "कैसे?"

"वह अहमक और आलसी था, हुजूर।" दरबारियों ने बताया।

"वह चतुर और चालाक था। ढेर-ढेर कर्ज खाकर आराम से पानी में बह गया।" कनफुसकियाँ हुईं।

बेशक, बेशक।

तख्तगाह के सुरक्षित वातानुकूलित कक्ष से सूरज की उद्भासित किरणों की तरह महामान्य का आदेश हर दिशा में प्रसारित कर दिया गया था, 'पानी के साथ जीने का अभ्यास करो, जीने की कला सीखो।'

गाँवों के उन वृद्ध-वृद्धाओं के उदाहरण पेश किये गए जिनके बाल सन की तरह सफेद हो गए हैं, कमरें कमान की तरह झुक गई हैं, आँखें अंधी और कान बहरे हो गए हैं; पर तब भी पिछले सौ वर्षों से बाढ़ और पानी के साथ लुकाछिपी खेलते आ रहे हैं। हर बार पानी उन्हें ढूँढ़ता हुआ

आया है, पर हर बार किसी गाछ पर, किसी मचान पर, किसी सड़क पर, किसी टीले पर चढ़कर उन्होंने पानी को ठेंगा दिखा दिया है।

बिसनपुर क्या कल ही पैदा हुआ था, जो आज मर गया?

उन गुणवती बकरियों की प्रशंसा में पाठ बाँचे गए, जो हर बियान में दो-एक बच्चे बाघों के लिए पैदा कर अपना अस्तित्व सुरक्षित रखती हैं।

प्रमुख समाचार पत्रों में ऐसी गुणवती बकरियों के चित्र छापे गए थे, दूरदर्शन पर उन्हें बाघों के साथ एक घाट पर पानी पीते हुए दिखाया गया था, रेडियो पर उनकी आत्मकथाओं के उपयोगी और प्रेरक अंश सुनाए गए थे।

बिसनपुर डूब गया, मर गया; कोई मरने की जिद कर बैठे तो उसे कब तक रोका जा सकता है!

प्रतिपक्ष के एक सदस्य की शंका का समाधान करते हुए महामान्य ने कहा था, 'बाढ़ तो प्राकृतिक आपदा है। मृत्यु को कहाँ टाला जा सकता है? ईश्वर के विरुद्ध लड़ना असम्भव है, पाप भी है।'

प्रतिपक्ष के गँवार सदस्य के एक बड़े फूहड़ प्रश्न का जवाब देते हुए महामान्य ने कहा था, 'मैं कोई मुनि अगस्त्य तो नहीं कि बाढ़ के पानी को चुल्लुओं में भरकर पी जाऊँ?'

ठहाकों में प्रतिपक्ष भी शामिल हुआ था।

महामान्य बिलकुल अपने प्रपितामह के कदमों पर चल रहे हैं। एक बार उनके प्रपितामह ने भी विरोधियों को बेजुबान कर दिया था, 'नहर में पानी नहीं है, तो क्या मैं उसमें पेशाब कर दूँ?'

प्रतिपक्ष ठहाकों में उस दिन भी शरीक हुआ था।

जिन्होंने बाढ़ के साथ जिन्दगी गुजारने का अभ्यास किया है, वे जिन्दा हैं। महुआ जिन्दा है, हिंगवा जिन्दा है, परतापगंज जिन्दा है। बिसनपुर अहमक और आलसी था, मर गया। मर गया, तो मर गया।

नहीं, बचने की कोशिश बिसनपुर ने भी की थी; पर बाढ़ से तो बचा जा सकता है, मौत से?

अविश्रान्त वृष्टि!

तब किसी ने नहीं जाना था कि बिजलियों में मौत चमकी है, बादलों

की गड़गड़ाहट में महाकाल का डंका बज उठा है और बूँदों के रूप में यम की सेनाएँ धरती पर उतर रही हैं।

बड़ा झूठ गाया करती थीं गाँव की गोरियाँ। जिनके पिया घर में घुसे बैठे थे, वे भी मचल-मचलकर नखरे पसारती थीं कि सबकी सेज पर पिया हैं और उनके बालम परदेश जा बैठे हैं। वे रिरिया-रिरियाकर कागे को सुनाती थीं, झूठमूठ, कि अगर वह पिया का सन्देश लाकर दे तो उसकी चोंच में सोने की नथ गढ़वा देंगी वे। गीत सुनकर घर में बैठा बालम छटपटा उठता है, देख तो ससुरी को, मैं खटिया पर पड़ा हुआ हूँ और यह गाँव-जवार में गुहार मचा रही है। बाप के घर से तो चाँदी का कड़ा तक नहीं लाई और कौवे को सोने की नथ दे डालेगी।

चुप कर, मुन्नी के बाबू, विरह के ये गीत तो तुम्हारी सेज से बढ़कर हैं।

विपर्यय-पर्व का प्रारम्भ!

तो फिर पिया की सेज कहाँ लगेगी?

कदम्बों में झूले कैसे पड़ेंगे?

बारहमासे किधर गाएँगी सखियाँ?

अगले वसन्त की कोयल किस डाली से पी को पुकारेगी?

जल का महाकुम्भ लगेगा बिसनपुर ग्राम में। दूर-दूर के तपस्वी आ रहे हैं। इलाके के सारे नदी-नाले, सरिता-सरोवर, पोखर-तालाब, कुल्या-दीर्घिका, कुआँ-मटकुआँ आमंत्रित हैं। ये चल पड़े हैं, चले आ रहे हैं। तुरन्त खाली करो इन झोंपड़ियों को। यहाँ महाकुम्भ लगेगा। संसार का सारा पानी आमंत्रित है।

पानी नहीं बरसा हो, जैसे आग लग गई हो गाँव में। खलबली मच गई झोंपड़ियों में, जैसे पानी डालने पर बिलों से चूहे निकल-निकलकर भाग रहे हों, जैसे बाड़े का फाटक खुलते ही जानवर तड़फड़ाकर बाहर निकल आए हों।

पानी उफनता हुआ आया, फैलता चला गया।

बरसा मूसलाधार!

"अब क्या होगा, रग्घू चाचा? अब क्या होगा?" किसी भतीजे की आवाज थी।

"रे शिबुआ, किधर है रे?" बूढ़ी आवाज ने जवान बेटे को पुकारा।

"धमसेनावाली, अब घर से बाहर निकल जाओ। झोंपड़ी काँप रही है, अब इसका भरोसा नहीं।"

"अब क्या होगा? उँगलियों पर गोवर्धन नहीं उठेगा?"

"कैसे उठेगा, चाचा? कृष्ण कहाँ? गाँवों के सारे गोवर्धन तो शहरों और राजधानियों में पहुँचा दिये गए हैं अब भागो यहाँ से।"

बच्चे को छाती से चिपकाए कबुतरी प्रार्थना कर रही है; "मत बरसो इन्दर राजा, मेरा नुनु भींज रहा है।"

यह नुनु बिसनपुर की गलियों में बाल-कृष्ण बनकर घूमेगा, जवान होगा तो गांधी बनेगा, सुभाष बनेगा।

तो मत बरसो इन्दर राजा, कबुतरी का नुनु भींज रहा है।

पर इन्दर राजा नुनु को भिंजाते हुए बरसता रहा।

लोग भागने लगे।

हिन्दुस्तान के नक्शे पर एक गाँव थरथरा रहा था। लाल किले की खिड़की से महामान्य ने झाँककर देखा, हिन्दुस्तान की सीमा-रेखाओं में कहीं कोई कम्पन नहीं। प्रभु स्वर्ग में आसीन हैं और धरती पर सुख-शान्ति विराजमान है।

झोंपड़ियाँ बस लोगों के बाहर निकलने का इन्तजार कर रही थीं।

अगले ही घंटे में मर जाने का एहसास दिलाने वाली कलेसरा की दादी पिछले दस बरसों से घर और गाँव के लोगों को छकाती आ रही है। चुपके-चुपके सुबह-शाम राम-राम भजती है और दिनभर खट-खुट करती रहती है। हमउम्र सारी वृद्धाओं ने खीजकर इसका साथ छोड़ दिया। पर इस बुढ़िया की जिजीविषा तो देखिए। पानी आते ही सबसे पहले यही अपनी लाठी थाम भाग निकलने को तैयार है।

पर बोल बुढ़िया, अब कहाँ जाएगी? यह भी कोई भूख-प्यास है, कि जाड़ा-गरमी, कि हैजा-मलेरिया, जो इसे पछाड़ देगी? टाँग काँपती है तुम्हारी, आँखों से तो यह भी नहीं सूझता कि किधर आग है और किधर पानी। आज तो तुम्हारी लाठी भी डूब जाएगी इस पानी में। आज मौत को छकाओ तो जानूँ।

इस बार तो बाल-कृष्णों के भी डूबने की बारी है। टोकरियाँ समेत सारे वासुदेव इस उफनते जल में बह जाएँगे।

लोग बाँध की ओर भागने लगे।

हर बथान से मवेशी खोले जा रहे हैं और उन्हें बाँध की ओर ललकारा-टिटकारा जा रहा है। पहले तो जानवर किसी त्योहार पर उत्सव मनाने के अन्दाज में खेतों की फसलों की ओर दौड़ पड़े, पर फिर न जाने क्या सूँघकर वे सब भी बाँध की ओर दौड़े।

बथान पर बंधी गाय गोनर जल्दी-जल्दी खोल देता है। गाय बछड़े को चाटने लगती है और गोनर एक बार गाय के गले से लिपटकर उसे चूम लेता है। और फिर उसे आगे धकेल देता है। बछड़े के जवान हो जाने का सपना दोनों ने देखा था—गाय ने भी, गोनर ने भी।

कलेसरा की दादी को कहो, जिद छोड़े और इस गाय की पूँछ पकड़ ले। 'यमद्वारपथे घोरे गोरावतरणीनदीम्।'

पलटू अपनी एकमात्र दौलत बुढ़िया बकरी को छोड़कर भागा जा रहा है। हर मेला-ठेला, तीज-त्योहार पर इसी के बच्चे बेचकर पलटू उत्सव मनाता था। बकरी घर के आगे खड़ी-खड़ी बें-बें कर रही है। देखती नहीं कलेसरा की दादी को? फिर घर छोड़कर भागती क्यों नहीं?

घर में पानी के घुसते ही कबुतरी की माँ गोसाईं घर की ओर दौड़ गई। गोनर दरवाजे पर खड़ा आवाज लगा रहा था, जल्दी घर से बाहर निकल जाने के लिए। पत्थर के गोसाईं को आँचल की खूँट से बाँधा, सिर पर एक गठरी रखी और कबुतरी को नुनु को सँभालने को कहा।

किसी दिन गा-गाकर सखियों ने कहा था, "जरा अपनी केसरिया साड़ी सँभाल, माथे पर सोह रहे टीके का मोती सँभाल, कानों में झूल रहे झूमके की लड़ियाँ सँभाल, हाथ के कंगन सँभाल, पैरों के पायल के घुंघरू सँभाल'...नहीं लाड़ो, नहीं, न टीका, न झुमके, न कंगन, न पायल; गोद के नुनु को ठीक से सँभाल, कबुतरी।'

अपने शिशु को छाती से चिपकाए कबुतरी थर-थर काँप रही है। भागकर किधर जाएगी? जब कुँवारी थी वह, तब गाया करती थी, 'ओ बालम, बरखा ऋतु आई, और तुम्हारी ऊँची अटरिया देखकर मैं भींजती चली आई

हूँ।' आज जब बालम है तो यह इकरार ही टूट रहा है। अब तू तो नहीं जा पाएगी कबुतरी, पर इस बच्चे को किसी तरह भेज दे इसके बाप के पास, पाँच कोस पूरब। डाल दे इसे एक टोकरी में और छोड़ दे इसे पानी की रेत पर। पानी पूरब की ओर बहेगा और बहकर पाँच कोस पूरब जाएगा।

पर यह पानी जाएगा पाँच कोस पूरब? काला पानी!

सौ डाइन-जोगिनों से बचाकर रखा है कबुतरी ने अपने बच्चे को, हर नजर-गुजर से चुराकर रखा है अपने नुनु को। पर आज यह काला पानी सामने आकर कह रहा है कबुतरी से, "इस बच्चे को मेरी गोद में डाल दो।" नैहर-ससुराल के सारे देव वाम हो गए। निपुत्तर पानी, सारे देव भी निपुत्तर।

बिसनपुर की नानी-दादी का मुँह काला। न जानें कितने बच्चों को आसीसें दी थीं इन खूसटों ने, "मेरी तरह झुलझुल बूढ़ा होना, मेरी उमर तक जरूर आना, मेरे नाती।" ये नानियाँ-दादियाँ न जानती हों सौ वर्षों का अर्थ, पर 'जुग-जुग जिओ' का अर्थ तो वे खूब जानती हैं। तब ऐसा क्यों कि कब्र में चलते वक्त बच्चों का भी हाथ पकड़ लिया?

भयंकर तूफान!

इमली का पेड़ हहाकर टूटकर गिरा। पूरे गाँव की दौलत यह इमली का पेड़। जिसे कुछ भी खाने को नहीं होता, वह इमलियाँ चुरा लेता। मर्दों से आँख बचाकर गाँव की अधबैसू औरतें भी नमक-मिर्च साथ लेकर इमली के पेड़ के नीचे पहुँच जातीं। दिशा-मैदान को आती-जाती औरतें पेड़ की बगल से गुजरते ही उस पर ढेले चला देतीं और गिरी इमलियाँ समेट लेतीं। इमलियों का स्वाद याद कर किस बूढ़े के मुँह में पानी नहीं भर आता होगा?

इमली को चरमरा कर गिरते हुए सबने देखा।

सबकी निगाहें खींच लेता है बाँध अपनी ओर। बाढ़ का पानी बाँध की मिट्टी को धीरे-धीरे काटता जा रहा है।

गोनर मन ही मन रो पड़ता है, 'हे ईश्वर, कौन-सा कसूर किया था मैंने? पत्नी के कहने में आकर उसने कबुतरी को बुला लिया था। पहलौठ का बच्चा, ससुराल में सेवा-टहल ठीक से होती न होती। अगर

कहीं कुछ हो गया तो कबुतरी को सूनी गोद वह कैसे विदा करेगा? हे प्रभु, किस कसूर की सजा?'

कबुतरी की माँ आँचल की खूँट से बँधे पत्थर के गोसाईं को जगाती है, "जागो देव, हमारा अपराध क्षमा करो।"

किस-किस का अपराध क्षमा करे प्रभु? अपराध तो पूरे गाँव ने किया है, अब तक शहर भागकर नहीं गया।

अपराध क्षमा कर दिया प्रभु ने गोनर के बेटे रमलू का, जो डेढ़ वर्ष पहले भागकर कहीं शहर चला गया था। किसी ने उसे पूर्णिया में देखा था, किसी ने कटिहार में। पैसे जुटाकर गोनर दोनों जगह घूम आया। रमलू कहीं नहीं मिला था। पर गोनर का बेटा रमलू इतना होशियार कैसे हो गया था, ज्योतिषी?

दुःख के कितना करीब होता है सुख! एक दीया कहीं तो टिमटिमा रहा होगा!

पर जो दीप कबुतरी के आँचल तले जल रहा है, उसका क्या होगा!

कबुतरी आकाश को निहारती है एक आश्रय के लिए।...आकाश हँसा होगा!

गाँव के सिवान पर बबूल का माथा दिखाई देता है। कनकीर साह की पतोहू का भूत इसी बबूल पर रहता है। बिसनपुर की पतोहू अब फुनगी पर बैठी हुई होगी। पर फुनगी के भी डूब जाने के बाद? अब तक तो ससुराल को अगोरती रही है। मार-बात सहकर भी पति से जुड़ी रही, ससुराल की देहरी का परित्याग नहीं किया और मरने के बाद इस बबूल पर बैठ गई। अब उसे नैहर जाना ही होगा क्या? कौन पहचानेगा अब उसे वहाँ? गाँव की किसी औरत को उसने कभी छुआ तक नहीं, बस कभी-कभार बबूल से उतरकर गाँववालों को अपनी याद दिलाती रही। वह भी इस बाँध पर ही अब चली आई होगी। 'आओ, भाभी', कबुतरी कनकीर साह की पतोहू से मन ही मन कहती है, 'इधर खड़ी हो जाओ, मेरी बगल में।'

इस अभागे गाँव में पीपल का एक बड़ा-सा दरख्त भी नहीं। एक घना पीपल पूरे बिसनपुर को अपने में टिका लेता। हम महामान्य से निवेदन करेंगे, अगली योजना में हर गाँव को एक पीपल दिया जाए, बड़े गाँव

को दो पीपल, और हमारा अन्तिम लक्ष्य हो—हर झोंपड़ी को एक पीपल। और मौसम के समाचार के साथ ही घर से निकलकर पीपल पर चढ़ जाने की तिथि और घड़ी प्रसारित हो।

दूर खड़ी अमराई शायद इधर ही निहार रही है। कबुतरी का बचपन घर से अधिक यहीं गुजरा होगा। लुका-छिपी, गुल्ली-डंडा, बिजो-बिजो, कबड्डी—न जाने कितने खेल खेल चुकी है वह इस अमराई में। मुँह-अँधेरे टिकोरे बीनने पहुँच जाती थी कबुतरी। आम के पेड़ भागते हुए अब आ जाएँगे इस बाँध पर। कबुतरी झूले डाल देगी और दुहराएगी, 'ओ बालम, बरखा आ गई और तुम्हारी ऊँची अटरिया देखकर मैं भींजती चली आई हूँ।'

कबुतरी, बाढ़ का पानी बाँध की मिट्टी को काटता जा रहा है।

'अरे बाप, साँप!' कई चीखें उभरती हैं। नहीं, कोई नहीं चीखा। आश्रय ढूँढ़ते हुए आए दो साँप सिकुड़कर एक ओर टिक गए। इनका शेषनाग भी दिल्ली चला गया क्या? कालिया और तक्षक की संतानें दुर्दिन देख रही हैं। इन्हें भी जगह दे दो भाई, ये दोनों अपने बिसनपुर के ही हैं।

पर इतना पानी कहाँ से आ रहा है?

अब इस बाँध का कोई भरोसा नहीं। मृत्युमुखी बिसनपुर अपने सारे देवताओं को सुमर रहा है। कितने अल्प समय में बिसनपुर कितना विपन्न हो जाएगा! बाबा उचितदास, कहाँ हो? लिखो न एक चिट्ठी।

बाबा उचितदास ने हिन्दुस्तान के नक्शे पर बिसनपुर का नाम भी लिखवाया था, और उनकी चिट्ठियाँ दिल्ली तक जाती थीं। पर जब से वह मरे हैं, गाँव की डाक अब दिल्ली नहीं जाती। कौन बैठा है वहाँ इस बिसनपुर का? कौआ-मैना? चिड़िया-चुनमुन?

बाँध की जमीन दिखाई नहीं पड़ती। पानी घुटनों को छूने लगा है।

पानी की छाती को चीरती हुई ये स्वचालित नावें? महामान्य ने बिसनपुर को डूबते हुए देख लिया क्या?

उन नावों से धुआँधार भाषण हुए। उन नावों में वे नारे लिखकर कुछ तख्तियाँ लाए थे जिन्हें टाँगने की जगह न पाकर वे उदास हो गए थे। बहुत पास आकर उन्होंने परचों का एक पुलिन्दा भीड़ पर फेंका और फिर तेजी से वापस चले गए।

अचानक होश हुआ था कबुतरी को और वह चीखने-चीखने को हुई थी, "सुनो भैया, इस नुनु को उस नाव में ले लो। इसका बाप यहाँ से पाँच कोस पूरब रहता है।" पर उसकी आवाज गले में ही बंधी रह गई। कभी-कभी चीखें देखी जा सकती हैं, सुनी नहीं।

पानी जमीन फोड़कर ऊपर आ रहा है। वह जाँघों तक पहुँच गया है।

खेल समाप्त हो गया। अब कागज की नावें बहेंगी? बच्चे माँ-बाप की देह से चिपटने लगे। हर माँ-बाप ने सिर की गठरी-मुठरी पानी में फेंक दी और गोद में दो-दो, तीन-तीन बच्चों को उठा लिया। बच्चे माँ-बाप को कब भारी लगे हैं!

इन नावों में चित्रकार है क्या?

उन्होंने दूर से ही कागज पर रेखाएँ खींचीं, मन में रंगों का चुनाव कर लिया और फिर लौट गए।

भाव-प्रवण चित्रकारों की ये मुखर चित्रकृतियाँ बड़ी-बड़ी चित्रशालाओं में सजाई जाएँगी। इनमें रंगों-रेखाओं की नव्यतम शैलियाँ स्पष्ट की जाएँगी। मन को खुरचने वाली इन चित्रकृतियों की चर्चा पूरे शहर में होगी। चाय और कहवाघरों में उन पर गरमागरम बहसें होंगी।

बिसनपुर का अहोभाग्य!

चीख और चीत्कार की सजीव आकृति बनकर गोनर न जाने कहाँ-कहाँ नाम कमाएगा!

पानी अब शायद स्थिर था, जमीन ही नीचे धँसी चली जा रही थी।

अरे, कलेसरा की दादी किधर गई? और बौना भोलू?

कहकर कोई नहीं जाता अब, चुपचाप खिसक जाता है।

यह कौन-सी यात्रा है! कहकर कोई नहीं जाता।

पाँव उखड़-उखड़ जाते हैं। एक-दूसरे को कसकर पकड़ रहा है। औरत, मर्द, बूढ़े, जवान चिपक गए हैं एक-दूसरे से।

हाहाकार!

"गे दादी...हो चुन्नी काका...फुआ गे...अरे बाप...जय माँ दुर्गे... सिमराहा वाली...मंगरुआ के बाबू...रे...बेटा..."

धत्, मरते वक्त कहीं इस तरह हल्ला किया जाता है! गंवार!

हर कंधे पर एक शिशु ईश्वर को पुकारता हुआ, "इतनी जल्दी मुझसे क्यों निराश हो गए?"

शिव का तांडव...बम बम ब्रू...मुंडमालिनी हाथों में खप्पर-कृपाण लिये उपस्थित...भैंसों पर सवार यमराज...दुर्गा इस साल नाव में चढ़कर वापस गई थी...विनाश...विनाश...

पूरे आकाश में दो बाँहें फैल गई हैं और उनमें अटका एक शिशु किलक रहा है।...पूरब...पाँच कोस पूरब...

साहित्यकारों ने सब कुछ देख-सुन लिया है। अब वे पोथों का सृजन करेंगे, और प्रार्थनाएँ लिखेंगे, 'प्यारे पत्थरो, मोम बन जाओ, मोम; हमारी सुनो और मोम की तरह पिघल जाओ।'

तब क्या महामान्य द्रवित नहीं हो उठेंगे! पुरस्कृत नहीं करेंगे उन्हें!

पानी सिर के ऊपर से बह निकला। पानी के ऊपर से कुछ हाथ लहराए।

गोनर भैया, जरा हाथों को, हथेलियों को हिलाते रहना। नावों में छायाकार आए हैं। यह छायांकन एक पहेली बन जाएगा। महामान्य अपने दरबारियों से पूछेंगे, "अच्छा बताओ तो, ये हाथ आशीर्वाद में उठ गए हैं?"

पाँच कोस पूरब एक बेटे ने बड़ी चतुराई से अपनी माँ से पूछा—

*'किसके बिना री अम्मा, घर में अँधेरा?*
*किसके बिना तो आँगन भिनभिना?'*

बेटे के दिल का कोना-कोना माँ को दिखाई नहीं पड़ता! माँ ने मनचाहा जवाब दिया—

*'दुलहन बिना रे बेटा घर में अँधेरा,*
*बच्चा बिना तो आँगन भिनभिना।'*

चहककर बेटे ने कहा, "तो लाओ माँ, मेरे पाँचों हथियार और पाँचों कपड़े। मैं घोड़े पर सवार होकर पाँच कोस पश्चिम जाऊँगा।"

पर पानी ने जब जादूगर की तरह अपनी मुट्ठियाँ खोलीं, तो उन मुट्ठियों से हर चीज गायब।

एक गाँव था बिसनपुर...

"बिसनपुर कहाँ गया!" अमात्य ने चिल्लाकर पूछा।

"पानी में डूब गया, सरकार।" कुछ सहमी हुई आवाजें आईं।

जिसके तीनों कुलों में अभाव हो, पंडितजी बताते हैं, उसके प्रेतकर्म का अधिकारी राजा होता है।

महामान्य, बिसनपुर का प्रेतकर्म आपको ही करना है।

महामान्य बिलख-बिलखकर रो पड़ते हैं। सालों जमा किये आँसुओं को बेरोक बहा देने का यही तो उत्सव है।...अज्ञातगोत्रस्य बिसनपुर प्रेतस्य प्रेतत्वविमुछितपूर्वकांक्ष्या...

महामान्य, पंडितजी बताते हैं, जिसकी लाश बहकर दूर चली गई और उसकी हड्डी किसी प्रकार नहीं मिली, उसके लिए पर्णशरदाह की व्यवस्था है।

पलाश के तीन सौ साठ पत्ते। चालीस पत्र से सिर, दस से ग्रीवा, सौ से बाहु...

महामान्य, अगली योजनाओं में हर गाँव में पलाश के पेड़ उगाए जाएँ।

'अज्ञातगोत्रस्य बिसनपुर प्रेत को स्वर्ग से भी उत्तम लोक प्राप्त हो', महामान्य प्रार्थना करते हैं।

*ऊँ प्रजापतये स्वाहा इदं प्रजापतये।*
*ऊँ अग्नएस्वाहा इदंमग्नए।*
*ऊँ रुद्राय स्वाहा इदं रुद्राय।*

लाल किले के इर्द-गिर्द घूमता हुआ एक आदमी महामान्य के प्रहरियों में अपने हाव-भाव, चाल-ढाल और ओढ़ावे-पहनावे से सन्देह पैदा कर देता है। ये उसे पकड़ लेते हैं, "यहाँ क्यों घूम रहे हो जी?"

उस गँवार ने सोचा होगा, लाल किला भी गाँव के किसी चाचा-काका का घर है—झट भीतर, झट बाहर।

वह अकबका जाता है और हकलाते हुए जवाब देता है, "बिसनपुर का प्रेत...यमद्वारे महाघोरे चान्धेन तमसावृत्ते...तत्रावलोकनार्थाय...बिसनपुर का प्रेत इस लाल किले में आ बसा है। उसके लिए एक दीपक जलाऊँगा।"

प्रहरियों की आँखें भय और आश्चर्य से फैल जाती हैं, लाल किले में प्रेत! उनमें से एक कड़ककर पूछता है, "कहाँ से आए हो? कौन हो तुम?"

क्या परिचय दे वह? कौन-सा परिचय उसे लाल किले से जोड़ सकेगा? जिसे बिलकुल अपना समझ रहा था वह सब इतना पराया-पराया क्यों लग रहा है?

"बहुत दूर से आया हूँ, कोशी पार से।" धीमी आवाज में एक छोटा-सा उत्तर वह देता है।

"कौन हो तुम?" कड़कदार आवाज फिर एक बार उस पर झपट्टा मारती है।

"मैं! मैं..."

"हाँ-हाँ, तुम?"

"मैं हूँ...चन्द्रकिशोर।"

प्रहरियों की गुस्सैल आँखें संकेतों में बात करने लगीं, क्या सलूक किया जाए इस चन्दर-बन्दर के साथ।

और चन्दर की डरी-डरी आँखें ढूँढ़ने लगीं, लाल किले की किसी ईंट पर, किसी पत्थर पर, एक नाम—चन्दर-बन्दर का नहीं, हरगिज नहीं—एक नाम अपने हिन्दुस्तान का लिखा हुआ है या नहीं।

# नकबेसर कागा ले भागा

घेघू एक भिखमंगे का नाम है। बड़ा-सा घेघा है उसके पास।

यों तो शहर में उनके कितने ही छोटे-मोटे पड़ाव हैं, पर शहर के एक छोर पर भिखमंगों ने अपनी एक छोटी-सी बस्ती ही बना डाली है। कुछ घास-फूस, कागज और टीन के टुकड़ों से बनी झोपड़ियाँ हैं, जो गुफाओं की शक्लें अख्तियार किए हुए हैं। जिनकी झोंपड़ियाँ नहीं, उन्होंने सामने खड़ी वृक्षों की छतनारों में अपने आश्रम बना लिए हैं और

उनके धड़ों में अपने झोले और गूदड़ लटकाने के लिए कीलें गाड़ दी हैं। रेलवे स्टेशन के बहुत करीब है यह जगह, इतनी करीब कि लूले-लँगड़े भी मसखरे की चाल में चलकर स्टेशन पर रुकी गाड़ी पकड़ लें। जब भी कोई गाड़ी रुकेगी, दो-चार उतरकर बस्ती की ओर जाते दिखाई पड़ जाएँगे; और दो-चार गाड़ी में चढ़ने के लिए बस्ती की ओर से लपककर आते हुए।

घोर आश्चर्य! काने, अँधे, लूले-लँगड़े, अपंग-अपाहिज, वक्रांग-विकलांग और कोढ़ग्रसित रोगियों की इस बस्ती में जीवन की एक अन्त:सलिला भी बहती है—अजस्र, अबाध! रोग, दु:ख, दारिद्र्य, तनहाई बहकर किनारे लग जाते हैं, कूड़े-कचरे की तरह।

पास से कोई नहीं गुजरता। जिसे मजबूरी हो जाती है, वह जरा तेजी से गुजर जाता है। और जो तेज नहीं हो पाता, उसे उस बस्ती की साँसों और धड़कनों का हलका-सा एहसास हो ही जाता है।

नंग-धड़ंग घिनौने बच्चे किलकारियाँ मारते हैं। हरदम हुड़दंग। उनका घिनौनापन उनकी शरारतों-हुड़दंगों में बिला जाता है। दिनभर बरखा और धूप में मरने-खपने के बाद भी वे थकते नहीं, बस्ती में पहुँचते ही धमाचौकड़ी में मस्त हो जाते हैं। खेल-कूद, हो-हल्ला, वे जुलूस निकालते हैं, नारे लगाते हैं। कभी गधा छाप पर मुहर लगाने के लिए चिल्लाएँगे, तो कभी तराजू छाप की जीत मनाएँगे। बेवजह किसी का जिन्दाबाद, किसी का मुर्दाबाद। शहर के ढेर सारे बाबुओं, माताओं-बहनों की नकलें उतारते हैं वे—दवाखाने का बंगाली बाबू उन पर नजर पड़ते ही किस तरह गरम हो उठता है, किस तरह उनके पहुँचते ही मुंशी हलवाई की नाक-भौंह चढ़ जाती है, लोहिया-बाल्टी बेचनेवाले बजरंगी साह हर वक्त बोहनी तक न होने की बातें उन्हें किस तरह समझा-समझा कर कहते हैं।

जिसे कल की खबर नहीं होती, उसे हर कहीं बच्चा ही कहा जाता है।

भीख माँगती छोकरियाँ विरहिन के बारहमासा गाती हैं। क्या चंचल चितवन केवल मोहनी आँखों का विलास है? काली घटाएँ बस घुँघराली रेशमी अलकों में भ्रमण करती हैं? मन की भाषा का गुलाब केवल गुलाबी

होंठों पर खिलता है? मेहंदी केवल सुघड़ हाथों में ही रची जाती है? टिकुली केवल चमकते ललाटों में ही लगाई जाती है? क्या भ्रू-विक्षेपों में प्रेम की सारी लिपियाँ बन्द पड़ी हैं?

अभिशाप-ग्रहण की वेला में अंग-अंग तो मौजूद था, हृदय अपनी सारी धड़कनों के साथ कहाँ भाग निकला था?

खबरदार! कोई मर्द इधर आने न पाए। सावन का इजोरिया है, और छोकरियाँ जटा-जटिन खेल रही हैं।

भला भाग कर कहाँ जाएँगी ये भिक्षुणियाँ? कौन-से गाँव? किन सखियों के पास? पर जटिन तो भाग ही सकती है। रात ही जटा टीका गढ़ा देने पर राजी हो गया था और भोर होते-होते उसके तेवर बदल गए। और यह सब हो रहा है पिछले बारह बरसों से। अब तो अधीर हो गई है जटिन। अब नहीं रुकेगी वह, भागकर माँ-बाप के घर चली जाएगी...

एक ही बुद्धू है यह जटा भी! बोलता क्यों नहीं कि 'हे जटिन, टीका साटकर और नथ को पहनकर बाजार घूमोगी, तो भला भीख कौन देगा?' बुद्धू तो है ही, बस वही तोते की पुरानी टें-टें—'मत भागो जटिन, आज भर रुक जाओ। कल ही ला दूँगा तुम्हारे लिए टीका और नथ। जब बारह बरस तक दिल बांध कर रखा, तो बस आज भर रुक जाओ। अधीर मत हो, री जटिन! एक दिन की मोहलत।'

और मर्द, जब भी मन होता, कनस्तर बजा उठते—'गोरी की सुरतिया, गोरी की पिरितिया...दैवा ही दगा दे गया...' बदरंग-बेमेल आवाजों के बीच एक सरस धारा बह उठती। टेढ़े मुँह हरकत में आ जाते, कानी आँखें सुलग जातीं, लूले हाथ चमक पड़ते, मुँह का तबला ठनठना उठता। एक अनोखी मिठास भर आती उनके स्वरों में—'बोलो हे बबुनी क्या खाओगी? हाजीपुर का केला या जौनपुर की मूली? या मथुरा का पेड़ा या सिंघेश्वर का दही-चूड़ा? पान सादा या जर्दा? केवल मन तो नहीं टटोल रही?...' और सुन लो, 'मेले में जरा देह सँभाल कर चलो, नहीं तो फुँदना रगड़ में टूट जाएगा।' बबुनी को मनाते-फुसलाते न जाने कितने वर्जित प्रदेशों में कितने सारे अतिक्रमण कर डालते वे।

रात के उतरते ही एक साथ बीसों चुल्हे जल उठते। लगता, किसी मैदान में सेना ने एक पड़ाव डाला है, अपने पूरे लाव-लश्कर के साथ। हाय-माय, रे-बे, दौड़-धूप, भूनी जा रही मछलियों की गंध, सड़ी सब्जियों की गंध, कूड़े-कचरे के जलने की गंध, हर चूल्हे की अलग गंध, हर आदमी की अपनी गंध—गंधों का कोलाहल।

पूरब से आखिरी झोंपड़ी घेघू की है, और झोंपड़ियों से कुछ हटकर।

बड़े ठाट से रहता है घेघू। भिखमंगों के बीच, पर तब भी उनसे अलग। हर दुर्गंध से बचता हुआ, हर दुर्गंध पर थूकता हुआ। झोंपड़ी चमकाकर रखता है वह। घर पर साफ कपड़ा पहनता है। गन्दे कपड़े पहनकर भीख के लिए निकलने की मजबूरी को वह अपनी मेहनत-मशक्कत मानता है। 'आगे नाथ न पीछे पगहा' से जुड़ा एक जीवन-दर्शन भी है उसके पास। राम जितना खाने को देता है, खा लो, मौज-आराम कर लो। जात भी गँवाओ और भात भी न खाओ, लानत है ऐसी जिन्दगी पर! जोड़-जमा का चक्कर दे डाला है जिसे राम ने, उसे जोड़ने दो, जमा करने दो। बड़ों के रोग भिखमंगे क्यों पालें?

बुड्ढा हरलाल। नाक में इतनी बड़ी सुराख बन गई है कि मुँह कंकाल की खोपड़ी जैसा दिखता है। पहली बार देखनेवाला एकाएक चमक उठे। एकदम अपाहिज। गठरी की तरह जहाँ रख दो, वहीं पड़ा रहेगा। हिल-डुल भी नहीं सकता। गालियाँ दे देकर तो भोजन माँगता है। और उसके उधार बेटे-पोते उस पूंजी की सुरक्षा में लगे रहते हैं। बड़ी बेबाकी से एक दिन घेघू ने उस बुड्ढे से कह डाला था, 'चाचा, इस मेले का मोह त्यागो। अपनी जिन्दगी से हमें भी क्यों डराते हो? अब मरकर आराम करो। कहो तो मैं एक चुटकी मसाला ला दूँ, खा कर सो जाओ। कप्तान पुल तक पहुँचा देने का जिम्मा मैं लेता हूँ। मुँह में आग भी दे दूँगा।'

बुड्ढा बेबस नहीं होता, तो आग लगा देता घेघू की झोपड़ी में। देर तक थूक-थूककर गालियाँ देता रहा था हरलाल। चीख-चीखकर उसने श्राप दिया था—"साले, बदमाश, यह मत जानो कि केवल पके आम ही गिरते हैं। अंधड़-झक्कड़ में टिकोले भी झड़ते हैं।" घेघू भी थूककर

चला गया था, "मरो, मरने का समय नहीं पहचानते, तो कुत्ते की मौत ही मरो।"

ऐसी जिन्दगी पर लानत भेजता है घेघू। वह दो चुटकी जहर खाकर प्राण त्याग देगा, पर इस तरह घिसटता हुआ मौत के घेरे में नहीं जाएगा। न लाश फुँकवाने की चिन्ता, न कौवों-चीलों से इस मिट्टी को बचाने की कोशिश।

घेघू को उन भिखमंगे औरत-मर्दों से भी घोर नफरत है, जो थरथरी में जाड़ा काट देंगे, दाँत कटकटाएँगे, पर ओढ़ना-बिछौना बनवाएँगे नहीं, पैसों को जमीन के अन्दर गाड़कर जमा करते चले जाएँगे, खंभे की खोखली में गिराते रहेंगे; जबकि कभी-कभी कोई उनका हकदार तक नहीं रहता, न कोई बेटा-पोता, न सगा-सम्बन्धी।

नानी का यही हाल। उस बुढ़िया को बस्ती में सब नानी ही कहते हैं। बुढ़िया उस बेजान गूदड़ को ही अपनी सारी कमाई देकर चली जाएगी, किसी जाड़े में ही। एक दिन घेघू ने अपनी इस नानी से कहा, "मुझे मालूम है नानी, तुम्हारे गुदड़ में थोक-के-थोक रुपये सिले पड़े हैं। किसी दिन कोई चोर आएगा और गुदड़ ले भागेगा। कम-से-कम एक कम्बल तो खरीद ले, नानी!" बुढ़िया अपना मुँह खोलकर 'ही-ही' कर बैठी थी, पर उसकी आँखों में भय उतर आया था, यह घेघू चोर-उचक्का तो नहीं!

नहीं री बुढ़िया, घेघू काहे का चोर, काहे का उचक्का!

घेघू कम्बल पर सोता है और कम्बल ओढ़ता है। वह जाड़े को पछाड़ता रहेगा। मरने को मरेगा पर जाड़े से नहीं। यों तो और भी कई पीते हैं बस्ती में, पर घेघू की तरह नहीं, बून्दों में, बहुत लुक-छिपकर। घेघू तो भट्ठी तक जा पहुँचता है और सैकड़ों दुश्मन आँखों के सामने पहुँचता है, तब तक, जब तक राजसिंहासन पर बैठा नहीं दिया जाता। दिन भर की कमाई पूरी नहीं पड़ती तो पिछले दिनों की बचत तक पी जाता है घेघू। भट्ठी में किसी सुदामा दानवीर की नजरों की परवाह नहीं की है उसने। देनेवाला राम, दिलानेवाला राम। राम ने आज दिया है, राम कल भी देगा। भीख घेघू को कौन देता है? देनेवाला तो राम को देता है और घेघू राम से लेता

है। बाजार में लोगों की बोलियाँ सुन चुका है वह, कनसुइयाँ ले चुका है। उन बेचारों को तकलीफ है कि घेघू भीख माँगकर भी रईस है, भीख खाकर भी मुस्टंडा है।

गालियाँ देने के लिए घेघू मन-ही-मन सैंकड़ों जीभें उगा लेता है। एक घेघू ही पीता है? सिर्फ भिखमंगे ही पीते हैं? दुनिया के सारे कुकर्म दूसरों की मिल्कियत हैं, घेघू का किसी एक पर भी हक नहीं? बको। पूर्णिया पैसे नहीं देगा, तो सहरसा देगा, नहीं तो खगड़िया देगा, या फिर कटिहार, देवघर, भागलपुर। जहाँ देने-दिलानेवालों में बजरंगबली, दुर्गा माई, काली माई, भोला बाबा हैं, वहां नत्थू-खैरू के चिखने-चिल्लाने से क्या होता है! घेघू के प्रवचन को कोई बस्ती में जाकर सुने। देने को तो वह चौराहे पर भाषण दे डाले, अक्ल जरा आड़े आती है। लोग कहते हैं, हर गरीब शैतान होता है, उसकी नजरों में जहर होता है, उसकी बद्दुआओं में असर होता है। घेघू आह भरता है, काश, ऐसा होता! असर हो, न हो, घेघू बद्दुआएँ देगा ही। किसी दानवीर की इन शर्तों पर तो जरा गौर फरमाइए, जिन्हें एक दस पैसी पाने के लिए हर भिखमंगा सारी की सारी अवश्य पूरी कर दें। इन दाताओं के कल्याण की कामना करते हुए उनके आगे हाथ फैलाकर, गिड़गिड़ाकर दो-चार-पाँच पैसे माँगने वाला प्राणी परम इंसान हो। चोर-बेईमान हो; पूरा का पूरा हरिश्चन्द्र हो; गंगाजल की तरह पवित्र; बदचलन औरत पर भी बुरी नजर नहीं डालता हो; शुद्ध शाकाहारी हो; घास खाता हो; दारू तो हरगिज नहीं पीता हो। भट्ठी की भीड़ हिमालय से लौटे साधु-महात्माओं से ही तो बनती हो जैसे। धंधे की बात है, नहीं तो मुँह पर जवाने दे मारे घेघू। जिस-तिस के आगे क्यों वह कसमें खाता फिरे कि शराब छूना भी पाप है उसके लिए, गौ-मांस की तरह। बात तो बनती अगर घेघू मुँहफट कुछ अधिक होता, अक्लमन्द कुछ कम।

घेघू की अपनी सवारी है, हाथगाड़ी। बस्ती से कुछ दूर निकलते ही वह उसमें बैठ जाता है और तब उसका छोटे गाड़ी खींचते हुए आगे बढ़ता है। हर दरवाजे, हर दाता के पास वे अपना पद गा उठते—"दुर्बल को जो देगा दान, उस पर दया करेंगे राम"।

जब से छोटे को पाया है, अपने सीने से लगा रखा है घेघू ने। वह रोज उसे एक रुपया उसकी कमाई के रूप में दे दिया करता है। छोटे रेजगारियों को करारे और खुशबूदार नोटों में बदलकर उन्हें अलग एक डिब्बे में जमा किया करता है।

कम काम नहीं किया करता है छोकरा। कितनी मेहनत पड़ती है उसे। पूरे घेघू को हाथगाड़ी में लादकर खींचना, बस्ती से दुर्गाथान, वहाँ से मोहल्ला-मोहल्ला, फिर कचहरी और अन्त में वापस बस्ती। एक सच्चे सेवक की मानिन्द खटता है छोटे। कचहरी में 'अपंग' घेघू को पानी ला-लाकर पिलाना, बीड़ी सुलगाना, खैनी मलना और वे सारे काम, जो अपाहिज भिखमंगों की सेवा टहल में शामिल है, वह छोकरा मन लगाकर किया करता है। कभी-कभार वह चाचा के पाँव भी दबा देता है, सिर पर चम्पी भी कर देता है। कभी अगर घेघू को घर पर कुछ खाने-बनाने का शौक चर्राया, तो छोटे चूल्हा-चौका में भी मदद पहुँचाता है। जरा लोभी खाने-पीने का भी और कुछ पैसे का भी। है तो क्या हुआ? आदमी को लोभ नहीं घेरे, तो संसार का चक्का ही रुक जाए और बड़े-बड़े महात्मा रो-रोकर बेहाल हो जाएँ।

बस्ती से घेघू की गाड़ी निकलती है, तो सीधे दुर्गाथान पर जाकर रुकती है। भिखमंगों की मुरादें जितनी पूरी करती हैं दुर्गा माई, उतनी तो किसी सच्चे भक्त की नहीं कर पाती होंगी। दर्शनार्थियों की भीड़ लग जाती है वहाँ और हर एक खुदरा पैसा लेकर वहाँ पहुँचता है। भिखमंगों की बद्दुआओं से औरतें जितना घबराती हैं, देवताओं के 'तथास्तु' से उतना खुश कहाँ हो पाती होंगी वे। और घेघू की डायन आँखों में तो जैसे श्राप नाच उठता है, 'पैसे दो, नहीं तो अपने लिए और अपने बाल-बच्चों के लिए यह घेघा लो।'

दुर्गाथान में भक्तों के दिये पेड़े-बताशे खाकर वे दोनों, लोटा-दो लोटा पानी चढ़ा लेते और फिर घेघू की सवारी टोले-मोहल्ले की ओर बढ़ जाती। कचहरी तक के रास्ते में जितने भी टोले पड़ते, घेघू उन सब को छान लेता। वहाँ की आबादी के कितने ही लोगों से उसका एक अनाम रिश्ता कायम हो चुका है। नंग-धड़ंग बच्चे जब-तब मोहल्लों में उसके

पद उसी के जैसे गाढ़े स्वर में दोहराते हुए मिल जाते। औरतें उसके हिस्से का भात-रोटी अलग कर देतीं, घर के मर्द जेब में दसपैसी और पँचपैसी डालकर दरवाजे पर आसन जमाते। घेघू सूरज की तरह हर रोज उगता। मोहल्ले के व्याकरण में घेघू का गैरहाजिर होना एक अक्षम्य दोष था।

और सचमुच घेघू को कभी जाड़ा-बुखार भी नहीं लगता। मुलाकात का समय तक निर्धारित, हर एक के साथ। और भिखमंगे तो पूरे इलाके की खाक छानते फिरते। कहाँ का महंत भंडारा दे रहा है, किस बाबूसाहब के यहाँ श्राद्धभोज है, किसके यहाँ शादी-ब्याह, कब वरुणेश्वर जाना है, कब सिंहेश्वर, कोई बनमनखी चला तो कोई मुरलीगंज। घेघू को यह दौड़-धूप बिल्कुल रास नहीं आती। वह बस अपनी जमीन्दारी में तहसील के लिए बाहर निकलता। अपनी झोंपड़ी से मोहल्ले होते हुए कचहरी तक की उसकी टेढ़ी-मेढ़ी यात्रा उसके लिए एक उल्लास-नृत्य की तरह, एक रसीले संगीत की तरह मोहक थी।

काबुल में भी गधे होते हैं, कहावत है। जरूर होते होंगे। घेघू के इलाके में भी कई अन्धी खिड़कियाँ और बहरे दरवाजे हैं। हर एक से परिचित है घेघू। पर राम का सन्देश, दया धरम की बात वह हर खिड़की दरवाजे को सुना जाता है। कोई भेद-भाव नहीं। कभी-कभी इन घरों से भी कोई-कोई नाक-भौं चढ़ाए हुए आ निकलता है, बासी भात या रूखी रोटियाँ लिए, या मुट्ठी में चावल-आटा लेकर, नाक-भौं चढ़ाए! तो क्या हुआ? गाल बजाकर, मुँह चिढ़ाकर तो बाबा भोले भी पूजे जाते हैं।

मोहल्ले की फेरी समाप्त करते ही घेघू को कचहरी पहुँचने की जल्दी हो जाती।

हर रोज ठट के ठट लोग पूर्णिया पहुँचते हैं बसों-रेलगाड़ियों में लदकर, और वहाँ की जमीन छूते ही दो मुख्य भागों में विभक्त हो जाते हैं। एक भाग अस्पताल का रुख पकड़ता है और दूसरा कचहरी की ओर बढ़ जाता है। इस इलाके में किसी को गँवार सिद्ध करने के लिए यही अफवाह उड़ाई जाती है कि उसने न तो पूर्णिया अस्पताल देखा है और न पूर्णिया कचहरी। कोई भी आदमी अपने बारे में इससे बड़ा और कोई झूठ नहीं मानता। बीमार माँ-बाप का पूर्णिया में इलाज करवा देने भर से

यहाँ के बेटे पुत्र-धर्म पूरा कर जाते हैं और माँ-बाप के ऋण से छुटकारा पा लेते हैं। अस्पताल से हो आने पर भी न छूटे, तो समझ लिया जाता है कि ऊपर से बुलावा आ गया। हर बेटा अपना दोष मिटाने के लिए एक बार पूर्णिया छू जाता है।

कचहरी की भीड़ अस्पताल की भीड़ से कई गुनी अधिक होती है। इस इलाके में अन्याय से पीड़ित और शोषित प्राणियों की जितनी संख्या है, इससे उसके दो-चार सौ बरस पिछड़े होने का एहसास जगता है, पर उससे भी अधिक संख्या में अन्याय के विरुद्ध लड़नेवालों की भीड़ से बहुत निकट भविष्य में किसी बड़ी क्रान्ति के घट जाने की सम्भावना दीख जाती है। अन्याय के विरुद्ध लड़ने का एक अजीब शौक पाल लिया है यहाँ के लोगों ने। इस इलाके में बस इसी कारण अगहनी की अच्छी फसल हो जाया करती है। लोगों को मुकदमे का शौक न हो, तो अच्छी फसल उगाने की सारी प्रेरणाएँ ही वे खो बैठें।

भगवान के विरुद्ध लड़नेवाले जो अस्पताल पहुँचते हैं, उनके चेहरे मुरझाए-मुरझाए रहते हैं। बूढ़े माँ-बाप के लिए, जिनका बहुत सोच-विचारकर देखने से अब उठ जाना ही अच्छा जँचता है, बेटे दान-दक्षिणा कम ही करते हैं। लेकिन आदमी के विरुद्ध लड़नेवाले काफी आशावान रहते हैं और उनके चेहरे खिले हुए रहते हैं। ऐसे लोग कचहरी में घुसने से पहले ही कुछ भिखमंगों के आशीर्वाद से शक्ति, साहस और विश्वास हासिल कर लेते हैं। अस्पताल में भिखमंगों की बद्दुआओं से किसी-किसी का मन हरा हो जाता है। कचहरी में यह सब नहीं चलता।

घेघू जैसा भिखमंगा कचहरी छोड़कर अस्पताल की ओर नहीं जाता। कचहरी के हाते में घुसने का मुख्य दरवाजा पूरब की ओर है। घेघू यहीं बैठता है। सामने से मुख्य सड़क गुजरती है, जो बस-अड्डे से होते हुए कुरसैला-काढ़ागोला की ओर चली जाती है। ठीक सामने बजरंगबली का नामी मन्दिर है, जहाँ हर वक्त भजन-कीर्तन होता रहता है और थोड़ी बहुत भीड़ मौजूद रहती है। उसके आगे बाजार शुरू हो जाता है। मन्दिर के सामने ही यहाँ का सबसे बड़ा चौक है, जहाँ इस कस्बे की खबरें

बनती-बँटती हैं। पास ही एक छवि-गृह। कमाई के लिहाज से भिखमंगों के लिए इससे बेहतर और जगह नहीं।

घेघू के पद की स्वर-लहरियाँ सड़क तक के राहगीरों के कर्ण-विवरों में प्रवेश पा लेतीं। जीत-हार का फैसला सुनने आए मुकदमेबाज कचहरी में घुसने के पहले ही घेघू से टकरा जाते और उसके राम से दया की भीख ग्रहण कर लेते। घेघू पर पहली-पहली बार दृष्टि डालनेवाला शख्स अवश्य ही चीखने-चीखने को हो जाता होगा और दुपैसी-पँचपैसी डालने के बजाय डर से दसपैसी-बीसपैसी डालकर बिना अगल-बगल देखे वहाँ से सीधे बजरंगबली के मन्दिर में जाकर आँखें मूँदे पूरे मन से बुदबुदाता होगा, 'हे पवनसूत, इस घेघू से बचाना, हनुमान चालीसा का पाठ करूँगा।' पूर्णिया के कितने ही घरों में जब से बच्चों ने गीदर से डरना छोड़ दिया है, माँ रोते बच्चों को अब घेघू के नाम से डराने लगी हैं, 'रो मत नुनु, नहीं तो घेघू आएगा और उठाकर ले जाएगा।'

दोपहर में घेघू समय निकालकर वहीं अपना भोजन छोटे के साथ कर लेता। मोहल्ले से प्राप्त खाद्य पदार्थ काफी मात्रा में होते। भोजन के तुरन्त बाद छोटे दो बीड़ियाँ सुलगा लाता, एक घेघू को देता, दूसरे में खुद दम लगाता। फिर खैनी मलकर वह घेघू की गाड़ी में रख देता और खुद आराम करने किसी वृक्ष की छाँह में चला जाता, या दो-चार पैसों के लोभ में बस अड्डे की ओर। तब घेघू पूरा पद अकेले ही चिल्लाना शुरू करता, 'दुर्बल को जो देगा दान...'

अँधेरा होने से पहले घंटे-दो घंटे के लिए बजरंगबली के मन्दिर के पास भी टिक जाता। कुछ पैसे झड़ ही जाते। और फिर अँधेरा होते-होते गाड़ी खींचते हुए बस्ती की ओर चल पड़ता। इस बीच घेघू चौक से छोकरे के जरिये चुपके से एक फूलों की माला अवश्य मँगवा लिया करता है। जब से रनिया को जूड़े में फूल खोंस कर बस्ती में आते-जाते देखा है, तब से ही घेघू भी अपने व्यक्तित्व को आकर्षक बनाने के लिए गले में फूलों की माला डालकर बस्ती में प्रवेश करता है।

दस पैसे में खरीद लिया करता है एक सपना।

बस्ती में पहुँचते ही घेघू बिलकुल अपाहिज नहीं रहता, जैसे कोई बुत अचानक सजीव हो उठा हो। वह अपना भिखारी जामा उतारता, दिशा-मैदान से फारिग होता और मुँह-हाथ धोकर भट्ठी का रुख पकड़ लेता। रात का खाना वह नहीं खाता, दारू के साथ चखना, घुघनी-मुड़ही के साथ मांस-मछली के कुछ टुकड़े।

रात के इस जश्न में छोटे शरीक रहा करता। शराब की घूँट-दो घूँट, मांस-मछली का एक-आध टुकड़ा उसके हिस्से में भी आ ही जाता। हालाँकि उम्र उसकी पन्द्रह-सोलह से अधिक की न होगी। पर शराब पीने की बान पड़ गई है। यहाँ तो घेघू उसका चाचा बनने से भी एतराज कर जाता है और उसे एक जिगरी दोस्त का दर्जा दे डालता है। सारे शराबियों-जुआरियों और व्यभिचारियों की तरह तब घेघू भी उम्र का जामा उतारकर रख देता।

रिश्ते कभी-कभी सुनसान में पड़े सिक्कों की तरह होते हैं, जिन्हें लोग अचानक देखकर खुश हो जाते हैं और उठाकर कमर में खोंस लेते है। रिश्ते का एक ऐसा ही सिक्का घेघू और छोटे को एक दिन बस-अड्डे में मिल गया था। छोकरा दिनभर वहाँ पैसा माँगता और रात किसी छाँह में या खुले आकाश के नीचे बस-अड्डे के कुत्तों के साथ काट लेता। घेघू की नजर इस बेसहारा बच्चे पर पड़ गई थी। खुले आकाश में जाड़े की एक ऐसी रात काटी थी उस बच्चे ने कि सुबह उसकी नाक से खून बह निकला था। उस दिन ही घेघू उसे कह-सुनकर अपनी बस्ती में ले गया था। यह दो बरस पहले की बात है।

घेघू ने उसे बिलकुल अपना बना लिया था। वह उसे खूब खिलाता-पिलाता। दारू पीने की इच्छा छोकरे ने ही प्रकट की थी। वह तो केवल उसकी बात मान गया था। पर घेघू को यह अच्छा नहीं लगा था। जब उम्र की पाबंदी भीख मांगने पर नहीं, तो फिर शराब पीने पर क्यों कर? यहाँ भी वह कुछ अधिक उपयोगी हो जाता घेघू के लिए। शराब अकेले पीने की चीज ही नहीं। एक गानेवाला हो तो दूसरा ताल देनेवाला, एक रोने लगे तो दूसरा आँसू पोंछता चले। छोटे की खसकंत का अब डर कोई नहीं था घेघू को। अब उसके दो-दो चाचे थे—एक घेघू, दूसरा दारू।

भट्ठी का आँगन काफी लम्बा-चौड़ा है। भीड़ इसी आँगन मुं जमती है। पियक्कड़ों का रोना-गाना यहीं चलता है। दारोगा-जमादार के आने पर यहीं भरभराहट होती है। झगड़ा-झंझट करने, गाली-गलौज देने और लाठी-मुक्के चलाने के लिए इस आँगन का भूगोल पियक्कड़ों को अधिक जँचता है। घेघू यहाँ नहीं बैठता।

घेघू भट्ठी के पिछवाड़े में अपना आसन जमाता है। यही उसकी मुकर्रर जगह है। यहाँ हलचल नहीं, कोई कचकच नहीं, शान्ति है, आदमी आराम से पी सकता है। बुरी नजरें पीछा नहीं करतीं।

आज भी घेघू अपनी मुकर्रर जगह पर जा बैठा है। छोकरा एक बड़े से दोने में चखना लिये आता है, भूँजा और भूने हुए मांस के कुछ टुकड़े। घेघू पालथी मारकर बैठ जाता है। छोटे को आज एक के बजाय दो बोतल दारू लाने के पैसे देता है। छोकरा कुछ अतिरिक्त खुशी के साथ माल ले आता है। घेघू एक पूरी बोतल ही मुँह से लगा लेता है। तो उसे कुछ हैरत होती है और वह खुला-खुला मुँह घेघू को निहारने लगता है। बोतल खाली कर घेघू दम भरता है और फिर छोकरे से कहता है, "तुम मेरा मुँह क्या ताक रहे हो टुकुर-टुकुर? अपना ले लो।"

यह रिवाज-सा बना हुआ था कि बोतल मँगवाकर घेघू छोकरे के गिलास में उसका हिस्सा डाल दिया करता था और तब खुद चखना के कौर के साथ दारू की घूँट लिया करता। आज तो जैसे हवा गाड़ी पर सवार होकर आया हुआ था। चाचा का रवैया देख छोटे को गाँव के बेईमान चाचा की याद आ गई थी, पर शीघ्र ही उसकी जान में जान आ गई। सहमते हुए उसने दूसरी बोतल से अपने गिलास में शराब ढाली और शेष माल घेघू की ओर सरका दिया। घेघू ने बोतल उठाकर कुछ और दारू उसके गिलास में डाल दी और बड़े प्यार से बोला, "आज तुम भी कुछ अधिक पियो। आज हर पीनेवाला कुछ फाजिल पीता है।"

"क्यों चाचा?" गिलास मुँह से लगाने से पहले छोकरे ने भी मुस्कराते हुए पूछा।

"आज होली है रे, फगुआ!"

छोकरे को बस-अड्डे की अपनी होली का ध्यान आ गया। सुबह

होते ही हर चेहरा मैला-मैला नजर आने लगता था। बाहर से आनेवाली बसें कीचड़ से पुती आती थीं। अन्य भिखमंगे छोकरे की तरह वह भी दिनभर धूल उड़ाता रहता। होरिहारों का दल फाग गाने में मशगूल होता, गानेवाला मचल-मचलकर गाता, ढोलकों तक ने न फूटने की कसमें खा ली थीं। वह दूर से 'सारा रा-रा' के बोल उड़ा लेता और फिर पूरे अड्डे में उछल-उछलकर, नाच-नाचकर उन गीतों को बासी करता। भिखमंगे बच्चों के इस उत्सव में बस-अड्डे के कुत्ते शरीक हुआ करते और बाहर से आए मुसाफिरों की तरह ही बच्चों के हाथों में धूल और कीचड़ देखकर चौकड़ी भरते हुए भागने का उपक्रम करते।

घेघू भी न जाने कब से फाजिल पीने लगा है। पिछली होलियों में उत्सव की शुरुआत वह जरा सबेरे ही भट्ठी जाकर एक बोतल पीकर किया करता और फिर सारा दिन झोंपड़ी के अन्दर पड़ा-पड़ा ऊँघता रहता। न जाने कहाँ-कहाँ से आ-आकर फगुहारों के स्वर तब भी उसके कानों से टकराते, तब वे बेअसर लौट जाया करते, क्योंकि तब उन आवाजों में न कोई व्यतीत बोलता है और न कोई भविष्य झाँकता। व्यतीत भी इतना वीरान हो सकता है? भविष्य इतना ऊसर?

पर जब से रनिया इस बस्ती में आई है, चाँद भी कुछ फाजिल चमकने लगा है। आते ही रनिया ने उसके खयालों में घर बना लिया, हालाँकि तब घेघू को जितना चाँद पहचानता था, उससे कम अधिक रनिया भी नहीं। पर सपने सोनेवालों से ही कितना ताल्लुक रखा करते हैं!

और झोंपड़ी खड़ी कर लेने के बाद घेघू बन्धनों का भी सुख खोजने लगा। बूढ़े दम्पति उसके नजरों में अटकने लगे, जवान जोड़ों पर उसकी निगाहें जमने लगीं। हर खेलते-मुस्कराते बच्चे में वह कुछ ढूँढ़ने लगा।

आज कुछ फाजिल पी लेने से घेघू के पाँवों में कुछ फाजिल हरकतें होने लगीं, दिल कुछ फाजिल धड़कने लगा और होंठ कुछ फाजिल बुदबुदाने लगे।

लड़खड़ाते पाँवों और लड़खड़ाती आवाजों की जिन्दगी हजार रंगों में जल्वागर थी वहाँ। गीतों और गालियों का कोलाहल। अब घेघू शरीक

था उन सब में। और धीरे-धीरे किसी अथाह में डूबता चला जा रहा था। महाजनों की नगरी में एक भिखारी घूमने लगा, भिखमंगों के शहर में एक शहंशाह की तरह।

मन के घोंसले से उड़ा पंछी मुक्त गगन में उड़ानें भरता हुआ पूरी धरती को नकारने लगता है। धरती के ढेर-सारे प्रश्नों को बहुत पीछे छोड़ते हुए एक ऐसा ही पंछी उस दिन असीम आकाश में मंडराने लगा था। खुशियाँ भी गरीब होती हैं? मन भी भिखारी होता है?

एक आवाज न जाने कितनी गहराइयों से उभरी थी, बेसुरी नैसर्गिक मिठास से भरी-पूरी। घेघू गा उठा था—

*तोरे झाँझर घुँघटवा के पार गोरिया,*
*चमके चन्दा-सा मुखड़ा तोहार गोरिया।*

न जाने किसने सर्वप्रथम झीने घूँघट के पार गोरी का चाँद-सा मुखड़ा देखकर बेवजह चीख-चीखकर हल्ला मचा दिया था। आज जब घेघू ने घूँघट के पार देखा, तो उससे भी चुप रहा न गया। ऐसा पहले नहीं हुआ था। जब-जब घेघू ने इस तरह देखने की कोशिश की थी, उसकी आँखों के आगे एक महाशून्य उपस्थित होता रहा था।

पर आज उस शून्य को गेन्द की तरह ठोकर मारकर रनिया खिलखिला रही थी।

छोटे गौर से घेघू के चेहरे को निहारता है, मुस्कराता है और फिर भट्ठी के पिछवाड़े में जोरों से खिलखिला पड़ता है। घेघू अपनी भारी पलकें उठाता है, आँखें फाड़कर छोकरे को देखता है, पर उसके इस तरह हँस पड़ने का जरा भी बुरा नहीं मानता और पलकें बन्द कर पुनः चालू हो जाता है, 'तोरे झाँझर...'

छोकरा सोचता है, डेढ़ बोतल का चाचा पौने गिलास के भतीजे से कितनी दूर निकल गया है। और फिर कुछ ढीठ बनकर वह अपनी जाँघों पर ताल देने लगता है और मुँह से 'ताक धिनाधिन ताक धिनाधिन' के बोल निकालता है। जल्दी ही वह भी जवान होकर डेढ़ बोतल का असामी बन जाएगा। छोटे ने मन की बात मन में ही रखी।

गाते-गाते घेघू अचानक रुक गया और कुछ क्षणों तक बिलकुल खामोशी से छोकरे को घूरते रहने के बाद कहा, 'मन की एक बात बताऊँ, छोटे?'

जब छोकरा बस-अड्डे में अपने दिन गुजारता था, तो दुःख-सुख की बातें कुत्तों से किया करता था, 'आज खाना मिलेगा या नहीं, मोती? आज बारिश में कहाँ सोऊँगा, रे?' कुत्ता दुम हिलाता।

न जाने मन की कौन-सी बात कहना चाहता है चाचा! उत्सुकताओं के बीच मुँह से निकला, 'क्या?'

'मेरा ब्याह करने को जी चाहता है।' चाचा ने कहा।

छोकरा अपने खाने-पीने की बातें कुत्तों से किया करता था, सूनेपन के बीच। घेघू ने अपने ब्याह की इच्छा छोटे के सामने प्रकट की, बरसों पुरानी खामोशी तोड़ते हुए। जब आस-पास कोई दोस्त नहीं दिखता, तो किसी दुश्मन को भी पास बैठा लेने को जी चाहता है। सामने कोई तो परिचित है! तब कटकर अलग हुआ संसार कुछ पास सरक आता है। घेघू ने बच्चे के आगे मन की बात खोल दी।

छोकरे की आँखें हैरत से बाहर निकलने-निकलने को हो गईं। उसके मुँह से एकबारगी निकला, 'इस उमर में, चाचा?'

घेघू झेंपा नहीं। उसने तड़ातड़ कस्बे के पाँच-सात बुड्ढों की शादियों की चर्चा कर डाली, उतरती उम्र में हुए उनके बच्चों का जिक्र किया और फिर कहा, "अभी तो मेरी डोर बहुत मजबूत है रे, छोटे, अभी क्या हुआ है? एक बाल भी सफेद दिखता है तुम्हें?"

और फिर घेघू ने छोटे को बताया कि एक दिन उसने मधुबनी चौक के पंडित को पचीस पैसे देकर अपना हाथ दिखाया था। पंडित ने उसे हथेली फैलाने को कहा था और फिर बड़े ध्यान से उसकी सारी रेखाओं को पढ़ गया था और कहा था कि उसके भाग्य में घर-द्वार भी हैं, बाल-बच्चे भी।

छोटे बड़े ध्यान से घेघू की बातों को सुनता रहा और घेघू के चुप होते ही पूछा, "तुम्हें पंडित की बातों पर विश्वास होता है क्या, चाचा?"

"हाँ रे," घेघू पूरी गम्भीरता के साथ कह रहा था, "वे झूठ नहीं बोलते। हाथ की रेखाओं में सारी बातें लिखी रहती हैं। पंडित उन्हें पढ़

लेते हैं और यह पंडित तो नामी ज्योतिषी है। सौ-दो सौ आदमियों के हाथ तो वह रोज जरूर देखता है।"

"हाँ, चाचा, पंडित भला झूठ क्यों बोलेंगे! फिर तो तुम शादी कर ही लो।"

"और छोटे, मैं देखता हूँ, हो सकता है कि तुम्हारा भी ध्यान इस ओर गया हो, कि उस दिन से ही रोज झोंपड़ी के सामने एक कौआ आकर काँव-काँव कर जाता है। गाँव में तुमने भी सुना होगा, कागा शुभ सन्देशा लाता है।"

"ठीक है चाचा, शादी कर लो। पर उससे पहले मेरी अलग झोंपड़ी के लिए बाँस-फूस ला देना।'

इस बार घेघू के खिलखिलाने की बारी थी। वह हँसते हुए उठ खड़ा हुआ, "चलो छोटे, अब घर चलें।"

जाते हुए घेघू को ऐसा लगने लगा कि उन दोनों के साथ कोई तीसरा भी चल रहा है।

बस्ती में अभी भी कई चूल्हे जल रहे थे और हर एक को घेरकर औरत-मर्द बैठे हुए थे। बच्चे उछल-कूदकर फाग गा रहे थे और 'भैया रे बोल कबीरा' के गलत-सलत टुकड़े कभी हवा में और कभी एक-दूसरे पर उछाल रहे थे। छोटा-सा हंगामा अभी भी जारी था।

घेघू अपनी झोंपड़ी में घुसने को हुआ, तो छोटे ने कहा, "चाचा, तुम सोओ, मैं जरा घूम-घामकर आता हूँ।" घेघू ने उसके कन्धे पर हाथ रखकर अन्दर जाने का इशारा किया और कहा, "पहले मेरा एक काम कर दो।"

"कौन-सा काम, चाचा?" बात हैरत की ही थी। इस वक्त पहले कोई काम नहीं हुआ करता था।

अन्दर छोटे चटाई पर बैठ गया। घेघू ने छत के फूस में खुँसी कागज की एक पुड़िया ढूँढ़कर निकाली। बैठकर उसे खोला, उसमें एक हँसता हुआ नकबेसर था।

"क्या काम है, चाचा?" छोटे की उत्सुकता और भी बढ़ गई, "इसे तो औरत नाक में पहनती है। यह तुम्हारे पास?"

घेघू ने एक बार नकबेसर हाथ में झूलाकर देखा और फिर छोटे से कहा, "इसे तुम रनिया को दे आओ।"

"रनिया को? क्यों, चाचा?"

"चीखो मत धीरे बोलो।"

"रनिया को क्यों दोगे, चाचा?" इस बार छोटे ने फुसफुसाकर कहा।

"तुरन्त भूल गए? मैंने तुझसे अपने ब्याह की बात नहीं बताई थी?"

"रनिया से ब्याह करोगे?"

"क्यों, यह बुरी बात तो नहीं? वह मेरे हिस्से में आई है। भगवान ने उसे भेजा है।"

"आज ही ब्याह करोगे?"

"अब बात तो पक्की कर लूँ, तुम्हें तो मेरी इस उम्र पर भी एतराज है। दिन-दिन उमर तो बढ़ती ही जाएगी। बिना औरत का घर भी तो सूना-सूना लगता है। मर-खपकर आता हूँ, तो कोई पाँव दबानेवाला भी तो होना चाहिए।"

"पाँव तो मैं भी दबा दूँगा, चाचा। तुम इसकी फिक्र क्यों करते हो? और रनिया तो तुम्हारे पाँव नहीं दबाएगी, यह जान लो।"

"पाँव नहीं दबाएगी, पर खाना तो बनाएगी हम दोनों के लिए। तुरन्त जो भट्ठी की तरफ दौड़ता हूँ, वैसा तो नहीं करना पड़ेगा। तुम भी थक-मर जाते हो, और फिर भोजन के लिए बिलबिलाना पड़ता है।"

"चाचा, रनिया तो चटोरी है, खुद इधर-उधर चाटती-फिरती है। वह तुम्हारा खाना बनाएगी, इस उम्मीद पर तो न रहो।"

"किसी उम्मीद पर ही तो शादी कर रहा हूँ, रे। तू बात क्यों नहीं समझता? खाना नहीं बनाएगी, तब भी कोई हर्ज नहीं। घर की देख-भाल तो करेगी।"

"वह कानी भी है, चाचा।"

"लंगड़ी से तो अच्छी हुई। इस बस्ती में तो हर एक का शरीर गला-पचा है। किसकी औरत कभी रनिया जैसी रही होगी यहाँ?"

"लेकिन चाचा, वह तुम्हारे वश में रहेगी, मुझे इसमें सन्देह लगता है।"

"रहेगी, रहेगी, छोटे। जब खूँटे से बँध जाएगी, तो सब ठीक-ठाक

हो जाएगा। एक बच्चा हो जाए, तो फिर देखना, रनिया किस तरह झुककर रहती है।"

"सो तुम जानो, चाचा। मुझे तो जैसा कहोगे, करूँगा।"

"तो ठीक है, अब तुम नकबेसर उठाओ और जाओ।"

जाने से पहले छोटे ने पूछ लिया, "रनिया के बाप से तुमने बात तो कर ली है, चाचा?"

"नहीं रे, उसके बाप से क्या बात करूँगा? उसके मन से क्या होगी?"

"उसके बाप से नहीं पूछा है?" फिर छोकरे ने होंठों पर मुस्कराहट लाते हुए कहा, "तब जरूर तुमने रनिया को फुसलाया है, चाचा। हूँ..."

"क्यों रे, रनिया मुझ पर डोरे नहीं डाल सकती क्या?" घेघू ने जवाबी मुस्कराहट के साथ कहा, "वही मुझसे लटर-पटर रखती है।"

"बस-बस, यही बात है। अब सब समझ गया मैं। जैसे भवानीपुर वाले लँगड़े ने रामपुरवाली को पटा लिया।"

"अब जाओ भी। कहना मैंने बुलाया है।"

"अभी?"

"हाँ," पलक झपकते हुए घेघू ने कहा और फिर पूछा, "कितनी देर में आ जाओगे? मालूम है न, वह कहाँ मिलेगी?"

"हाँ, जेल चौक पर।"

"ठीक, ढूँढ़ तो लोगे? साथ लेकर ही आना। खाली नहीं लौटना।"

जेब में नकबेसर डालकर जब छोटे उठ खड़ा हुआ, तो घेघू ने पूछा, "क्या कहोगे रनिया से?"

"उसे नकबेसर दे दूँगा और यहाँ आने को कहूँगा।"

"और कुछ नहीं कहोगे?"

"और क्या?"

"पूछेगी तो, नकबेसर क्यों दिया है, क्यों बुलाया है?"

"शादी की बात पक्की करने। यही तो?"

"बस इतना ही कहोगे?"

"जो सब कहूँगा, वह मुझे बता दो ठीक-ठाक। भीख जिससे कहो, लेकर दिखा दूँ, पर यह सब मुझे नहीं आता है।"

"तुम्हें यह तो बताना ही पड़ेगा कि वह मेरे घर में सुख से रहेगी या दुःख से।"

"हाँ, यह तो बताऊँगा ही कि वह तुम्हारे घर में बहुत सुख-आराम से रहेगी।"

"एक बात और जान लो छोटे कि मैं उसे भीख माँगने नहीं जाने दूँगा।"

"हाँ, चाचा, तुम इतना कमा लेते हो, फिर उसे भीख क्यों माँगनी पड़ेगी?"

"यह सब उससे कह देना।"

"हाँ-हाँ, यह सब तो कहना ही है।"

"यह भी कह देना कि मैं उसे कपड़े-लत्ते, तेल-फुलेल, नथ-बाला किसी चीज की कमी नहीं होने दूँगा। मैं भिखमंगा हूँ तो क्या, उसे परी बनाकर रखूँगा। और फिर पंडित की बात आज न कल सच होकर रहेगी।"

मैं उसे पंडित की बात भी बता दूँगा, चाचा। वह दौड़ी-दौड़ी चली आएगी। उसकी कानी आँख पत्थर की बनवा देना, चाचा।"

जवाब में घेघू होंठ बिचकाते हुए हँस पड़ा, तो छोटे ने गम्भीरता से कहा, "हँसो मत, चाचा। धुरन्धर बाबू की भी एक आँख पत्थर की है। दूर से किसी को पता भी नहीं चलता॥"

"उतने पैसे होंगे तो वह भी कर डालूँगा। अब तू जा।"

उधर छोकरा बस्ती से बाहर हुआ और इधर घेघू के दिल की धड़कनें बढ़ गईं। उन धड़कनों को पढ़ कर कोई भी कह सकता था कि रनिया के सौभाग्य का सूरज आकाश में चढ़ने लगा है, और घेघू को लग रहा था कि वह ब्याह की पालकी में बैठ चुका है, कहारों ने पालकी उठा ली है, अब बस उस बँसवाड़ी के पार, अगले ही गाँव में वे कन्धे से पालकी उतार रखेंगे, गुदगुदियों में सारा शरीर नहा उठा।

एक नई दुनिया बिलकुल उसके पास चली आई थी। आओ घेघू, इसमें वास करो। किसी दिन एक तीसरा भी दाखिल हो जाएगा, 'केहूँ, केहूँ...' जब वह चाँद के लिए हठ करेगा, तो घेघू आकाश से तोड़कर चाँद ला देगा।

कितना अच्छा होता, सपने बाजारों में बिका करते! तो हर कोई उन्हें खरीद तो नहीं पाता। आज यों भी जहर का नशा चढ़ा हुआ था घेघू पर। वह बहक रहा था बेतरह...

...छोटे अब पहुँच गया होगा रनिया के पास। पाव भर जमीन भी तो नहीं है जेल चौक...रनिया अवश्य मिल गई होगी...रनिया को इशारे से बुला ले गया होगा छोटे, कठपुलवा के नीचे अँधेरे में...अब उससे बातें कर रहा होगा...

नकबेसर देखते ही रनिया को उस दिन की बात याद आ गई होगी। मैंने कहा था, "नाक में एक नकबेसर डाल लो, तो परी की तरह लगोगी, रनिया!" तब उसने पूछा था, "परी कैसी होती है, देखी है तुमने?" तब मैंने कह दिया था, "बिलकुल तुम्हारी तरह। पर उसकी नाक में एक नकबेसर भी होता है।" हँसकर आगे बढ़ गई थी रनिया।

उन दिनों रनिया को देखकर उसका मन बरबस जोर-जोर से फगुआ गाने को मचल पड़ता, "ले भागा, रे, ले भागा, नकबेसर कागा ले भागा।'

...वह उलट-पलटकर देख रही होगी नकबेसर। और अब पहन रही होगी। अगले दिन जब मैंने फिर टोक दिया था, तो उसने अपनी रजामन्दी लगभग जाहिर कर दी थी, 'एक नकबेसर ला दो, तो पहन लूँगी, घेघू भैया।' "खबरदार!" मैंने कहा था, "एक की जगह सौ नकबेसर ला दूँगा, पर मुझे भैया-भैया मत कहा कर।" हँसती हुई भाग गई थी रनिया, और घेघू की दो आँखें ध्रुवतारा की तरह चमक उठी थीं।

...नकबेसर पहनकर उसने छोटे से जरूर पूछा होगा, "कैसा लगता है?"

"बहुत सुन्दर।" घेघू के मुँह से अनायास निकल पड़ा। छोटे ने भी जरूर यही कहा होगा, "बहुत सुन्दर।"

...और अब रनिया आ रही होगी...

घेघू जल्दी से उठकर बिस्तर ठीक-ठाक करता है। सबसे साफ चादर डालता है उस पर। तकिया लगा देता है। और फिर लेटकर प्रतीक्षा करने लगता है। नशे में उसकी आँखें मुँद-मुँद जाती हैं। पर तब भी हर आहट, हर पदचाप पर वह चौकन्ना हो उठता है और दरवाजे से बाहर झाँकता है।

संसार के सारे हृदय सहोदर हैं।

बहुत देर कर दी छोटे ने। नहीं, देर रनिया ने लगाई होगी। वह फूल ढूँढ़ रही होगी जूड़े में खोंसने के लिए। वह जानती है, फूलों से सजा जूड़ा पसन्द करता है घेघू। उस दिन जब जूड़े में फूल खोंसे वह गुजर रही थी, तो मैंने टोक ही दिया था, "यह फूल बड़ा फबता है तुम पर, रनिया।" रनिया से उसकी यह पहली मुलाकात थी। पहली मुलाकात की पहली मुस्कराहट पर घेघू जान से फिदा हो गया था।

सब कुछ याद होगा रनिया को।

इस बार सचमुच कोई था। अँधेरे में एक छायाकृति को घेघू ने अपनी झोंपड़ी की ओर आते देखा। यह कौन हो सकता है? तब तक छोटे सामने हाजिर हुआ। अकेला छोटे? क्या रनिया बाद में आएगी? उस दिन तो उसने स्पष्ट कहा था, 'एक नकबेसर ला देना, तो पहन लूँगी।' औरत और क्या कहती?

छोटे दरवाजे पर रुके बगैर अन्दर आ गया और धम्म से बिस्तर पर बैठ गया। पीछे-पीछे घेघू भी आया और पूछा, "क्या हुआ, छोटे?"

छोटे अपनी साँसों को ठीक करने में लगा था। उसने छोटा-सा जवाब दिया, "उसकी बात मत करो, चाचा।"

जैसे किसी बच्चे ने उसे डाँट दी हो। वह बिलकुल सन्न रह गया। न जाने कितनी तब्दीलियाँ आ गईं घेघू के अन्दर। भूचाल, हाहाकार, और फिर मलबों का ढेर। पर तब भी वह स्थिर रहा, पाँव तले की जमीन खिसक नहीं गई, किसी आँधी ने उसे उड़ा नहीं लिया।

कुछ पाया नहीं घेघू, तो खोया ही क्या?

"जाकर क्या कहा तुमने?" घेघू ने अपनी आवाज को काँपने नहीं दिया।

"उसे नकबेसर दे दिया और जो कुछ तुमने सिखाया था, सब कह दिया।"

"क्या बोली वह?"

"नकार गई चाचा, साफ नकार गई।"

"तुमने उसे बता दिया था कि मेरे साथ उसका सारा दलिद्दर दूर हो जाएगा।"

"खूब ठीक से बता दिया था।"

"यह भी कि मेरे घर में वह रानी की तरह रहेगी?"

"यह तो मैंने बार-बार कहा।"

"और क्या कहा तुमने?"

"मैंने उससे कहा कि घेघू चाचा का जोड़ा पूरी बस्ती में नहीं मिलेगा। तुम तो भागवंत हो जो घेघू चाचा तैयार हो गए हैं।"

"तब क्या कहा उसने?"

"उसमें ऐंठ तो कम नहीं हैं, चाचा। कहने लगी, मैं उस घेघू से ब्याह नहीं करूँगी, उसके घेघा से मुझे डर लगता है। बिलकुल झूठ। घेघे से क्या डर लगेगा! लूले-लँगड़ों के साथ दिन-रात कूल्हे मटकाती फिरती है और तुम्हारे घेधा से उसे डर लगने लगा।"

ऐसे दुर्वचन आज तक किसी ने नहीं कहे थे।

नकबेसर आगे बढ़ाते हुए छोटे ने कहा, "भगवान जो करता है, वह अच्छा ही करता है। रनिया तो बदमाश है चाचा, हर-हमेशा तो कंघी चोटी में लगी रहती है। वह दस घरों की जूठन खानेवाली है। तुम्हारे एक घर से भला उसका गुजारा हो। बस, यही समझो चाचा कि भगवान ने तुम्हें बचा लिया। वह सुख-दुःख में कभी काम नहीं आती।"

घेघू गुमसुम सुनता रहा। उसका ध्यान उन असंख्य आँखों की ओर चला गया था, जो हाट-बाजार में उसे देखकर भय और जुगुप्सा से भर उठती थीं।

"और कानी भी तो है। सुबह-सुबह उठकर उसकी कानी आँख देखोगे? तुम इतना भी नहीं जानते हो कि इससे अशुभ होता है?"

घेघू और भी बहुत कुछ गुमसुम सुनता चला जाता। उसके कान रनिया की पिछली खिलखिलाहटों की ओर लगे हुए थे। जब-जब रनिया हँसती हुई उसके आगे से गुजर गई थी, वह जरूर उसके घेघे पर हँसी होगी।

जितनी थकावट छोटे को दौड़-धूप से नहीं हुई थी, उससे कहीं अधिक घेघू चाचा की उदासी ने पैदा कर दी थी। उसे नींद आने लगी।

उसने अपना बिस्तर लगा लिया, पर ज्यों ही सोने को हुआ कि घेघू ने अपनी खामोशी तोड़ दी, "देखो छोटे, बाबा भोले ने मुझे दौलत नहीं दी है, विद्या नहीं दी, माँ-बाप के मर जाने पर किसी ने आसरा नहीं दिया, पर तब भी एक सहारा दे दिया कि कमा खा लेता हूँ। भिखमंगे यहाँ भी तो बहुत हैं, पर किस पर है बाबा की ऐसी कृपा? मैं तो आँख-नाक से दुरुस्त हूँ। हाथ पैर सलामत हैं, लूला-लँगड़ा नहीं हूँ। कोढ़ियों की तरह दिन-रात मक्खियाँ नहीं उड़ाता रहता। किसी घाव-घोस के दर्द से रात भर छटपटाता नहीं, चीखता-रोता नहीं। और भिखमंगों की भी दशा देख लो। पर तब भी कमाता किसी से कम हूँ क्या? बाबा ने गले में ऐसा गलेगंड डाल दिया है कि पाँच-दस रोज कमा ही लेता हूँ।"

"हाँ, चाचा।"

"उस कानी के लिए अपना घेघा कटवा दूँ क्या? बाबा की दी हुई एक यही दौलत तो है मेरे पास। साली बद्दुआ देती है डायनों की तरह। ऐसी औरत से क्या शादी की जा सकती है? बोलो, छोटे?"

"नहीं चाचा, और फिर तो वह बड़ी छिनाल है।"

"हाँ, रे हाँ, कानी भी तो है।"

एक क्षण के लिए खामोश हो गया था घेघू, और तब वह एकबारगी छोटे से पूछ बैठा, "सच बता छोटे, क्या यह घेघा तुम्हें भी बुरा लगता है?"

छोकरा हड़बड़ाकर उठ बैठा। और उसने तेजी से जवाब दिया, "नहीं चाचा, तुम कैसी बातें करते हो?" और फिर घेघे को हथेली से सहलाते हुए कहा, "मुझे कैसे बुरा लगेगा? भगवान की दी हुई दौलत है। इसी की कमाई तो मैं भी खाता हूँ। मैं तो खुद भगवान से मनाता हूँ कि हे भगवान! सड़े-गले भिखमंगे की तरह मेरे हाथ-पैर मत सड़ाना। बस, घेघू चाचा की तरह एक घेघा मुझे भी दे देना।"

घेघू ने अब छोटे को सो जाने को कहा। थकावट के मारे उसे जल्दी ही नींद आ गई। घेघू खंभे के बाँस से पीठ टिकाए देर तक न जाने भूत-भविष्य के किन-किन कोनों में झाँकता रहा। फिर वह उठा और हाथ में नकबेसर लिये झोंपड़ी के बाहर मैदान की ओर निकल गया। करीब सौ-सवा सौ कदम चलकर वह रुका और फिर अपनी पूरी ताकत से

हाथ घुमाते हुए नकबेसर पास की तालाब की दिशा में फेंका और बगैर मालूम किये कि नकबेसर तालाब में गिरा, या झाड़ियों के बीच, वह तेजी से वापस मुड़ गया।

मुट्ठी में उस वक्त केवल नन्हा-सा नकबेसर ही बन्द था? न जाने और ढेर-सी कितनी सारी चीजें थीं, जो अचानक बन्द मुट्ठी में प्रवेश पा गई थीं, और घेघू ने जिस ताकत और तेजी से अपना हाथ उछाला था, उससे तो यही लगता था कि वे सब-की-सब तालाब और झाड़ियों से दूर, बहुत दूर, जाकर गिरी होंगी।

झोंपड़ी के दरवाजे पर वह एक क्षण के लिए ठिठक गया। चाँद की रोशनी में उसकी दृष्टि अचानक अपनी खुली हथेली की ओर चली गई। किधर थी भाग्य की रेखा, घर-दुआर की? एक लम्बी उम्र के सिवा और कहीं कुछ नहीं था उन रेखाओं में।

मधुबनी चौक का पंडित बिलकुल झूठ बोल गया था।

और कागा?

■

# दुखिया दास कबीर

ऐसी हर डोर टूट चुकी थी जो नकछेदी दास को, यह धरती तो क्या, अपने गाँव सिमराही तक से बाँध कर रखे।

कहाँ थी कोई डोर?

कोई औलाद नहीं थे उसके, न बेटा न बेटी। पिछले साल घरवाली भी गुजर गई। दूर-पास कोई रिश्तेदार नहीं था, साला-बहनोई तक नहीं। गाँव में कोई यार-दोस्त तक नहीं था, जिसके पास दो घड़ी बैठकर मन लगा ले। एक गाय तक नहीं थी उसके पास, जिसे वह माँ की तरह प्यार करे और जिसके बछड़े को बेटे की तरह दुलार-मलार। पूरे गाँव में एक कुत्ता तक नहीं था, जो उसे देखते ही पूँछ हिलाने लगे। उसके

घर कोई बिल्ली नहीं आती थी; किसके लिए दूध खरीदकर रखे वह! नितान्त अकेला रह गया था वह बूढ़ा इस दुनिया में।

इस चौथपन में जिसे अपने परलोक की चिन्ता करनी थी उसे अचानक ही देश-दुनिया की चिन्ता सताने लगी। शुरू में किसी को यह गुमान तक नहीं था कि नकछेदी दास पागल होने जा रहा है, नहीं तो उसी वक्त सिकटोही के धरीछन ओझा से झाड़-फूँक करवा देते; सेर-सवा सेर चावल से अधिक का खर्च नहीं पड़ता। उस वक्त तो लोगों को यही लगा था कि और बूढ़ों की तरह नकछेदी दास भी सठिया गया है। तब लोग उसकी हरकतों पर दिलचुटकियाँ लेते। पागलपन का पता तो तब चला, जब मर्ज लाइलाज हो चुका था। अब तो धरीछन ओझा भी आकर नखरे पसारते। गाँववाले भी क्या-क्या करें उस आदमी के लिए, जिसके मरने के बाद कोई उसका नाम लेवा तक नहीं रहेगा! एक भार तो है ही उनके ऊपर कि इस बूढ़े के मरने पर उसकी मिट्टी ठिकाने लगानी है; अब ऊपर से यह भी कि मरने तक उसे ठीक-ठाक रखना है...धरीछन ओझा न जाने कितने दिन लगा देगा! वह रोज-रोज माँगेगा सवा सेर चावल, दो बोतल दारू, रोज एक मुरगी, और न जाने क्या-क्या! कौन रोज बेहरी माँगता फिरेगा गाँव में? दीना मास्टर ने पागल बनाया है इस बूढ़े को, तो अब कराए वही इसका इलाज।

सिमराही में अगर सचमुच कोई कूप-मंडूक था, तो वह था अकेला नकछेदी दास। साल-दो साल में ही कभी एक-आध बार सिमराही के बाहर पैर रखता वह; वह भी अगल-बगल के गाँवों से बाहर नहीं जाता होगा। देश-देसावर की खबरें सुनने का न तो कभी मौका मिला था उसे और न कभी उसकी इच्छा ही होती थी। वह तो यही समझ रहा था कि जो कुछ अपने सिमराही में हो रहा है वैसा ही सब कुछ इस सिमराही के बाहर भी हो रहा होगा। तीस-पैंतीस साल पहले इस गाँव में एक हत्या हुई थी। महाबीर मोदी ने अपनी औरत का गला काट दिया था। पूरे इलाके में सनसनी फैल गई थी। तब से आज तक कुछ नहीं हुआ है। खेत में मेंड़ को लेकर रामबुझावन राय और हरिकिशोर सिंह के बीच बात बढ़ी थी जरूर, मगर सिर्फ लाठियाँ तनकर रह गईं, किसी तरह खून नहीं हुआ।

बलात्कार की एक भी घटना नहीं। ऐसे तो हर पहर खेत-बहियार झाँकने कोई नहीं जाता, मगर कुछ जायज-नाजायज हुआ भी होगा, तो बहुत हल्का-फुलका। ऐसी कोई घटना नहीं हुई, जो गाँववालों के लिए खबर बन जाए। कम-से-कम ऐसी कोई खबर नकछेदी दास के कानों तक नहीं पहुँची थी। सिमराही में डकैती न तो पहले कभी हुई थी न भविष्य में कभी होने की आशंका थी। माल-मता वाले दो ही गृहस्थ थे इस गाँव में, रामबुझावन राय और हरिकिशोर सिंह, और दोनों के पास बन्दूकें थी। ऐसे सिमराही के नकछेदी दास ने जब सुना कि देश-देसावर में दिन दहाड़े डकैतियाँ, बेशुमार बलात्कार और हर रोज हत्याएँ हो रही हैं, तो उसका माथा चकरा गया। यह दीना मास्टर अगर दस बरस पहले आए होते इस गाँव में, तो नकछेदी दास दस बरस पहले ही सनक गया होता।

सिमराही में अखबार पढ़ने की लत किसी को नहीं थी। मुखिया रामबुझावन राय अगर कभी पूर्णिया या मधेपुरा जाते, तो लौटते समय साठ पैसे का श्राद्ध महज इसलिए कर देते कि हाथ में अखबार झुलाते हुए गाँव में घुसना उन्हें अच्छा लगता था। जिस दिन वे अखबार लेकर आते थे उस दिन भी कोई उनके पास देश-दुनिया की खबरें जानने नहीं आता था। दीना मास्टर के आने के बाद ऐसा हुआ कि सिमराही में भी रोज अखबार पढ़ा जाने लगा।

अखबार पढ़ने का रोग दीना मास्टर को बहुत पहले लग चुका था। सिमराही विद्यालय में शिक्षक होकर जब वे यहाँ आए, तो आते ही उन्होंने अखबार की व्यवस्था कर ली। विद्यालय का चपरासी सोनू, जो रोज अपने घर पिपराही से आता था, दीना मास्टर के लिए अखबार लाना नहीं भुलता था। रविवार या किसी छुट्टी के दिन भी सिर्फ अखबार पहुँचाने के लिए उसे सिमराही आना पड़ता था। विद्यालय में छुट्टी की घंटी बजते ही दीना मास्टर सामने मैदान में कुरसी-मेज निकलवा लेते और अखबार लेकर वहाँ जम जाते। कुरसी पर बैठे हुए मेज पर टाँगे फैलाकर वे घंटों अखबार को चाटते रहते। छुट्टी के दिन वे दोपहर से शाम तक अखबार ही पढ़ते रह जाते।

इसी दीना मास्टर के पास अखबार की खबरें सुनने नकछेदी दास पहुँचता था।

पहले दिन नकछेदी दास भी दीना मास्टर के पास अखबार की खबरें सुनने नहीं गया था। उसने जो देखा कि गाँव के विद्यालय का नया शिक्षक मैदान में अकेला बैठा अखबार पढ़ रहा है, तो महज जान-पहचान करने के इरादे से उनके पास पहुँच गया था। एक सवाल लेकर पहुँचा था वह, "मास्टर बाबू, इस साल वर्षा होगी या नहीं?"

मास्टर बाबू का ध्यान भंग हुआ, तो उसने देखा कि सामने एक देहाती बूढ़ा खड़ा है। बूढ़े का मुस्कराकर स्वागत तो किया उसने, मगर उसके सवाल का कोई सही जवाब देने के बजाय उसके आगे एक लम्बा-चौड़ा भाषण झाड़ दिया, जिसका सारांश था, "इस पाप के जमाने में अब प्रकृति का भी कोई नियम नहीं रहा। कभी तो समय पर बिलकुल वर्षा नहीं होगी, और कभी इतनी वर्षा होगी कि पानी में इलाका डूब जाए। धरती पर पाप बढ़ता जा रहा है और दुनिया विनाश की ओर बढ़ रही है।" अपने भाषण को असरदार बनाने के लिए मास्टर बाबू ने अखबार की ढेर सारी खबरें उस देहाती बूढ़े को सुनाईं। नकछेदी दास को तब पता चला कि सिमराही के बाहर कुछ और ही हो रहा है। हत्या, डकैती और बलात्कार की ढेर सारी खबरें सुनकर पहले ही दिन उसका माथा चकरा गया था। वह सोच में पड़ गया था और काफी उद्विग्न हो उठा था। उस दिन मास्टर बाबू से विदा लेते हुए उसके मुँह से इतना भर फूटा था, "मेरा नाम नकछेदी दास है। आपका नाम क्या है, मास्टर बाबू?"

उस दिन के बाद ही ऐसा परक गया नकछेदी दास कि रोज-रोज दीना मास्टर के पास हत्या, डकैती और बलात्कार की खबरें सुनने के लिए जाने लगा; एक दिन की भी डुबकी कभी नहीं लगाई।

नकछेदी दास जाए भाड़ में। दुनिया-जहान की अलाय-बलाय खबरें सुने और सुन-सुनकर दुबलाए; गाँववालों को उससे क्या लेना-देना! काशीधाम में कौए की मौत और वृन्दावन में हाहाकार! मगर नकछेदी दास है कि पूरे गाँव को दिक करने पर लगा हुआ है। दीना मास्टर के अखबार से खबरें उठाता है और पूरे गाँव को बाँटने दौड़ पड़ता है। अब सब काम-धाम छोड़कर आप उससे खबरें सुनिए और फिर उसके साथ बैठकर रोइए। ऐसा बुरबक और इतना निठल्ला कोई नहीं है सिमराही में।

नकछेदी दास की असली काट जगलाल साह।

विद्यालय का मैदान पारकर सड़क पर आते ही जगलाल साह अपने दरवाजे के सामने चौकी पर बैठे नजर आ जाते हैं नकछेदी दास को। वहाँ पहुँचते ही चालू हो जाता है निठल्ला नकछेदी, "आज तो बहुत ही बुरी खबर है, साह जी। एक परिवार के सात आदमी काट डाले गए हैं। पूरा परिवार स्वाहा।"

"हूँ।"

"यह घटना संझेली की है," बताता है नकछेदी दास और फिर जोर देकर बोलता है, "संझेली अपने ही देश में है, जिला मुँगेर, थाना महमदिया।"

"हूँ।"

""पहले कहीं एक आदमी की हत्या होती थी, तो पूरे इलाके में उसकी गूँज होती थी; खलबली मच जाती थी हर जगह।

"हूँ।"

"आपको याद होगा कि सिमराही में महावीर मोदी ने अपनी औरत को काटा था, तो पूरे इलाके में महीनों इस बात की चर्चा होती रही थी।"

"हूँ।"

"मुझे याद आ रहा है कि वह हाट का दिन था, बुधवार या शनिवार।"

"हूँ।"

"शनिवार ही था।"

"हूँ।"

थेथरई में कोई किसी से कम नहीं; न तो नकछेदी दास किरिया खाता कि अब खबरें सुनाने इस 'हूँ-हाँ' साह के पास वह कभी नहीं जाएगा और न जगलाल साह अपने मन में कभी यह बात आने देते कि आगे से वह अपना 'हूँ-हाँ' का खर्च भी बन्द कर देगा।

नया बजनिया, टीक में झाल।

एक दिन मोती बाबू ने हँसते हुए हरिकिशोर सिंह सरपंच को सुनाया, "आज नकछेदी मुझसे कह रहा था कि बलात्कार की क्या सजा है।"

"अरे बाप! नकछेदी पूछ रहा था यह?"

"हाँ, आज ही।"

"यह सवाल पूछने का मतलब?"

"राम जाने; मैं तो अभी तक हैरान हूँ।"

"दुनिया में कुछ भी हो सकता है मोती बाबू। किसके मन में क्या है, कौन बता सकता है! हमारे यहाँ तो ऋषि-मुनि तक भ्रष्ट हुए हैं। क्या जवाब दिया आपने नकछेदी को?"

"मैंने तो कहा कि होती होगी दो-चार साल की सजा।"

"साल ही कहा था न; महीना तो नहीं निकल गया था मुँह से?"

"अब आप पूछ रहे हैं, तो कुछ शंका हो रही है।"

"तो फिर अभी ही उसे ढूँढ़कर सुना दीजिए कि बीस साल से कम की सजा नहीं होगी।"

किसी-किसी को तो बासी कढ़ी की इस उबाल पर कुछ और ही शंका होती है। बूढ़ापे में कोई खुटचाल तो नहीं चल रहा है यह नकछेदी दास? जो अब तक गाँव से ही बन्द रहा, उसे अब कोई गद्दी चाहिए क्या? राम जाने, दीना मास्टर कोई पेंच तो लड़ा नहीं रहे हैं इस गाँव में!

मुखियाजी के साथ गप-शप के दौरान मानिकलाल उन्हें यह भी सुना ही देते हैं, "गाँव में एक नया नेता पैदा हुआ है, इसकी खबर आपको है या नहीं?"

"नया नेता...कौन?"

"नकछेदी...और कौन! हिन्दुस्तान से लेकर जापान तक की बातें करता है। घर-घर पहुँचता है खबरें सुनाने।"

"तब तो लगता है कि अब दिल्ली जाकर ही दम लेगा।"

"दिल्ली नहीं भी जाए, मगर सिमराही का मुखिया बनने की बात तो जरूर सोच रहा होगा वह।"

"आप भी कभी-कभी बौड़हा की तरह बातें करते हैं। मुखिया बनेगा नकछेदी दास। टिटिही टिकाए पर्वत को!"

"नकछेदी दास तो इस तरह कर रहा है, उसके पीछे कोई राज तो

अवश्य है। अब मुझे यह क्या पता कि गाँव में कौन क्या पेंच लड़ा रहा है। मुझे शंका हुई, तो आपको सवाधान कर दिया।"

"अच्छा ही किया। अब उस पर नजर तो रखनी ही पड़ेगी।"

अब तक तो लोग यही समझते रहे थे कि बूढ़ा नकछेदी सठिया गया है। उसके पागल हो जाने की बात तो गाँव में तब नाची, जब गाँववालों को पता चला कि नकछेदी दास रूस और अमेरिका के राजाओं को चिट्ठी लिखा करता है।

लूट, बलात्कार और मार-काट की खबरें तो नकछेदी दास को उद्वेलित करती ही रहती थीं, मगर अखबार में ऐसी खबर आई, जिसने उस बूढ़े को मसलकर रख दिया।

दीना मास्टर ने सुनाया, "अब इस संसार का विनाश निश्चित है, दासजी; महायुद्ध होने जा रहा है।"

"महायुद्ध?...यह कैसा युद्ध होगा?

"बहुत ही भयंकर," दीना मास्टर ने अखबार एक ओर रखते हुए कहा, इस युद्ध के बाद धरती पर कोई आदमी जिन्दा नहीं रहेगा।"

"ऐसा युद्ध?"

"हाँ, यह परमाणु युद्ध होगा। एक साथ सारे लोग मर जाएँगे, सारे विश्व का नाश हो जाएगा।"

"एक साथ सारे लोग मर जाएँगे!" बुदबुदाया नकछेदी दास, "यह कैसे?"

"परमाणु हथियारों का इस्तेमाल होगा, तो सारे प्राणी और पेड़-पौधे जलकर राख हो जाएँगे। धरती उबल जाएगी। घोर अँधेरा छा जाएगा।"

"ऐसा हो जाएगा?" नकछेदी दास की आँखें भय और अचरज से फैल गई थीं।

दीना मास्टर हाँ में सिर हिलाते रहे।

"हम लोग तो," एक क्षण के बाद नकछेदी दास ने मुँह खोला, "यह युद्ध नहीं चाहते?"

"नहीं चाहने से क्या होगा?" दीना मास्टर ने जवाब दिया, "धरती के किसी एक कोने में भी यह युद्ध शुरू हुआ, तो उसका असर दूसरे कोने

पर भी पड़ेगा। लड़ेंगे दूसरे लोग और मारे जाएँगे सब। हर देश इस युद्ध की चपेट में आ जाएगा।"

बेचारा बूढ़ा अथाह में पड़ गया। क्षण भर की चुप्पी के बाद उसने फिर आहिस्ते से पूछा, "ये हैं कौन, जो ऐसा युद्ध करने को तैयार हैं?"

"अभी तो दो देश हैं, रूस और अमेरिका।"

"कोई इन्हें समझानेवाला नहीं है?"घिघिआहट झलक रही थी नकछेदी दास की आवाज में।

"है क्यों नहीं, मगर ये मानें तब तो!" दीना मास्टर का स्वर भी मायूसी भरा था, "बात-बात में उछलते हैं ये। कोई कहाँ-कहाँ मनाए इन्हें, और किसी के मनाने से भला ये कब माननेवाले!"

"पागल हो गए हैं क्या!" बुदबुदाया नकछेदी दास, "समझाने से भी नहीं समझेंगे!"

मन इतना भारी हो गया था नकछेदी दास का कि उठने के लिए जोर लगाना पड़ गया था उसे।

समझाने से तो बड़े-बड़े पापी और हत्यारे तक राह पर आ गए हैं, घर पहुँचने तक रास्ते भर यही सोचता रहा नकछेदी दास। सोच में इस कदर डूबा हुआ था कि रोज की तरह अपनी चौकी पर बैठा जगलाल साह तक उसे दिखाई नहीं पड़ा। घर आकर भी चैन नहीं। छाती छलनी हो रही थी इस चिन्ता से कि युद्ध करनेवालों को क्या कहकर समझाया जाए। कैसे तो उस बूढ़े के जेहन में यह ख्याल आ गया कि वह रूस और अमेरिका के राजाओं को अपनी ओर से चिट्ठी लिखे!

क्या लिखेगा चिट्ठी में, यह मन ही मन सोचने लगा था नकछेदी दास। रात में बिस्तर पर जाते ही वह अपनी चिट्ठी सजाने लगा, "पतरी रूस के राजा और अमेरिका के राजा जोग लिखा परगना निसंखपुर, गाँव सिमराही से नकछेदी दास का राम राम। भगवान आपको राजी-खुशी बनाए रखें, जो सुनकर दिल खुश हो। हम ईश्वर से मनाते हैं कि आप चकरवती राजा बनें और आपका तीनों लोक में नाम हो। बाद समाचार यह है कि आपके बारे में अखबारवाले अफवाह फैला रहे हैं कि आप एक युद्ध करने जा रहे हैं, जिसमें सारी दुनिया नष्ट हो जाएगी। हम इस

खबर को झूठा मानते हैं। ऐसा तो कोई राजा कर ही नहीं सकता कि अपना राज्य ही जला डाले। राजा के लिए तो प्रजा बेटे के समान हैं। गोसांई जी ने रामायण में लिखा है..."रामायण में क्या लिखा है, गोसांईजी ने, नकछेदी दास को पता नहीं, मगर इससे क्या! कुछ तो लिखा ही होगा उन्होंने, और दीना मास्टर को वह चौपाई जरूर याद होगी।..." और दास कबीर ने भी कहा है कि ढाई आखर प्रेम का जो पढ़ ले वही पंडित। और स्वामी मेंहीं दास ने भी कुप्पा घाट पर सत्संग में कहा था कि आदमी को एक दूसरे से प्रेम करना चाहिए।...तब फिर आपके जैसे गुणी और बुद्धिमान राजा को क्यों बदनाम किया जा रहा है, मेरी समझ में नहीं आता। आप अखबारवालों को बता दीजिए कि आप युद्ध कभी नहीं करेंगे, कि युद्ध की बात आप कभी सोचते भी नहीं, कि कोई पागल ही होगा जो सारे लोगों की हत्या का पाप अपने सिर लेगा, कि लोग झूठ-मूठ आपको बदनाम कर रहे हैं, कि अब ऐसी कोई अफवाह फैलाई नहीं जाए, कि..."

भोर होते ही दिशा मैदान से आकर नकछेछी दास दीना मास्टर के डेरे पर पहुँच गया, हाँक लगाकर उन्हें बाहर बुलाया और फिर कहा, "कागज-कलम लेकर आइए, मास्टर बाबू; चिट्ठी लिखवानी है।"

रूस और अमेरिका के राजाओं को चिट्ठी भेजने की बात जैसे ही गाँव में गूँजी, लोगों को पुख्ता यकीन हो चला कि नकछेदी दास पगला गया है। फिर तो गाँव भर को खबरें सुनानेवाला नकछेदी खुद ही एक खबर बन गया गाँववालों के लिए, रोज ही एक टटका खबर। उसकी एक-एक हरकत पर गाँववालों का ध्यान जा रहा था।

बच्चों का कोई झुंड कहीं खेलता रहता, तो नकछेदी दास उनके पास खड़ा रहकर देर तक निहारता रह जाता उन बच्चों को। उन बच्चों में से किसी एक के बारे में भी उसे पता नहीं होता कि वह किसका पोता है और किसका बेटा है, मगर तब भी उन पर आशीष की वर्षा कर देता वह, "तुम सब भी मेरी ही तरह बूढ़ा झंखाड़ होना, झुलझुल बूढ़ा। मेरी ही तरह तुम्हारे भी बाल सफेद हों, दाँत टूटे..." और फिर अचानक ही वह सिहर जाता कि कहीं उसके आशीष निष्फल न रह जाएँ! उसकी

आँखों में आँसू तैर आते, इन छगन-मगन को यह युद्ध अपनी जवानी तक भी पहुँचने देगा या नहीं!

बच्चों के पास खड़ा होकर क्या निहारता है नकछेदी दास, यह सवाल लोगों के मन को मथने लगता।...औलाद नहीं होने का दुःख कितना बड़ा होता है कि आदमी को पागल तक बना देता है!...निपुत्तर नकछेदी अपनी आँखों से कोई जहर तो नहीं फैला रहा है? ये सारे बच्चे अपने-अपने घर सकुशल पहुँच जाएँगे न आज?...

गाँव से किसी दुलहिन की डोली गुजरती, तो जहाँ गाँव के बच्चे शोर मचाते हुए दुलहिन को चिढ़ानेवाला गीत गाते, "कनियाँ का मुँह काला है, परदा नहीं हटाएगी। कनियाँ नकटी, कानी है, मुखड़ा नहीं दिखाएगी," वहीं बूढ़ा नकछेदी भी अपनी टकटकी उस डोली पर बाँध देता। वह बहुत अस्थिर हो उठता यह सोचकर कि पता नहीं, कब तक यह जोड़ी सलामत रहेगी। उनकी सलामती भी तो रूस और अमेरिका के राजाओं के हाथ में थी। अपनी जिस दुनिया का सुन्दर सपना देख रहे होंगे दुलहा-दुलहिन, उसको मिटा देने का भी तो षड्यंत्र चल ही रहा है।

डोली पर टकटकी बाँधकर खड़े नकछेदी दास को गाँववाले देखते हैं, तो भौंचक रह जाते हैं, "यह क्या हो गया है इस बूढ़े को? इस चलाचली की वेला में...धरीछन ओझा को आज न कल बुलाना ही पड़ेगा। गाँव से गुजरती डोलियों को इस तरह देखते हुए मर गया बूढ़ा, तो मरने के बाद भी...आस-पास के गाँवों से कहार जब दुलहिन की डोली उठाएँगे, तो घरवाले उन्हें हिदायत कर देंगे, सिमराही होकर मत जाना; कोई प्रेत है वहाँ जो हर दुलहिन की डोली का पीछा करता है...

अमराई से गुजरते हुए कोयल की कूक नकछेदी दास के कानों में पड़ती है, तो वह ठिठककर खड़ा हो जाता है, और फिर कोयल के साथ वह भी कूकने लगता है, कू...कू...कू...कूकते हुए वह शायद कोयल से कह भी रहा था, "कूको, और कूको; फिर, पता नहीं, कूकने का कोई मौका मिले या नहीं। जब आग लग जाएगी इस धरती में, तब न कोई अमराई बचेगी और न किसी शाख पर बैठकर कूकनेवाली कोई कोयल..."

बगीचे से दौड़ता-भागता सहदेव भगत गाँव में घूसता है, और सामने

मिल गए लोगों को सुनाता है, "मैं सुनन्दी साह के बगीचे में झाड़ा फिर रहा था। एक गाछ पर कोई कोयल कूक रही थी। देखता हूँ कि नकछेदी दास भी उस गाछ के नीचे खड़ा कोयल की कूक के जवाब में कूक रहा है, लगातार कूकता जा रहा है। अभी भी वहीं है नकछेदी दास; चलकर देखिए न।" क्या होगा जाकर देखने से! अब धरीछन ओझा भी उसे नहीं बचा सकते। अब मौत बिलकुल करीब आ गई है उस पगले के।

विद्यालय के मैदान में केहुनी के बल लेटा हुआ नकछेदी दास एकटक आकाश की ओर देखता है?...क्या देखता है वह?...उस वक्त नकछेदी दास शायद मैदान में नहीं होता, आकाश-गंगा में विचरता है, और वहीं से देखता है अपने गाँव सिमराही को; वह देखता है सुनन्दी साह के उस बगीचे को जिसके सारे के सारे गाछ उसके दादा ने रोपे थे, उस खेत-बहियार को जिसमें वह घूमने जाया करता था, उस पोखर को जिसमें हर वक्त कुछ लोग नहाते-तैरते रहते थे, उस कुएँ को जहाँ वह दिशा-मैदान के बाद हाथ-मुँह धोने आता था; वह देखता है सिमराही के उन नंग-धड़ंग बच्चों को जो खेतों-गलियों में गुल्ली-डंडा खेल रहे हैं, उन औरतों को जो आधा पेट खाकर जटा-जटिन खेल रही हैं, उन मरदों को जो होली के हुड़दंग में अपनी गरीबी छिपा रहे हैं; आम के उस बिरवे को जिसे एक पखवाड़ा पहले ही उसने विद्यालय के सामने रोपा था, और दीना मास्टर को जो विद्यालय के मैदान में अखबार पढ़-पढ़कर गाँववालों को खुशी और खुशहाली की खबरें सुना रहे हैं...नहीं-नहीं, कहाँ कुछ दिखाई पड़ रहा है! कुछ भी तो नहीं देख पा रहा है नकछेदी दास। धरती तो घोर अन्धकार में छिपी हुई है। वहाँ आग लगी हुई है और सारा आकाश धुएँ से भर गया है। नहीं दीखता है कोई सिमराही।

शून्य में एकटक क्या ढूँढ़ता है नकछेदी दास, गाँव में किसी को पता नहीं। उसके बारे में अगर कोई कुछ बता सकता है तो एक दीना मास्टर। उसके पास ही तो अभी भी बराबर जाता रहता है वह और बैठकर उनके साथ देर-देर तक बतियाता भी है। लोग पूछते हैं दीना मास्टर से, "क्या हुआ है नकछेदी दास को? आप तो जरूर जानते होंगे?"

दीना मास्टर मुस्कराते हैं और दोहा पढ़ते हैं,

*"सुखिया सब संसार है, खावै अरु सोवै।*
*दुखिया दास कबीर है, जागे अरु रोवै।..."*

क्या-क्या बोल रहे हैं दीना मास्टर, किसी की समझ में नहीं आता।

दीना मास्टर को भी कहाँ मालूम कि नकछेदी दास का असली दुःख क्या है! उसे भी नहीं पता कि इस बूढ़े को दैव लग गया है। क्यों न लगे दैव?...गाँव के ठाकुरजी को क्यों न हो गुस्सा इस नकछेदी दास पर? जब कभी शीश नवाया इसने ठाकुरवाड़ी में तो इस तरह जैसे कि ठाकुरजी से उसे कुछ लेना-देना ही न हो।...गंगा मैया ने तो अपने आँचल में बाँध ली थी वह बात जो कभी नकछेदी दास ने अपनी घरवाली से कही थी, "गंगा स्नान से कुछ नहीं होगा। सिमराही के पोखर का पानी गंगाजल से कम पवित्र नहीं है; यहीं नहा लो।"...

माँ चंडी का ऐसा अपमान कि कोई आदमी अपनी लुगाई को यह कहकर डाँट दें, "प्रसाद चढ़ाने जाना हो, तो जाओ; बकरा-पाठा चढ़ाने मैं तुम्हें चंडीथान जाने नहीं दूँगा।"...सिमराही के ऊपर से कभी शिव-पार्वती एक साथ गुजरे होंगे, तो शिवजी ने अवश्य कहा होगा पार्वती से, "इस सिमराही में एक है नकछेदी दास, भारी चांडाल। कौन नहीं आया होगा यहाँ से वरुणेश्वर मुझे जल चढ़ाने! मगर यह चांडाल कभी नहीं आया। तुम इसके लिए कभी मुझसे कुछ मत कहना; मैं इसे दंड दूँगा।"...कभी गुस्सा नहीं करनेवाला चेथड़िया पीर के पीर बाबा भी गुस्से में आ गए होंगे, "एक मुराद तो मैंने हर किसी की पूरी कर दी। जो भी आया मेरे पास, खाली हाथ नहीं लौटाया मैंने उसे। मगर तू नहीं आया, रे नकछेदी। सुख माँगने नहीं आया, सम्पत्ति माँगने नहीं आया, इतना घमंड कि एक औलाद तक माँगने नहीं आया, रे नकछेदिया!..."

दैव तो लग ही गया उसे—सोचता है नकछेदी—यह युद्ध क्यों?...सारा षड्यंत्र एक उसके ही विरुद्ध रचा जा रहा है।...इस निपुत्तर को कैसे तो अपने गाँव के सारे बच्चों से मोह हो गया है, जैसे कि सबके सब उसके ही नाती-पोते हों; तो फिर इन सारे बच्चों की उम्र छीन लो।...ईश्वर को चिढ़ाने चला है यह नकछेदिया, "नहीं दिया एक बेटा, तो क्या बिगड़ गया इस नकछेदी दास का? एक गाछ रोपकर जा रहा हूँ; मैं नहीं फला,

मेरा यह गाछ फलता रहेगा।" लो, देखो अब कैसे फलता है तुम्हारा गाछ!...और सुनन्दी साह के बगीचे में तुम्हारे दादा के रोपे गए गाछ! बहुत फूलते हो न तुम उस पर? उसे पूरा का पूरा जला दिया जाएगा।... एक सुनन्दी दास का बगीचा ही नहीं, सिमराही के सारे गाछ-वृक्ष जलाकर राख कर दिये जाएँगे, ताकि मरने के बाद अगर तुम्हें स्वर्ग भी मिले, तो वहाँ भी तुम्हारी आत्मा तड़पती रहे स्वर्ग से भागकर सिमराही के किसी गाछ पर बसोबास के लिए।...खेत-बहियार में लहलहाती फसलों को देखकर कितना लहलहा उठता है तुम्हारा जी, जैसे कि सारे खेत-बहियार तुम्हारे ही हों! और, तुम सोच रहे हो कि मरने के बाद भी इन लहलहाते खेतों की हरियाली तुम्हें सुख पहुँचाती रहेंगी, तुम्हारी आत्मा को शान्ति पहुँचाती रहेगी। सुन, नकछेदिया, ये सारे खेत जल जाएँगे, कभी दूब भी नहीं जमेगी इस जमीन पर।...तुम्हारा पोखर जल जाएगा, तुम्हारा कुआँ जल जाएगा। अपनी आत्मा को सुख-शान्ति पहुँचानेवाली जिन-जिन चीजों की यादें साथ लेकर मरना चाहते हो, वे सारी यादें तुम्हारी आत्मा को तड़पाती रहेंगी, ऐसा इन्तजाम कर लिया गया है...

सचमुच एक उसी के विरुद्ध षड्यंत्र चल रहा है नियन्ता का।...

दीना मास्टर से पूछता है नकछेदी दास, "मास्टर बाबू, रूस और अमेरिका के राजा यह नहीं सोचते कि युद्ध उनके लिए भी बुरा होगा, बहुत ही बुरा?"

"यह डर उन्हें है जरूर," दीना मास्टर जवाब देते हैं, "मगर जहाँ शंका, घृणा और अविश्वास का वातावरण है, और यह डर भी है कि कब दूसरा चढ़ बैठे, वहाँ तो कभी भी कुछ हो सकता है। ऐसे वातावरण में सुबुद्धि साथ छोड़ सकती है।"

"यह तो बहुत ही बुरा होगा, मास्टर बाबू।" बहुत मायूसी भरी आवाज में नकछेदी दास बोलता है।

दीना मास्टर खिलखिलाकर हँस पड़ते हैं, "अब आपका क्या बुरा होगा, दासजी? बुरा तो होगा हमारे लिए कि अभी बहुत-कुछ बाकी है जिन्दगी में देखने-भोगने के लिए। आपने तो अपनी पूरी उम्र जी ली; आप मरे तो जग डूबा।"

"ऐसा क्यों कहते हैं, मास्टर बाबू," खिन्न मुस्कराहट के साथ बोलता है नकछेदी दास, "मर जाने भर से इस गाँव से नाता टूट जाएगा क्या? मरने के वक्त तो अब बस यही एक मुराद है कि मेरे बाद भी मेरा यह सिमराही इसी तरह बना रहे, हरा-भरा, भरा-पूरा। रूस और अमेरिका के राजा भी यह तो नहीं ही चाहते होंगे कि उनके मरने के बाद उनके देश बिला जाएँ।"

"जब आदमी की बुद्धि ठिकाने नहीं होती, तो वह कुछ भी सोच सकता है, कुछ भी चाह सकता है। मान लीजिए, उन दो में से कोई एक राजा भी अचानक ही पागल हो गया, तब फिर क्या होगा? एक आदमी की मरजी पर आज करोड़ों-अरबों आदमी जी रहे हैं; यह कितनी खतरनाक बात है! ऐसा तो नहीं है कि राजा पगला ही नहीं सकता। अगर वह पागल हो गया, तो? अब तो लोग ईश्वर से यह ज़रूर माँगें कि वे इन राजाओं की खोपड़ी सही-सलामत रखें।"

राजा पागल भी हो सकता है!—यह सुनते ही नकछेदी दास के पूरे बदन में झुरझुरी पैदा हो गई। सच ही तो, आदमी तो पागल हो ही सकता है। राजा भी तो आदमी ही होता है। नकछेदी दास को अपनी दादी से सुनी हुई कई कहानियाँ याद आ गईं जिनमें राजा पागल हुआ करता था। दादी ने उस वक्त ही कोई ऐसी कहानी तो नहीं सुनाई थी जिसका राजा अब पागल होनेवाला है! नकछेदी दास फटी-फटी आँखों से दीना मास्टर को घूर रहा था।

जब तक वहाँ बैठा रहा नकछेदी दास, दीना मास्टर एक ही बात बार-बार कहते रहे, "जो विपत्ति पूरी धरती पर है, दासजी, उसके लिए उदास मत होइए, भगवान से मनाइए कि वह सबकी रक्षा करे।"

जब चलने को हुआ नकछेदी दास, तो उसने पूछा, "आप भगवान में विश्वास करते हैं, मास्टर बाबू?"

सिमराही से तीन कोस का रास्ता है चिथड़िया पीर का। पीपल के गाछ पर पीर का वास है। बस, एक चिथड़ा चाहिए पीर बाबा को; इतने से ही माँगनेवाले की मुराद पूरी हो जाती है; गोद भर जाती है, घर भर जाता है। जब किसी का आसरा नहीं, तब एक इस पीर बाबा का ही आसरा है।

असंख्य चिथड़े लटके हुए हैं, इस गाछ से; रोज-रोज बढ़ते ही जा रहे हैं। पूरे इलाके का देवता है यह पीर बाबा। सिमराही में ऐसा कोई नहीं जो पीर बाबा के पास अपनी मुराद माँगने नहीं आया हो; एक बचा हुआ था, आज वह भी जा रहा है उनके पास।

एक बूढ़ा जो अब जमीन का पैबन्द बनने को है, एक बूढ़ा जिसे छोड़कर उसकी बाँझ बीवी भी परलोक सिधार गई है, एक बूढ़ा जिसने समय रहते ईश्वर से भी कभी कुछ नहीं माँगा, एक बूढ़ा जो अपना परलोक सुधारने के लिए भी कभी देवी-देवताओं के पास नहीं गया, आज क्या माँगने जा रहा है पीर बाबा के पास?

नकछेदी दास तो घर-घर सुना आया है कि एक ऐसा युद्ध होनेवाला है जिसमें सारी धरती जल जाएगी और अपना सिमराही भी नहीं बचेगा, कि गाँव के सारे लोगों को चलकर पीर बाबा से यह प्रार्थना करनी चाहिए कि यह युद्ध नहीं हो, धरती नहीं जले, सिमराही को नहीं लगे कोई आँच। उसने ढिंढोरा पीट दिया है पूरे गाँव में, "मैं पीर बाबा के पास जा रहा हूँ; जिसे चलना हो मेरे साथ चले।"

यह दीना मास्टर जो न कराए। एक बूढ़े आदमी को खिलौना बना लिया है। कुछ पूछने भी जाओ, तो मुस्कराकर दोहा पढ़ने लगेंगे, "सुखिया सब संसार है, खावै और..." उस मुस्कराहट से तो नहीं लगता कि धरती जल जाएगी। आग लगेगी धरती में, तब क्या दीना मास्टर शिवजी के त्रिशूल पर जा बैठेंगे? एक भले-चंगे आदमी को पागल बना दिया है इस मास्टर ने।

पागल नहीं, ढोंगी है यह नकछेदी दास। जिसकी पूँछ निकलने ही वाली है, वह परलोक की सोचेगा या इस लोक की? इस गाँव के लिए खाक माँगेगा वह पीर बाबा से! ढोंग-ढोंग!...गया होगा अपने परलोक के लिए ही...मगर अपने साथ पूरे गाँव को क्यों कह रहा है चलने के लिए?...यह पगला नहीं ढोंगी ही है।

पीर बाबा के पास अकेला ही जाता है नकछेदी दास। इस पागल के साथ कौन जाए! देवी-देवता के साथ दिल्लगी ठीक नहीं।

गपड़चौथ में शरीक औरतों को पिपराहीवाली ने सुनाया, "नकछेदी बूढ़ा आज चेथड़िया पीर गया है।"

"गया होगा बेटा माँगने।" हँसते हुए भगता की माँ बोली।

"ऐसा बौराह नहीं देखा," मुँह चमकाकर कहा पिपराहीवाली ने, "जो जोरू मर गई तब बेटा माँगने गया।"

"बौराह नहीं है," फिर हँसकर बोली भगता की माँ, "गया है बेटा माँगने ही; मगर पहले पीर बाबा से अपनी बुढ़िया वापस माँगने गया है।"

इस बार सरपंच हरिकिशोर सिंह ही हँसते हुए पूछते हैं मोती बाबू से, "क्यों, मोती बाबू, आपने नकछेदी को बताया नहीं था कि बलात्कार की सजा बीस साल की कैद है?"

"हाँ, बताया तो नहीं था," अकबका जाते हैं मोती बाबू, "मगर हुआ क्या? कुछ हुआ है क्या?"

"हुआ नहीं है, मगर कुछ जल्दी ही होगा। सुना नहीं कि नकछेदी चेथड़िया पीर गया है?"

"सुना तो है, मगर उससे..."

"वहाँ से आकर टंट-घंट करेगा। दिन शिवालय में गुजारेगा और रात ठाकुरवाड़ी में। फिर किसी दिन चिमटा-कमंडल के साथ धूनी रमाएगा, अपने गाँव में नहीं, तो किसी और गाँव में; और कन्याओं को आशीर्वाद देना शुरू करेगा पुत्रवती-सौभाग्यवती होने का।"

मोती बाबू जोर से खिलखिला पड़ते हैं।

"क्यों मुखियाजी," सिर को आगे-पीछे हिलाते हुए मुस्कराकर बोलते हैं मानिकलाल, "मेरी बात सच उतरी या नहीं? मैंने कहा था न कि नकछेदी दास मुखिया बनने का सपना देख रहा है।"

"पीर बाबा के पास जाने भर से मुखिया नहीं बन सकता कोई माई का लाल।" ऐंठकर जवाब देते हैं मुखियाजी।

"पीर बाबा को नहीं, गाँव के लोगों को जगा रहा है वह। गाँववाले के मन में यह बात तो आ ही गई होगी कि एक अकेला नकछेदी दास ही पूरे गाँव की भलाई की बात सोचता है। सावधान हो जाइए अभी ही, नहीं तो पटकनिया खा जाइएगा।"

"चुप भी रहिए," रोब दिखाते हैं रामबुझावन राय, "मेरी आँधी में इस बगुले का क्या ठिकाना रहेगा।"

पीर बाबा से क्या माँगा नकछेदी ने, सही-सही किसी को नहीं मालूम। एक दीना मास्टर ने ही तीन कोस दूर सिमराही के विद्यालय के मैदान में अखबार पढ़ते हुए स्पष्ट सुनी थी चेथड़िया पीर को चिथड़ा चढ़ाते नकछेदी दास की बुदबुदाहट, "हे पीर बाबा, इतनी विनती है, कोई राजा कभी पागल न हो।" सिर्फ बुदबुदाहट ही नहीं सुनी दीना मास्टर ने, यह भी देख लिया कि चिथड़े की तरह अपनी आत्मा को लटका दिया नकछेदी दास ने पीपल के गाछ से।